U0966120

红楼夢 刘再复 悟读

红楼哲学笔记

刘再复 著

上海三联书店

目录

外篇　红楼哲学补述

附录

总序

“他飞我不飞，我飞自有格”，这是我的写作秘密，也是我的内心绝对命令。我自幼喜欢《红楼梦》，也不知读了多少遍，但是出国前我对《红楼梦》不写专著，不专门写什么文章，因为那个时候阅读研究《红楼梦》的人很多，我说不出什么新话，所以就不说了，这就是“他飞我不飞”。出国之后，关于《红楼梦》，我的思想飞翔了，但我知道《红楼梦》阅读要走自己的路，即要自己独创的方法，所以我就利用海外的自由条件说出自己的红学语言。国内的朋友对《红楼梦》皆是考证和论证，我不走他们的路，而走“悟证”的道路，这就是“我飞自有格”吧。

所谓“悟证”，就是禅宗的方式，佛教大师慧能说：“迷即众，悟即佛。”悟，其实就是直觉的方法，明心见性的方法，不借逻辑和思辨而抵达真理的方法。我一直认为，没有佛教的东传，就没有《红楼梦》。《红楼梦》本身就是一部大悟书，它佛光四射、禅意盎然，唯有“悟”能把握其核心命脉。我一再说，文学包括三个要素：心灵、想象力、审美形式。每一要素唯有靠悟才能获得，例如，贾宝玉的心灵内涵靠考证和论证都很难抵达，唯有靠悟证才能把握。

我已七十九岁，明年就八十了，最近又跌伤，手指骨断裂，所以往往力不从心。值得欣慰的是，我的《红楼梦》讲述赢得许多知音。上海三联书店和北京微言文化传媒有限公司的周青丰先生就是，他们决定出版我的“红楼五书”就是知音之举，我当然心存感激，有许多话要说，但也只能意长言短，说到此为止。

刘再复

2020 年冬

内篇——红楼哲学笔记

引语

1

曹雪芹是文学天才，又是哲学家，但他没有哲人相、玄学相，所有深邃的形上思索都蕴藏在意象性的表述之中。其对宇宙人生的柏拉图式的洞察与把握，全含蓄在《红楼梦》的情节与人物里。贾雨村关于“正”“邪”二气与中道之性的界说；贾宝玉关于“女儿水作，男人泥作”的怪论；史湘云关于“阴阳一体”的妙语；林黛玉关于“无立足境，是方干净”的感悟；秦可卿关于“盛筵必散”“否极泰来”的警告；妙玉关于“纵有千年铁门槛，终须一个土馒头”的提示等等，直接的哲理表述尚可捕捉，而融会贯通于整部文本中的大观视角、自然（石头）人化、本真归属、故乡定义、澄明止境、兼美情怀、青春理想国、女儿人极图、“槛外人”异端意识、“大荒山”荒诞存在暗示，以及有无、色空、真假、聚散、好了、观止等不二法门哲学大思路、大矿藏则不容易充分发现。开掘这些大思路，也许正是曹雪芹后世知音的乐趣，倘若更为有心，把这一开掘作为“评红”的一种使命，那就更好。

2

从哲学上说，《石头记》是一部自然人化的大书，即石头化为人的大书。从石到人，这是外自然的人化；从欲到情，从情到灵，这是内自然的人化。宝玉原是一块石头，一块女娲补天时淘汰的石头，黛玉原是一株草，一株需要浇灌的“绛珠仙草”。两者都是大自然的一颗粒、一符号。用宇宙的大观眼睛看地球，便会知道人类的世界原是洪荒的石头世界，人的生命也是从洪荒的大自然中逐渐形成。人从自然界走入人界后，身上还带着自然的特性。石为五色石。石是有色的，人之所以为人，也天生带有色欲。王国维说，玉即欲的暗示，欲乃是悲剧之源，这道破了部分真理，但是，贾宝玉的人生过程恰恰是由欲升华为情、为灵的过程，他一开始喜欢吃女人的胭脂，喜欢宝钗肉感的胸脯，后来则愈来愈向林黛玉的深邃情感靠近，在林黛玉的导引下不断向灵世界提升。这个过程是宝玉的内自然

（包括感官、情感、心理）人化、精致化的过程，也就是“因空见色，由色生情，传情入色，自色悟空”的过程，即欲逐步减少，情逐步加深，最后达到情的纯粹化和精神境界上的天人大圆融。

3

贾宝玉神游太虚幻境时，警幻仙子命十二舞女演唱《红楼梦》十二支曲，其中《红楼梦引子》云：“开辟鸿蒙，谁为情种？都只为风月情浓。”（第五回）

这个总问题可分为文学问题与哲学问题。

文学问题是感性问题。谁为情种？《圣经》的答案是创世记的亚当与夏娃。而《红楼梦》则是神瑛侍者与绛珠仙草。第一，情种神瑛侍者通灵入世之后，吃的第一颗禁果是名叫“兼美”的禁果，第二颗禁果是名叫“袭人”的禁果。前者导引情种向上神游，后者推动情种向下追求；前者导向梦与审美世界，后者导向功名与世俗世界。

哲学问题是理性问题。谁为情种？答案应是“石头”。（石头记）既可解为自然的人化与石头的情化，也可解为风月情浓即性压抑情压抑而产生的大梦。

4

《红楼梦》对于世界人生，除了文学把握之外，还有一个哲学把握。文学把握通过意象、梦境、语言等手段，展示的是特殊性——个性现象；哲学把握则是心灵与思想的同时切入，它叩问的普遍性问题是：如同石头通灵幻化入世后的宝玉，人降生于人间究竟是为了什么？存在的目的和意义是什么？这个星球上的万物万有万相，最该向往、最该追求、最该憧憬、最该珍惜的是什么？这不是如何写好一首诗、如何治好一个家、如何建设一个国的问题，而是一个如何生、如何死、如何观、如何止、如何好、如何了的形上问题。《红楼梦》通过文学展示了一个以宝玉和诸女子为主人公的无比精彩的感性世界，又通过哲学思索所有人都无法回避的生存困境与心灵困境。

5

《红楼梦》哲学是色空哲学，这是人们熟知的，但徐讦先生说：

> 一句“色即是空，空即是色”的话虽可以包括。可是他所感受所表现的色，则是入世最

深的色，他所感受所表现的空，则是出世最彻底的空。

《红楼梦的艺术价值与小说里的对白》，
载《红楼梦艺术论》，台北里仁书局，
1984年，第76页

宝玉的入世，是对情最深的投入，以至于被警幻仙子称为“天下古今第一淫人”。（第五回）不像贾赦、贾琏、薛蟠等，根本不知情为何物。因为投入得最深，体验得最真最切，经受的磨难也最重，所以最后也彻悟得最彻底，赢得的是最彻底的空。

《红楼梦》贵在色透空也透。徐先生点破这部巨著的文本策略是把色推向极致，把空也推向极致。色之美，美到极限；空之美，也美到极限。极致的文本策略背后是哲学的彻底性。财富之极，达至“贾不假，白玉为堂金作马”“东海缺少白玉床，龙王来请金陵王”；权力之极，达至皇妃宝座；功名之极，达至贵爵一品将军。能把这些巨色绝色全看破全放下，便是大空真空。贾宝玉的出家不是告别常人之家，而是逃离人世间个个羡慕的最高的荣华富贵。这位主人公的心灵力度，就在告别、放下与逃离中。

6

《易经》的《说卦传》云："立天之道曰阴与阳，立地之道曰柔与刚，立人之道曰仁与义。"这就是天地人三极三才之道，也是儒家人文精神的哲学基点。把人提到与天地并行三极中的一极，从而提高了人的宇宙地位，这是儒家的功劳。《红楼梦》作为异端之书，它的异端性在于只承认前两者，不承认第三者。周易所界定的三极之道（天、地、人三极），《红楼梦》只认两极。对于立人之道，曹雪芹强调的不是"仁与义"，而是"情与爱"。以情为人间世界立极立心，这是《红楼梦》的大思路，也是哲学大思想。而最深地负载情、体现情的是青春少女，因此，女儿又是人之极，小说中的林黛玉、薛宝钗、史湘云、妙玉、晴雯、鸳鸯、尤三姐等，都是人之极品，也是天地极品。天地之大美，上有星辰，下有"女儿"。《红楼梦》正是一部重构立人之道的大书，呈现的是一部举世无双的青春人极图。

7

《红楼梦》哲学可称为心灵学。王阳明的心学，其基本哲学语言是概念，《红楼梦》的心灵学，其基本哲学语言是意象，因此，《红楼梦》首先是石头的心灵史，然后才是由心灵史提升的心灵学。贾宝玉的生命历程，第一步是由石化为玉——通灵而幻化入世，第二步是由玉化为心。贾宝玉离家出走之前对宝钗、袭人说我已经有了心了，玉还有何用？声明的就是玉向心转化的完成。《红楼梦》的开端是降落——石的降落；而结局是升起——心的升起。石与心的中介是玉。女儿情的眼泪不仅洗净玉，而且柔化玉，使玉变成心灵。赢得大心灵，梦落幕，太阳便升起了。

明了心灵才是世界的本体，便是觉。

《红楼梦》的心灵学提示的真理是心灵为最后实在、最后光明的真理。此悟与其称之为唯心论，不如称为明心论。

8

《红楼梦》集中了中国诸种人文化的精华，儒、道、释三大家之外，还有法家文化、名士文化等。曹雪芹对待各家的态度是扬弃表层的浅薄旧套，吸收深层的哲学智慧和精神宝藏。对于儒，他让主人公表达了对于道统（文死谏，武死战）以及圣贤面具的深恶痛绝，但又接受其“亲亲”的亲情哲学。对于道，他嘲弄了贾敬的炼丹与吞砂，却酷爱《庄子》并实践庄子的“齐物论”与“逍遥游”，兼收平等与自由的思想制高点。对于佛，他一面解除迷信，把“女儿”二字放在阿弥陀佛之上，近乎释家异端，一面则在主人公身上注入大慈悲精神，并让他在佛的启迪下破一切执，离一切相。蔑视各派的“术”，尊崇各派蕴含智慧的道，入乎其中，出乎其外，进入儒、道、释，又超越释、儒、道，自成辉煌一大家。

9

与其说《红楼梦》反封建，不如说它反妄、反执、反分别，即借助佛教之光破一切妄念，破一切执迷，破一切等级，破一切旧套。它是伟大的文学作品，不是佛学理念的形象转述，因此，它又必须“入化”：破得入化，了无痕迹。所有的破除，都不诉诸说教，只诉诸笔下人物的悲欢歌哭。贾宝玉因色生情，传情入色，但又不执于色，最后也不执于情。它破一切旧套，既破儒套，也破道套、佛套，既破“才子佳人”套，也破“状元宰相”套。妙玉自称槛外人，宝玉、黛玉才是真正的槛外人。槛外人，也可称为“套外人”。宝玉、黛玉这两个主角的挑战性，不是充当战士，而是拒绝做贾政似的“套中人”。他们是破一切色相和一切旧套的异端。《红楼梦》前无古人，正是它呈现并讴歌了异端美。

10

西方哲学（如康德）讲超越，是外在超越，因为有上帝的条件。有上帝，有神，才能实现对经验世界的超越。禅宗因为有佛的条件，虽无神，但有神秘体验，因此也可借佛超越。禅从大乘佛教演化而来，确认佛就在每个人的自性中，只是自己往往不知道。任何大宗教、大哲学都具彻底性的特点，禅的彻底性表现在佛我一体，佛我一元，实际上暗示佛即我，我即佛。只是这个我，必须是觉之我、悟之我。迷则众，悟则佛。以觉代神，以悟代佛，在悟中觉中自明自度自救自佛。《红楼梦》哲学正是由禅宗的这种佛我同一的大思路推导出来的自我内部超越的哲学。贾宝玉的佛性——大慈悲、大爱精神，并非外部人格神（如上帝）所赐予，而是自身天性的开掘与提升。

11

斯宾格勒在《西方的没落》中如此谈论男人与女人的区别，好像在总结《红楼梦》中的两性。他说，女性本身即是命运，即是时间，即是生成过程，而男性则只是已生成的事物。他还说，男性在制造历史，而女性本身就是历史。还有，男性热衷于求道，而女性本身就是道。道不是因果，不是机械逻辑，女性天然地反对机械逻辑（参见《西方的没落》，台北桂冠图书公司，1975年，第460—461页）。

斯宾格勒的论断，在《红楼梦》女主人公林黛玉身上得到许多证明。也在秦可卿、晴雯、芳官这些女子身上得到证明。她们天生地体现“率性之谓道”。率性正是反对世俗世界的机械逻辑。在贵族府中，贾敬、贾政都在求道，而林黛玉本身则是真之道、美之道。贾敬、贾政的生命没有历史，人生是既定的常人遵循的程序。而林黛玉的生成过程即构成时间、命运和生命的史诗。薛宝钗的悲剧是无意识地顺从男人的机械逻辑，以为男人热衷的功名事业是一种道，而自己的美丽生命不是道。

12

曹雪芹如果生活在19世纪下半叶，甚至跨过20世纪初，即大致与托尔斯泰、陀思妥耶夫斯基、尼采同时代。那么，他可能会选择托尔斯泰为心灵相通的最好朋友，选择陀思妥耶夫斯基作为有争论的朋友，但肯定会拒绝尼采。他作为主张持守尊卑不二哲学的贵族诗人，完全无法接受尼采那种偏激的贵族主义；他具有天生的贵族气质却又有天生的平民情怀，更无法接受尼采那种向下等人宣战的强者哲学；他以青春女子为价值塔顶，对于尼采那种蔑视妇女的傲慢，尤其难以容忍。尼采高举意志哲学（权力意志），曹雪芹崇尚自然哲学，没有共同语言。而托尔斯泰虽是贵族，却满心大慈悲，他拥抱大地，拥抱在地上耕作的下层人民。别尔嘉耶夫曾如此评说：

> 在自己创作道路的高峰阶段，俄罗斯的天才们尖锐地感到自己的孤独，意识到与土壤的脱离，意识到自己的罪孽，并投身于下层，想贴近土地，贴近人民。托尔斯泰、陀思妥耶夫斯基就是这样。在这重关系上，托尔斯泰和尼采有多大的区别！民粹主义的世界观具有大地的特征，它依附于土地。
>
> 《俄罗斯思想的宗教阐释》，邱运华、吴学金译，东方出版社，1998年，第58页

曹雪芹写刘姥姥，就是把“土地”带入贵族府第，以让贾氏贵族侯门最后一个青春女子——生于七月七日的“织女”巧姐儿复归于土，重新投身下层，贴近大地上的“牛郎”们。《红楼梦》不仅给林黛玉安排了返回天上之路，又给巧姐儿安排了地上之路，两者都属“质本洁来还洁去”。

13

《红楼梦》一开头就安排一个观察贾府兴衰浮沉的“冷眼人”，这个冷眼人叫作“冷子兴”。第二回“贾夫人仙逝扬州城　冷子兴演说荣国府”一开篇就有诗云：“一局输赢料不真，香销茶尽尚逡巡。欲知目下兴衰兆，须问旁观冷眼人。”

冷子兴是个冷观者，而他名字的谐音则可理解成“能止兴”或“止行”。开篇诗末一句把冷子兴界定为“旁观冷眼人”，涉及“观”，而名字的谐音则暗示“止”（子）。文本中说：“雨村最赞这冷子兴是个有作为大本领的人。”其大本领就在于他既知观又知止，能用观止哲学即佛教的观止法门观察世界。佛教哲学的观，就是慧，就是看破，而止则是定，则是放下；这个冷眼人对荣国府如此了如指掌，对它的过去、现在皆洞若观火，原因就在于他不是用常人的肉眼、俗眼，而是用一双观止、慧定合二为一的佛眼，也就是“大观园”所寄意的大观眼睛、大观视角。《红楼梦》这部巨著牵涉时代的风云变幻、豪门的大起大落，但笔调极为冷静，这自然得益于史诗大结构的开端有一双清明的冷眼佛眼。冷子兴的位置，也可理解为曹雪芹的自我定位：作家不是造反者，不是社会批判家，而是历史的冷观者、见证人和艺术呈现者。

14

中国人所嘲讽的“井底之蛙”，眼睛受井口限定，从里朝外看，只看到天空的一小片，全然不知宇宙的广阔和天地的真实。正如柏拉图所说的洞中囚犯，在篝火旁只看到墙壁上火光的影子，全然不知洞外世界的真实。《红楼梦》的大观视角，其眼睛路线与井底之蛙、洞中囚犯相反，不是由内朝外，不是立足洞穴和深井观看天地宇宙，而是由上朝下，立足宇宙极境而观地上万有万物。贾宝玉和贾政的冲突，归根到底是眼睛路线的冲突。贾政认定的八股文章，只是洞穴墙上火光的影子。宝玉则天生是洞外之人，早已见过女娲补天的大世面，他到地球上走一遭，自然是带着天外眼睛来看八股，看仕途经济之路，看人间的五颜六色。

15

黛玉问宝玉：“宝玉，我问你：至贵者是‘宝’，至坚者是‘玉’。尔有何贵？尔有何坚？”（第二十二回）宝玉一时回答不出来，但悟了一生，离家出走前，他终于做了回答，这也是全书的回答：玉丢了没什么，有心灵在就好。我有何贵？因为我有心。我有何坚？也因为我有心。宝玉，宝玉，至贵者、至坚者不是宝玉之名、宝玉之相，而是宝玉之心。《石头记》的大提问，曹雪芹自叙自问自答的考卷，最后的答案是“唯心论”，唯有心最宝贵、最坚韧，唯有心是世界人生最后的实在，终极的真实。心是世界的本质，心之外的一切都不重要。

林黛玉的问题是《红楼梦》的根本哲学问题之一。她的问题是，生命的质来自何处？是来自外，还是来自内？是来自门第、爵位、功名，还是来自生命自身的品格、性情和精神？整部《红楼梦》都在回答这个真问题。

16

空空道人的十六字诀：“因空见色，由色生情，传情入色，自色悟空”，是贾宝玉两番生命的哲学故事。

第一番生命在天上。他是女娲补天多余的石头。被造物主抛弃，未能进入补天行列，未能与天合一，属结构外之物即“槛外物”。这是他经历的第一番“空”，有了这次空，才想到人间来见色——女娲用五色土构造的色世界。这一经历便是“因空见色”。

第二番生命在地上。在天为多余石头，在地则又是多余人。身在槛内，心在槛外，未能进入财富、权力、功名的宫廷结构之中，属于结构外人即“槛外人”。在结构外可以观看色世界，可以有一番情的歌哭，最后悟到人生也不过是一场悲欢离合之梦，于是在觉迷渡口止于觉而归于空，这一番经历便是以色与情为桥梁的“自色悟空”。

“天外书传天外事，两番人作一番人”（第一百二十回），合成一个“由空到空”的故事。

17

佛教哲学与中国哲学都讲“止”。大乘佛教创立止、观两大法门。“观”是看破，“止”是放下。儒家也讲止于礼，止于至善。但作为西方哲学的典型范式——浮士德的精神却不讲“止”。浮士德与魔鬼打赌的内容是他将永远无休止地追求幸福，追求无限之境，如果他在尘世上感到满足，停止追求，他的灵魂就属于魔鬼。东方哲学告诫“知止不殆”（《道德经》），西方哲学则认定止即堕落。两者表面上看，不可相容，事实上，知止与不知止均有充分的理由。贾宝玉始于痴，止于悟，因止而得大自在，不能说“止”不对。而觉悟后他游于心，游于物之初，游于太极，正是追求无限，又是止而不止，了犹未了。不了是好，了也是好。

18

贾宝玉周岁时，贾政为了“试他将来的志向”，便将无数物件摆在他面前让他抓取，谁知他一概不取，伸手只把那些脂粉钗环抓来。（第二回）这一细节固然是宝玉个人性格的预告，但也是人类的普遍性征兆。人一出生，即开始走向成年也开始走向死亡，天然地带有悲剧性。这是以往哲学家早已意识到的。而曹雪芹通过宝玉的细节又揭示了人一出生，不仅是个悲剧性存在，而且是个荒诞性存在。连宝玉这种优秀生命，在年仅一岁、尚在摇篮中时就充满欲望，表现出“好色”的生命走向。王国维用叔本华的哲学观念评论《红楼梦》，指出因为人有欲望，因此必定落入苦痛，落入悲剧。其实，无休止燃烧的欲望不仅给人带来悲剧，而且带来巨大的荒诞。人既是历史的人质，又是自身欲望的人质。人的处境充满荒诞，人自身也充满荒诞。《红楼梦》揭示了社会与人的双重荒诞。

19

《红楼梦》的哲学从本体论层面说是一元论哲学。宇宙是本体，生命是本体。只有人的世界，没有神的世界。而人的生命无尊卑、等级之分。《红楼梦》受佛教哲学影响最深，但佛不是神。佛教以“觉”代替“神”，到了禅宗，便成了我即佛，佛即我。佛就在我的心性中，在我的未被污染的真性中，无须到山林寺庙中去寻找佛，佛就在自己身上。这样，人的本体与佛的本体就同归于一。因此从本体论上说，《红楼梦》讲色即空，空即色，好就是了，了就是好，也是一元论。史湘云讲“阴阳一体”，秦可卿讲“盛筵必散”也是一元论。但是《红楼梦》又分净水世界与泥浊世界，又有对立与冲突，因此，从方法论上说，它是二，但二又是一，黛与钗的冲突，父与子的冲突，甄与贾的冲突，探春与宝玉的冲突，只是一元世界、一元灵魂的阴阳呈现而已。阴阳原为一体，父子原为一体。方法论上的区分不能否定整体论的一元。不二法门是本体论上的不二法门，不仅是方法论上的不二法门。

20

《红楼梦》是具有高度叙事艺术水平的伟大文学作品，又是具有深刻哲学内涵的伟大文学作品。它的哲学思想在小说文本中有三种表述方式：一，直接性表述。如跛足道人讲“好便是了，了便是好”，如贾雨村畅谈“大仁”“大恶”和仁恶之间的第三种人性，如史湘云对翠缕讲说阴阳哲学。二，间接性表述。如贾宝玉对晴雯谈论扇子的多种功能和价值转换。三，连接性表述。这是贯穿于作品、浸透于人物与情节前后呼应而表现出来的意蕴，如宝玉时而至柔，时而至刚（拒绝仕途经济之路的力量），时而执中，时而极端（狂与狷）而构成的哲学意味结构。小说中的色空哲学、止观哲学、物我同一哲学等，都是连接性表述。

21

中国数千年文学史上最伟大的“青春颂”，正是《红楼梦》。在曹雪芹之前，初唐的王勃是最出色的青春歌者，他不作司马相如式的帝国颂，也不作左思式的都市颂，也无后来李白的山河颂。但其《滕王阁序》，却是一派少年气息与青春气息。《红楼梦》则大规模、大气魄地礼赞青春。小说中有少女颂，也有少男颂，有天上青春颂，也有地上青春颂。吟颂中有青春的刚勇，青春的单纯，青春的狂欢，青春的寂寞，青春的乖僻，青春的张狂，青春的痴迷，青春的智慧，青春的呐喊，青春的感伤，还有青春至真至美的质，至真至美的性，至真至美的神与貌。由于《红楼梦》的青春共和国的出现，中华民族抹掉了许多苍老的皱纹，对生命更有另一番想象与设计。

上辑：落基山笔记

写于美国科罗拉多州

22　觉与迷的分野

《红楼梦》整体（一百二十回）最后结束于一个哲学地点，叫作“急流津觉迷渡口”。这一渡口名称不可忽略，尤其是“觉”与“迷”二字。佛教乃是无神论，它以觉代替神，所以慧能认定，悟（觉）则佛，迷则众。小说结局，其人物或觉或迷，或佛或众，就在“觉迷渡口”上分野。贾宝玉始于痴，止于觉，终于“走求名利无双地，打出樊笼第一关”（第一百一十九回），大彻大悟而解脱了。而另一个本来也有颖悟之性的贾雨村却觉不过来。第一次是甄士隐来开导他，但“雨村心中恍恍惚惚，就在这急流津觉迷渡口草庵中睡着了”。第二次是空空道人将抄录的《石头记》给他看，“复又使劲拉他”，他才慢慢地开眼坐起，接过来草草一看，做了交代，“说毕，仍旧睡下了”（第一百二十回）。一个醒悟了，一个睡着了。《红楼梦》这一终结，是禅的启示性终结，极为成功的总句号。小说的续书，有妙笔，有败笔，而最后这一笔则可称为神来之笔。

23　重物不重人的世界

贾宝玉到人间走一遭，体验着人，体验着世界。回归青埂峰前，对人最根本的失望，也可说是绝望，就是人太重物质而不重自身。他对宝钗、袭人说：“你们这些人原来重玉不重人哪。”（第一百一十七回）这是他告别人间之前最深的感慨，也是最深的忧伤。人呵人，原来都是没出息的人，原来都是势利的人，原来都是被物质抓住灵魂的人，原来都是被色欲迷了心窍的人，原来都是把玉的价值放在心的价值之上的人。轻重颠倒，本末颠倒，心物颠倒，形神颠倒，可是，人人都自以为是，以为宝玉又说疯癫话了。

24　心外无玉

第一百一十七回（“阻超凡佳人双护玉　欣聚党恶子独成家”）记载贾宝玉出家之前癞头和尚来索玉，宝玉想还玉，宝钗、袭人拼命拦阻。袭人说：“那玉就是你的命，若是他拿去了，你又要病着了。”宝玉道：“如今不再病的了，我已经有了心了，要那玉何用！”

玉是至贵之物，但毕竟是物。《红楼梦》的大哲学问题之一是心与物的关系。是心为本体，还是物为本体，是心为第一性，还是物为第一性，是心至贵，还是玉至贵？关于这个问题，宝玉最后做了回答：“有了心了，要那玉何用！”一点也不含糊。佳人们以为他在说疯话，其实，这是最清醒的人所表达的最清明的意识：天地万有，具有最高价值的是人不是物，是身内之心不是身外之玉。贾宝玉经历了一回人生，体验了悲欢离合，一悟再悟，最后终于赢得心觉：有了心了。到地球上来一回，有了心，算是明白人，便不虚此行。

25　心的深邃

曹雪芹与王阳明都是大“心学”家，堪称中国精神大地上两座心学高峰。但读王阳明的心学，只知心的重要，而读《红楼梦》，才知道心的深邃。曹雪芹笔下的心，是深海深渊，是无限的时空。对于王阳明，可以用学去把握，对于曹雪芹，却只能以悟去把握，非有无尽之情难以进入其无尽之海。王阳明的心学展示在概念中，曹雪芹的心学隐藏在人物的意象中。心为世界本体，除了心之外，其他物质皆为幻相，这是两位大心学家的共识。王阳明之心可以分析，曹雪芹之心无法分析，只能意会，只能神通。对王阳明的哲学可以论证，对曹雪芹的哲学，则只能悟证。

26 秀美史诗

《圣经·旧约》中的耶和华，非常强悍，动不动就发怒，以致要毁灭城市。作为文学作品，《旧约》体现的是壮美风格，《新约》中的基督倒是具有女性色彩，但没有改变女人是用男人肋骨所制成的神话，因此并没有改变性别歧视的宗教源头。西方女权主义批评家在《旧约》中找到男权统治的源头，中国则在《论语》中找到源头，于是才有“五四”批判孔夫子而为中国妇女请命的运动。曹雪芹的《红楼梦》承继《山海经》的文化基因，把女娲（母性）视为创世的第一动力，把女子提到形而上的神本地位。《红楼梦》开篇讲正气、邪气、秀气三气造人。贾宝玉、林黛玉及其他青春女子全是灵秀之气所生，这一哲学基点，便决定了《红楼梦》的总体风格是秀美，不是壮美。作为史诗，便是柔性史诗，不是《伊利亚特》式的刚性史诗。中国文化从老子开始确立的尚柔传统，到了《红楼梦》便发展到极致。

27　无算计思维

以撒·柏林在与拉明·亚罕拜格鲁（Ramin Jahanbegloo）的对话录中，曾引用哈曼（Hamann）的话说："上帝不是数学家，而是艺术家。"(《以撒·柏林对话录》，杨孝明译，台北正中书局，1994年，第8页）我们可以引申说，不仅上帝是艺术家，基督和释迦牟尼也是艺术家，他们因为没有算计性的思维，所以才有大爱和大慈悲。《红楼梦》中的王熙凤因为"机关算尽"，所以离上帝、基督、释迦特别远。我把宝玉视为未成道的准基督与准释迦，因为他也是艺术家，完全没有数学机能。他爱姐妹，也爱探春，但是当探春主持家政，精细地算计到"一个破荷叶，一根枯草根子，都是值钱的"（第五十六回），甚至想把蘅芜苑和怡红院的花草也出售赚钱时，他就受不了，并对探春很有微词。他和探春的冲突，是艺术家与数学家的冲突，也是《卡拉马佐夫兄弟》中那种基督思维与大法官思维的冲突。

28　人鬼之道无别

《红楼梦》让地狱的判官说出一条骇人听闻的真理：阴阳并无二理，人鬼之道并无二致。这是第十六回秦钟魂魄请求还阳片刻，鬼判们说出的大实话。都判官听到秦钟说到“宝玉”二字唬慌起来，众鬼便说：“你老人家先是那等雷霆电雹，原来见不得‘宝玉’二字。依我们愚见，他是阳，我们是阴，怕他们也无益于我们。”都判道：“放屁！俗语说的好，‘天下官管天下事’，自古人鬼之道却是一般，阴阳并无二理。……”人世界与鬼世界没有两样，阳间的官僚与阴间的都判差不多，自古皆然，从来如此。曹雪芹的哲学是阴阳一体，即史湘云对翠缕讲的“‘阴’‘阳’两个字还只是一个字”（第三十一回）与都判官所说的并无差别，只是都判官更落实，直接破道“人鬼之道却是一般”。是一般黑还是一般白，是一般无诚实可言还是一般无廉耻可言，他“老人家”没讲清楚。但说人之道与鬼之道是一回事，却是真话。鬼话有时比人话还坦率。我们固然不能因人废言，恐怕也不可因鬼废言。

29 垂头自审

“宝玉闷闷的垂头自审”（第二十二回），这句话最能体现宝玉的佛性佛心。佛有喜相，也有忧相，但没有我之执相，人之妄相，众生之俗相，寿者之老相，凡遇矛盾冲突，不把责任推向对方，总是在自己身上找原因。自审正是佛性的第一特征。读遍《红楼梦》，见到数百人物，唯一能够“垂头自审”的人只有贾宝玉一人。几乎所有的人都自以为是，自作聪明，自我膨胀，只有一个口衔玉石而降生的被视为呆子的人能够反观自己，能够以他者为参照系而看到自己是“泥猪癞狗”“粪窟泥沟”（第七回，宝玉见到秦钟之后的自惭之语）。还有一个原也自以为是，但终于正视自己的致命错误“耻情而觉”的柳湘莲，可惜在尤三姐洒尽碧血之前他也自视太高。至于贾赦、贾政、贾敬这些老爷和王夫人、邢夫人这些贵妇及贾琏、贾蓉这些少爷们，除了自美、自炫、自负之外，一点也沾不上“自审”“自耻”的边。曹雪芹在“垂头自审”前加上“闷闷”二字，极为妥帖。老子《道德经》上说：“俗人察察，我独闷闷。”俗人都聪明绝顶，唯独宝玉是个傻子。

30 破性别“执”

贾宝玉是单性人，还是双性人？或是中性人？读者爱问他是谁。西方的《红楼梦》研究者也喜欢提问他是何“性”人。从精神归属上说，他既不是大仁之人，也不是大恶之人，而是正邪组合的中道之人，即第二回贾雨村哲学分类中的“第三种人性”：超越大红大黑的灰色地带人。从自然人性层面看，他爱青春少女，也爱青春少男，倾心于两栖，既是快乐王子，又是“绛洞花主”。这奥秘，是他天生一身佛性，天生没有我执，不执着于我是谁，不执着于世俗角色，不执着我为何物何人，甚至不执着我是男性或女性。从各个层面打破执，打破隔，才有大爱与大慈悲。宝玉正是彻底打破我执法执的真情真性人。

31 重在心灵

孔子之思，侧重于人际；孟子之思，侧重于人格；屈原之思，侧重于社稷；杜甫之思，侧重于民生；陶渊明之思，侧重于自然；曹雪芹之思，则侧重于个体生命的心灵。《红楼梦》主角贾宝玉从不为人师表，唯有一次开导芳官，说敬神敬人应贵在“心诚意洁”，而他自己最高的觉醒是心觉。出家前夕，他说：“我已经有了心了，要那玉何用！”宝玉说的“心”，不是胸膛中那颗肉做的心脏，而是真心。即不是本能之心，而是本真之心。真心直观万物又主宰自身的生命，包括统率本能。梁漱溟先生在《孔家思想史》中说一切柔情都出于真心而不是出于本能。因为本能只是手段，真心才是真正的主宰。有了这一主宰，“人”才不为“物”役，也才不为“玉”等财色所役。佛学中讲的心也是真心，包括六根在内的全部生命感知系统。所谓观，也不只是肉眼的看，而是全生命系统的通观。中国文化系统中“心”一词的至深至广含义，就蕴含在《红楼梦》中。

32　不争之慧

《红楼梦》全书只有一次论辩，这是第一百一十八回宝玉与宝钗关于“人品根柢”“赤子之心”的论辩。宝玉与黛玉多次吵嘴，但不是论辩。宝钗是贾府中的女孔子，她远离禅，所以需要争论。禅的明心见性，没有思辨过程，也没有讨论过程，它不相信真理愈辩愈明，只道破真理即发现真理。庄子和惠施有关于鱼之乐的论辩，那是直观方式与逻辑方式的论辩，慧能则从未有过论辩。唯一的一次是在与他人进行风动与幡动的论辩中击点要津，道破非幡非风而是“心动”，他知道论辩是种陷阱，热衷论辩只能让自己活在他人预设的前提与框架中，甚至让自己在扭打中发疯。大智慧者不进入“请君入瓮”式的圈套。《红楼梦》的哲学方式是禅的方式，贾宝玉从不承接他者的话题与前提，不予论争，无论是对于甄宝玉的酸论还是对于父亲的批评。他的不争之德使他得大自在——未得大自在之前，也得了许多小自在。

33　四维整体

笔者在《红楼梦悟》中，把《红楼梦》的精神世界界定为欲、情、灵、空四维空间。

欲是对个体生命自身而言，是个体对外界的需求，目的是索取。欲是悲剧之源，更是荒诞之源。人一降生就有进入荒诞的可能，如贾宝玉在周岁时就抓住脂粉钗环，进入色世界。

情重在对待他人的态度。无论是恋情、友情、亲情、世情，都需要对他者付出。

灵则是对欲与情的导引。欲无序，情也往往混乱无序。情可造就纯情人，也可造就滥情人，可推导出痴人，也可推导出冷人。《红楼梦》主人公宝玉对钗黛都爱，但身心更深地投入黛玉，就因为她虽不及宝钗的“仙姿”，却有更合宝玉生命方向的“灵窍”。这比情更内在，更深刻，更可产生灵魂的共振。

空则是欲、情、灵的形上化，或者说，是对三者的哲学把握。终极的真实是空。本体是空。欲、情、灵“在场”，空“不在场”，四者构成的“整体”，便形成海德格尔所说的澄明之境。

34 儒家生命极品

儒家文化的上面价值可能造就的最美生命是什么样的风貌？

儒家文化可能抵达的生命高峰是什么样的景观？

放下儒家文化打造国家、打造社会的理想，它在打造个体生命的层面上可能形成怎样的精品楷模？

三个问题是同一问题的三种表述，答案只有一个，这就是：《红楼梦》中的薛宝钗。

《红楼梦》中有三大贤人：贾元春、薛宝钗、袭人，以薛宝钗最贤。她不仅崇尚圣贤，读圣贤书，而且是第一贤人。她是贤人，又是美人，更是学贯古今的通人，其德行、亲情、学问、个体魅力等集于一身，都达到儒家的人格理想。她虽然世故一些，被视为冷人，但所以会“任是无情也动人”，就因为她把儒家深层的美好精神全化入生命之中了。她这个人与儒家文化一样，是一种可质疑的存在，但又是一种推不倒的精彩存在。

35　欲望与功名的人质

如同爱因斯坦发现互相残杀的战场是人类堕落的深渊一样，也如爱因斯坦为同类的堕落感到悲伤，曹雪芹更早就发现，互相争夺的名利场是同类堕落的深渊。因此，他通过主人公贾宝玉悲伤地发现，连最美丽、最可爱的女子，如薛宝钗，也堕落为喜欢功名的物种。像宝钗这种呈现儒家美好德行的女子可以谴责各种罪恶，却看不到功名腐蚀人性、腐蚀灵魂的罪恶。宝钗尚且如此，更何况他人。《红楼梦》的悲观主义是一种极清醒的意识。它意识到，人类已变成欲望的人质与功名的人质，连又贤又美又有学问的天地精英毓秀，也难以逃脱人质的命运。

36 扇子主体哲学

晴雯撕扇子，耍性子，挥斥意气。宝玉看了之后，不仅不生气，还笑着说：“你爱打就打，这些东西原不过是借人所用。你爱这样，我爱那样，各自性情不同。比如那扇子原是扇的，你要撕着玩也可以使得。只是不可生气时拿他出气。就如杯盘，原是盛东西的，你喜听那一声响，就故意的碎了也可以使得，只是别在生气时拿他出气。这就是爱物了。”（第三十一回）

这是贾宝玉的主体论与价值论。主体是一种尺度。事物的价值是由主体规定的。正如爱因斯坦发现时间的相对论，贾宝玉讲的是器物价值的相对论。不管是杯盘还是扇子，只有当人使用它的时候，它才具有价值。物为人役，还是人为物役？物该人化，还是人该物化？这一哲学问题，贾宝玉回答得太精彩了！

37　荒诞命运

《红楼梦》展示的女子很可爱，但展示的女子的命运却很可悲，很可怜，甚至很可怕。高洁到极点的妙玉最后陷入盗贼肮脏的沟渠中，最懦弱的迎春嫁给最凶狠的“中山狼”（不是与狼共舞，而是与狼共寝），最后被“狼”所吞没；“兼美”的至情至性、才貌双全的秦可卿，其丈夫是贵族府中垮掉一代的代表，全然不知人间有“羞耻”二字的人渣贾蓉。而拒绝与“狼”共卧的鸳鸯则只有死路一条。这些女子的命运，都是人类的真实处境，也是永远改造不了的生存困境。《红楼梦》作为悲剧与荒诞剧的双重结构，其荒诞不是贝克特、加缪式的思辨，而是卡夫卡式的对于荒诞存在、荒诞世界的直接揭示。对于曹雪芹而言，荒诞不是哲学认知，而是现实属性。命运难以把握，现实难以改变，人便注定是荒诞性与悲剧性的双重生物。

38　极道与中道

端木蕻良是对《红楼梦》哲学有真知灼见的现代作家。他说：

> 曹雪芹确实受到庄子思想的影响，不仅受

到，而且深刻了解。也正由于深刻了解，他才又跳出了庄周思想，有了自己的独立思想。庄周主张“两行”，也就是说，以“两”为用。儒家主张“允执厥中”，则是以“中”为用。曹雪芹不主张“中”，不主张“两”，而主张“极”。贾宝玉的行为乖张、怪僻、无能第一、不肖无双、似傻如狂……正说明他是做到“极”了。提到哲学的高度来说，就可以说他主张“以极为用”。表现在他内心世界中，化为情感，就成了情极之毒。因为做到“极”，所以就去而不返。虽到悬崖，仍然撒手而去。他走到“鹿回头”处，也不回头，仍然向“天涯海角”奔去。这时，他追求的是“极”，而不是“两行”了。在这时，他就和庄周分手了，由“两行”而发展到“至极”了。脂砚斋是比较能够了解这一点的，所以居然运用了“毒”字来形容宝玉的“情极”。毒者，不治之疾也。

《说不完的〈红楼梦〉》，
上海书店出版社，1993年，第77页

端木先生捕住曹雪芹哲学“极”的要点，此“极”既超越庄周的“两行”，又超越儒家的“执中”，确实如此。但是，端木先生没有看到另一面，曹雪芹恰恰又非常“执中”，非常“两行”。因为执中，所以小说的开始就让贾雨村讲了一大篇中道哲学，即既非“大仁”也非“大恶”而取之中道的第三人性论。贾宝玉正是处于极恶与极仁中的秀美人格。他的立身态度也几乎是处处“两行”而不执于一端。会做人的袭人，不会做人的晴雯，槛内人的宝钗，槛外人的妙玉，野性的芳官，憨性的香菱，男性的秦钟，女性的秦可卿等，两种不同的性情性别，他都倾慕，都能容纳。其“无分别”，便是两行。其实，“中”与“极”并不矛盾。孔子讲中庸之道，又讲狂与狷。中庸如果没有狂与狷的支持，就可能变成德之贼——乡愿。有“极”的支持，“中”才有信念与原则。但是狂与狷如果没有“中”的调节，也容易走火入魔：只知“极”毒，不知解毒，狷过了头会变成怪物，狂过了头就变成疯了。

39　泥浊世界与猪的城邦

贾宝玉到人间走一回，带着天使般的没有任何杂质也没有任何先验假设的眼睛观看世界，结果发现有两个世界，一个是以女儿为主体的净水世界，一个是以男子为主体的泥浊世界。这一发现，用极端的苏格拉底的语言表述，即一个是无价之城，一个是“猪的城邦”。无价之城里是“女儿”无价，青春无价，诗化生命无价，天地的钟灵毓秀无价。“猪的城邦”是人的猪化、人的浊化、人的欲望化。在宝玉看来，吃喝嫖赌，巧取豪夺，这不是人的生活而是猪的生活。

40　最怕世故哲学

贾宝玉最怕什么哲学？第五回做了揭示。

他随贾母来到宁国府，秦可卿引了一簇人陪他到上房内间，见到一副对联，写的是：“世事洞明皆学问，人情练达即文章。”看了这两句，他便如见狼虎，不顾室宇精美，铺设华丽，忙说：“快出去！快出去！”

见到一副对联，竟会产生如此的恐惧感与恶心感，可见他离这种哲学多么远。这副对联鼓吹的是什么哲学？是世故哲学。是最精明又最庸俗的哲学。可惜世人偏偏把这种滑头主义哲学当作宝贝，当作座右铭，只有贾宝玉的天真性情才能一下子就闻到它的冲天臭味。

41　完美主义导致冷漠

理想主义会让人产生热情，也会让人产生绝望。完美主义会让人产生向往，但也会让人产生冷漠。薛宝钗被视为“冷人”，是刻意服食“冷香丸”的冷，自造出来和压抑下去的冷；而林黛玉的冷，则是天然地要求人的完美与世界的完美。除了宝玉，她把其他男子几乎都视为“臭男人”，骨子里是冷的，心灵离世俗世界很远。庄子文字奇丽，但骨子里也是冷的。相比之下，宝玉更靠近“佛”，黛玉更靠近庄。尽管宝玉老是读庄子，但骨子里总有温热，与黛玉的喜“散”不同，他总是喜“聚”，热情在聚中，也在对不完美、不完善的宽容中。

42 天才的定义

“女儿是水作的骨肉，男人是泥作的骨肉。”（第二回）这是宝玉七八岁时的哲学，属于小孩子的大见识。童言无忌，孩子的话常常道破天机，冒出天识。识有常识、知识、见识、睿识、天识之分。宝玉这句话属于天识，因有这句话，《红楼梦》才划开净水世界和泥浊世界。具有常识、知识是常人，具有见识、睿识是智人，具有天识则是奇才与天才。《红楼梦》里充满天识。林黛玉的“无立足境，是方干净”便是天识。天才实际上是天真（赤子之心）加上天识，再加上把天识转化为审美形式的天赋能力。

43 确认人的不完善

完善是上帝的本质，不完善是人的本质。承认上帝的完善才有敬畏，承认人的不完善才有宽容。贾宝玉身处神与人之间，他确认天地的完美，又确认人的不完美，即使对其崇尚的“女儿”，如黛玉、宝钗、晴雯，他也理解其缺点。晴雯那样任性，那样在他面前撕扇子，耍脾气，但他献给她的挽歌《芙蓉女儿诔》，给予其最高的礼赞，认为她兼有质美、性美、神美、貌美，近乎女神。

44 既讲合理又讲合情

西方文化讲合理：合乎真理。中国文化不仅讲合理，还讲合情，即合情合理，通情达理。于是，便出现“理无可恕，情有可谅”的中道。贾宝玉面对贾环的加害，于理本不可恕，却又念及兄弟之情而阻止王夫人去禀报祖母。宝玉做许多事和说许多话，如玉钏儿端的热荷叶汤烫到自己的手，他反而问玉钏儿伤到没有，这不符合逻辑（理），但符合情意。刘姥姥胡编一个在雪地上受难的姑娘（茗玉），他立即让茗烟到神庙里探望，也是不合理而合情。中国文化因强调合情合理，结果增加了许多人际的温馨，但也丢掉许多应有的原则。

45 物理与事理

贾雨村带着甄士隐赠予的五十两白银，进京赴考。起程时留下一句话："读书人不在黄道黑道，总以事理为要。"黄道主吉，黑道主凶。贾雨村的话是向甄士隐表明，此去不管命运如何，也不在乎黑黄变易，当会超越两端，持守"事理"，不失书生本色。可惜他未能实现自己的诺言。

中国读书人确实以事理为要。中国哲学家朱熹等，所讲的格物致知，指涉的"物"，不是西方哲学体系中的"物质"范畴，而是事理，即事与理。

格物是格事，致知是明理。读书人必须是个明白人，也就是明事理的人。西方哲学较多"物与理"的二元对立，中国哲学较多事与理的两极思辨。《红楼梦》的哲学基调则是心与理的多重变奏。

46 真性到哪里去了

在第五十六回中，因江南甄府家眷到京，讲起府中也有一个宝玉（甄宝玉），因此贾宝玉做了一个梦，梦中还叫着自己的名字。这个梦点破了《红楼梦》的一个主旨：

> 只见榻上那个少年叹了一声。一个丫鬟笑

问道：“宝玉，你不睡又叹什么？想必为你妹妹病了，你又胡愁乱恨呢。”宝玉听说，心下也便吃惊。只见榻上少年说道：“我听见老太太说，长安都中也有个宝玉，和我一样的性情，我只不信。我才作了一个梦，竟梦中到了都中一个花园子里头，遇见几个姐姐，都叫我臭小厮，不理我。好容易找到他房里头，偏他睡觉，空有皮囊，真性不知那里去了。”

宝玉听说，忙说道：“我因找宝玉来到这里，原来你就是宝玉？”榻上的忙下来拉住，笑道：“原来你就是宝玉！这可不是梦里了？”宝玉道：“这如何是梦？真而又真的。”

“空有皮囊，真性不知那里去了。”这是《红楼梦》对“唯有金银忘不了”的世人的总认识，不仅是对世俗中人甄宝玉一个人的认识。两百多年前，曹雪芹就发现人已出现了大问题，功名、财富、权力已掏空人的灵魂和人的真性，剩下一个空皮囊。只有皮囊，只有形骸，只有肥胖的身躯和装潢身躯的钱财与名号，只能行尸走肉，只能携着空囊四处奔波，这是人吗？“人的真性到哪里去了”的问题，是人是否还存在的问题，是人有没有变成另一种生物的问题。同样的名字、同样的年龄、同样的容貌，却完全是两种不同质的生命。两个宝玉，哪一个是真人？哪一个是假人？哪一个才是体现人类本真本然的存在？哪一种存在才是诗意的存在？这是曹雪芹的真问题，贯穿于《红楼梦》全书所有意象的哲学问题。

47 随心哲学

听了探春的牢骚，宝玉说："谁都像三妹妹多心多事。我常劝你总别听那些俗语，想那些俗事，只管安富尊荣才是，比不得我们没这清福，应该混闹的。"尤氏听完嘲讽道："饿了吃，困了睡，再过几年，不过还是这样，一点后事也不虑。"宝玉回应说："我能够和姊妹们过一日是一日，死了就完了，什么后事不后事。"又说："人事莫定，知道谁死谁活。倘或我在今日明日、今年明年死了，也算是遂心一辈子了。"（第七十一回）

尤氏嘲讽的是"饿了吃，困了睡"的禅宗哲学。宝玉恰恰肯定这种"随心"哲学，自然哲学。顺乎自然，顺乎心灵，不以主观意志刻意改变世界，才能贴近生活。

宝玉在这席话里还表明了他的充分活在当下、不执于未来的哲学。《庄子·应帝王》中说"不将不迎"，也是不执于过去和不执于未来，以至达到无古今的境界。贾宝玉的当下哲学，使得他的自然心性充分发挥，也使他充分地享受生活，充分地歌哭，充分地爱恋，也充分地感悟世界与人生。

48 玩世与适世之分

袁宏道在其著《锦帆集·尺牍·致徐汉明书》中云：

弟观世间学道有四种人：有玩世，有出世，有谐世，有适世。玩世者，子桑伯子、原壤、庄周、列御寇、阮籍之徒是也。上下几千载，数人而已，已矣，不可复得矣。出世者，达摩、马祖、临济、德山之属皆是。其人一瞻一视，皆具锋刃，以狠毒之心，而行慈悲之事，行虽孤寂，志亦可取。谐世者，司寇以后一派措大，立定脚跟，讲道德仁义者是也。学问亦切近人情，但粘带处多，不能迥脱蹊径之外，所以用世有余，超乘不足。独有适世一种其人，其人甚奇，然亦甚可恨。以为禅也，戒行不足；以为儒，口不道尧、舜、周、孔之学，身不行羞、恶、辞、让之事，于业不擅一能，于世不堪一务，最天下不紧要人。虽于世无所忤违，而贤人君子则斥之唯恐不远矣。

如果以袁宏道的人论为尺度，可发现贾政、薛宝钗属“谐世者”，即靠近道统遵循道德仁义者。而贾宝玉（出家之前）则属“适世者”。组织海棠诗社时，薛宝钗给他起了“富贵闲人”的笔名，他也乐意接受，因为他正是“于业不擅一能，于世不堪一务，最天下不紧要人”。袁宏道说他“最喜此一种人，以为自适之极，心窃慕之”，这也难怪，因为这种适世者，正是性情中人，你说他是佛，他却戒行不足，你说他是儒，他却口不道尧、舜、周、孔之学，这种人最奇，也最招人恨，他们对社会没有伤害，但贤人君子却最看不惯。贾宝玉出家之后当然是达摩一类的出世者，但在贾府时期，说他是庄周式的“玩世者”，牵强一些，而把他界定为“适世者”，可能最接近他的本色。

49 通脱主体论

贾环为赌钱赌输而哭，宝玉教训他说：“大正月里哭什么？这里不好，你别处顽去。你天天念书，倒念糊涂了。比如这件东西不好，横竖那一件好，就弃了这件取那个。难道你守着这个东西哭一会子就好了不成？你原是来取乐顽的，既不能取乐，就往别处去再寻乐顽去。哭一会子，难道算取乐顽了不成？倒招自己烦恼，不如快去为是。”（第二十回）此一道理，与对晴雯撕扇子一事所发表的思想相似。

两件事，两席话，讲的都是人与物的关系。宝玉的意思是，人是中心，人是主体。物应当人化，为人所用，而人却不可物化，为物所役。钱、扇子，都是物，都是人制造出来的“东西”，人被自己制造出来的东西所主宰、所摆布，便是异化。被异化了的人，往往忘记制造东西（物）的目的是为了人自身——为了人的快乐与幸福。制造赌场也是如此，不管是输是赢，只要有益于主体的快乐就好，千万不要为物而生气而生烦恼。这种哲学，虽不算解脱，但至少可称为通脱。

50　破我执与破法执

贾宝玉看到龄官在地上写“蔷”字，突然大雨降临，自己被淋得像落汤鸡，反而告诉龄官：“下雨了，快避雨去罢。”玉钏儿端荷叶汤烫了他的手，他反而问玉钏儿烫着了没有。被父亲打得皮破血流，想的不是自己而是别人。悲悯之心只投射给他者。贾宝玉的佛性，首先是破我执，无论是对待龄官、玉钏儿，还是对待父亲，都无我忘我。除了破我执之外，他还破法执。他不喜欢八股文章，不喜欢圣贤之书，公然说除“四书”之外，其他书皆属“杜撰”，表面上看是狂妄，实际上是远离一切教条概念，破一切法执。《红楼梦》

给人的伟大思想力量，便是一破我执、二破法执的力量。人的解脱与飞升，关键就在于破除这两大执着。

51 至美就在附近

当宝琴、李纹、李绮来到大观园时，贾宝玉的感觉与众不同，那是相当于天降天使的大事，他兴叹道："老天，老天，你有多少精华灵秀，生出这些人上之人来！可知我井底之蛙，成日家自说现在的这几个人是有一无二的，谁知不必远寻，就是本地风光，一个赛似一个，如今我又长了一层学问了。"（第四十九回）

这是对美的发现，又是对美的惊叹！这里没有媚俗，也没有媚雅，更没有功利欲求，只有纯粹审美判断。贾宝玉可说是青春美的第一欣赏者，第一知音。刘勰说知音难求，是因为人类有一共同弱点即贵远贱近，贵耳贱目，不知身边美的价值。宝玉的发现，正是发现美不必远寻，美的资源就是本地风光，就在身边，就在附近，就在眼前。天地的精华灵秀并不是在缥缈的云外，而是在现实的视野之内。整部《红楼梦》正是把世人习以为常、不懂欣赏、不知珍惜的生命重新呈现于笔端。宝玉感叹自己又长了一层学问，大约正是发现"本地风光"、美在眼前的学问。

52 宝玉的天平

俄国宗教哲学家舍斯托夫创造了“约伯的天平”（其代表作为《在约伯的天平上》）。曹雪芹创造了一个前无古人的“宝玉的天平”。在宝玉的天平上，男子这些须眉浊物，可有可无，无足轻重，而女子尤其是青春女儿则比元始天尊、阿弥陀佛更尊贵、更有重量，“便为这些人死了，也是情愿的”。（第三十四回）这一天平是个历史的杠杆，它不仅打破了“惟女子与小人为难养也”的价值偏见，而且在中国历史上第一次把男人看得不重要，看得不净，即破天荒第一次把男人推出历史舞台的中心，也推出宇宙平台的中心。地上的大观园与天上的太虚幻境这些净土与理想国，其主体全是清一色的女性。

53 结构的人质

王国维作为一个天才，他在二十七岁所写作的《红楼梦评论》，借叔本华、庄子、老子、佛陀的学说与眼睛发现了人的两项悲剧性与荒诞性本质：第一，人是欲望的“人质”。一生下来就被欲望所抓住，无可逃遁。人质是没有自由的，它注定在痛苦中挣扎。第二，人是结构的“人质”，即关系的人质。林黛玉的悲剧不是蛇蝎之人制造的悲剧，也不是盲目命运的悲剧，而是共同关系、相关结构的悲剧。人注定生活在共犯结构之中，也无可逃遁。所谓解脱，与其说是断轮回，不如说是从人质变成人的自由存在。

54　秦可卿：通天的巫女

《红楼梦》中的秦可卿，其地位相当于中国文化中的“巫”——居巫山、造云雨、通天际的巫师巫女。

西方文化鄙视巫的角色，认定巫非神，乃是冒充神的骗子。中国文化则尊重巫。李泽厚先生更是认定中国文化从巫源起。上古的君王均为大巫师，他们是地上生民的首领，又是通天的中介。后来中国的“内圣外王”传统也由此派生。秦可卿带有巫的外观：宁国府中的“淫”妇。这在世人眼中便是巫。她是警幻仙子的妹妹，半人半神地导引贾宝玉通天神游太虚幻境的中介。她临终前对贾府的行政王（王熙凤）发表了一番警世圣言，与凤姐形成一个“内圣外王”的结构。她去世时，享受人间最高的哀荣，这不是人的死亡，而是巫的飞升。

55　易信仰而非减信仰

《红楼梦》第二回就通过对甄、贾宝玉童年的叙述，把"女儿"二字与元始天尊、阿弥陀佛并列，甚至把女儿凌驾于两尊之上，透露了曹雪芹的一个重大思想资讯，这就是审美可以和宗教平行，审美可以代替宗教。《红楼梦》中有黛玉谈诗、宝钗谈画、宝玉谈挽歌写作，这是艺术观。而曹雪芹的审美观大于艺术观。他的美学是一种对宇宙、对自然、对世界、对人生、对青春生命全面把握的通观美学。这种美学观又是世界观、宇宙观、人生观，而且是立身态度。虽然审美可以与宗教平行，但曹雪芹不是把神推向美，而是把美推向神，谋求的不是灭信仰，而是易信仰（鲁迅语，参见《破恶声论》），以对美的信仰取代对神的信仰。

56 变易典不易

易即变。《易经》，便是变经。郑玄（郑康成）说《易经》包含三变，即简易、变易、不易。《红楼梦》三易皆有。《石头记》首先就是简易之理的实现。万物中最简易的石头变成人这种最丰富、最复杂的生命，便是由简到繁的简易真理。石头会变，人也会变，王夫人"原是天真烂漫之人"，后来变成一个假慈悲、真凶狠的权贵女人，就是变易。不仅是王夫人，贾府内外每个人每一天都在变，贾宝玉也是天天有所悟，天天都在变。值得注意的是，曹雪芹特别注重“不易”之理，即变中有常，人间生生灭灭中有亘古不变的哲学真理。秦可卿临终前托梦给王熙凤，讲“盛筵必散”，讲“否极泰来”，讲“月满则亏，水满则溢”，讲“登高必跌重”，就是宇宙间永恒的真理。妙玉喜欢范成大“纵有千年铁门槛，终须一个土馒头”，即死是一种必然，这也是不易的真理。“天变，道不变”，强调的正是宇宙间的一些基本规律是不会变的。

57 只呈现而不演绎

八十年前，认真的“评红”者就说：

> “《易》言吉凶消长之道，《书》言福善祸淫之理，《诗》以辨邪正，《礼》以别等威，《春秋》寓褒贬，经天纬地，亘绝古今。而不意《红楼》一书，竟能包举而无遗。”
>
> 又说：“《红楼梦》推演性理，阐发《学》《庸》，以《周易》演消长，以《国风》正贞淫，以《庄》《骚》寓本旨，以《春秋》示予夺，结构细密，变幻错综，包罗万象，囊括无遗。”

境遍佛声：《读红楼札记》，原载《说丛》，1917年3月，

转引自《红楼梦研究稀有资料汇编》上，第6页

这位化名的“评红”高人看到《红楼梦》的包罗万象，兼容各家，囊括无遗，非常对。但说《红楼梦》推演性理，阐发《学》《庸》，却未必贴切。因为《红楼梦》作为文学作品，它只陈述，并不推演，只呈现《学》《庸》，并不阐发《学》《庸》，对于儒、道、释各家皆如此。

《红楼梦》的哲学是艺术家的哲学，其特点，是意象而非逻辑，直陈而非推导，感悟而非演绎，明断而非分析。

58 门庭愈高，情感愈薄

地位和情感往往不成正比，而成反比。贵族豪门的亲情往往不如寒门庶族那么单纯与浓厚。贾府中贾政与他的儿子宝玉、贾环的情其实很淡，因为贾政思虑的重心是家族利益，进入不了超功利的纯情。贾政与自己的女儿贾元春的情更为稀薄，那不仅是因为隔着宫廷的围墙，而且父女之情已变质为严酷的君臣之礼。贾元春在宫廷墙内所感受到的各种情，包括与皇帝的所谓情其实只是幻相与幻影。且不说皇帝随时都可以抛弃她，就以宫廷里严格的秩序与规范，就足以使她注定只能活在寂寥之中。门庭愈高，规

范愈多，秩序愈重，情感便愈薄，这是规律。元春说宫廷是不得见人的去处，这是大实话，读者可从这句话了解她与皇帝的关系：名为夫妻，实为主奴。所以，哲学上对情的把握，不仅要关注“情感”，而且要关注“情境”，不是常人所想的那种简单的卿卿我我。

59 护扇石呆子与衔玉石呆子

《红楼梦》说板儿（刘姥姥之孙）是个“怯人”，即胆小怕事之人。小说中的怯人还有迎春、秦钟等。与怯人相对的便是硬汉。那个宁死也不肯出卖祖传古扇的石呆子就是个不怯不惧的硬汉。平儿在骂贾雨村时讲述了石呆子的故事：

> ……今年春天，老爷不知在那个地方看见了几把旧扇子，回家看家里所有收着的这些好扇子都不中用了，立刻叫人各处搜求。谁知就有一个不知死的冤家，混号儿世人叫他作石呆子，穷的连饭也没的吃，偏他家就有二十把旧扇子，死也不肯拿出大门来。二爷好容易烦了多少情，见了这个人，说之再三，把二爷请到他家里坐着，拿出这扇子略瞧了一瞧。据二

爷说，原是不能再有的，全是湘妃、棕竹、麋鹿、玉竹的，皆是古人写画真迹，因来告诉了老爷。老爷便叫买他的，要多少银子给他多少。偏那石呆子说：'我饿死冻死，一千两银子一把我也不卖！'老爷没法子，天天骂二爷没能为。已经许了他五百两，先兑银子后拿扇子。他只是不卖，只说，要扇子，先要我的命！……谁知雨村那没天理的听见了，便设了个法子，讹他拖欠了官银，拿他到衙门里去，说所欠官银，变卖家产赔补，把这扇子抄了来，作了官价送了来。那石呆子如今不知是死是活。老爷拿着扇子问着二爷说：'人家怎么弄了来？'二爷只说了一句：'为这点子小事，弄得人坑家败业，也不算什么能为！'……"（第四十八回）

这个不羡金钱、不畏权势、威武不能屈的石呆子，寓意很深。

《石头记》写的正是石呆子的故事，只是一个是护扇的石呆子，一个是衔玉的石呆子。两个都是傻子，都是保留天生一片混沌的不开窍的卤人。贾宝玉这一青埂峰下被女娲遗弃的石头，幻化入世后，仍带着原始的浑厚，成了一个常常被人嘲笑的石呆子，他和护扇的石呆子一样，并非造反派，但拥有力透金刚的拒绝力量，不管是硬的如父亲的棍棒，还是软的如宝钗、袭人的劝诫，都不能改变他对仕途经济之路的拒绝。宁肯死，也不能进入国贼禄鬼之列。

60 空空境与无无境

谈论《红楼梦》哲学的最高境界，所以非谈黛玉的“无立足境，是方干净”不可，是因为贾宝玉的“无可云证，是立足境”中的“无”，还是一个与“有”对立的概念，这仍然是一种法执。禅宗的“本来无一物”和“不立文字，明心见性”，强调的正是破法执，不仅要空诸所有，而且连空也空，换句话说，空化无化一切，应包括空本身无本身也空化无化。这便是“空空”“无无”。庄子说无境可以抵达，无无境则是他所难以企及的。林黛玉的智慧，高出贾宝玉一筹，在此表现得最为明显，她超越宝玉的空境与无境而抵达空空境与无无境，占领了禅的制高点，把宝玉的无须证明之情推向连情也没有的最纯粹的理，甚至连理也要舍弃。禅发展为狂禅，正是最后连理的立足之所也没有。曹雪芹知道这一最高境界，并让黛玉为之表述。但他在《红楼梦》全书中把握的是

“无为有处有还无”的悖论，是在有与无之间的彷徨，不是在无与无无之间的彷徨。

61 境界：求道而不求术

王国维的《人间词话》给思想者与艺术家最大的启示是：不可只知功夫而不知境界。任何大宗教、大文化当然也包括大文学、大艺术，追求的应是境界。《人间词话》标志着中国文学对于境界的自觉。而这之前，《红楼梦》则以自己的全部意象与全部情思显示了文学创作上境界的自觉。所以王国维的《红楼梦评论》才从境界入手，区分《红楼梦》与《桃花扇》境界上的区别。

《红楼梦》塑造贾敬这一形象也表明，曹雪芹嘲讽求道只知功夫不知境界的虚妄。儒、道、释的功夫是儒术、道术、佛术。儒术走向极致便是只有圣人面具而无圣者之心，道术走向极致便是贾敬式的连自己也葬身于丹砂妄火之中，佛术的表面功夫则是王夫人式的手不离佛珠但珠子颗颗沾满奴隶们的鲜血。宝玉和黛玉扬弃表面功夫，求索的只是境界，因此谈起禅来，便一境胜过一境。生命奇观就在禅悟觉境中。

62　心的内涵

贾宝玉离家出走之前，自豪地对袭人说：“我已经有了心了，要那玉何用！”贾宝玉经历了沧桑颠簸，最后什么都丢失或放下，却赢得天地间最重要的东西，这就是“心”。此“心”，不是人体内的那颗具有血液循环功能的心脏，不是物质机体的一部分。此心，是宇宙钟灵毓秀凝聚成的生命质点，是慧根、善根等根性的总和。“为天地立心”，立的便是这种心。贾宝玉衔玉而降人间，读者容易误以为玉是天人之际的桥梁，其实，唯有此心此觉，才是天地中介，霄壤大桥。宝玉心觉之后，便成了可做逍遥游的大鹏，甚至是连大鹏相也没有的无相至人了。此心游于物之初，游于太极之初，其“至乐”只有他自己能感受。宝玉如果活在20世纪，可能要对人类说：你们忘了“心”，所以天地万物便要成为机器的原料了。

63　女儿视角

《红楼梦》有大观视角、中观视角，还有一个独一无二的文学视角，这就是“女儿”视角。贾宝玉的卤人眼睛，也与此视角相通。用女儿视角看宇宙看人间，才会看透“臭男人”（黛玉语）和浊世界。女儿视角是彻底的超功名、超功利的视角，在此视角之下，黛玉认为虞姬在楚王失败之际一剑自刎才是对的，她比起韩信、彭越等胜利者最后成了刘邦的肉酱不知要高明多少倍。同样，在女儿的视角下，东施比西施更为幸福。西子把自己的美貌变成男人争斗的工具，此生命意义何在？恐怕还是那个在溪边的洗衣少女的生活更符合人性，也更符合自然。

64 生命目的论

神、上帝、元始天尊、阿弥陀佛，还有“女儿”——青春生命，哪个放在第一位？曹雪芹破天荒地宣告：不是神第一，而是人第一；不是上帝诸神第一，而是青春生命第一。绝对价值、终极目的、最终实在都在生命之中。基督以上帝为无上至尊，人为上帝而活，生命为了上帝，甚至可以为上帝牺牲，所以才有阿拉尔罕把孩子送上祭坛的情节。而曹雪芹绝对不能接受这种观念。宝玉是孩子，黛玉、晴雯、芳官等少女也是孩子，她们的生命才是至高无上的，不可以充当神的祭品。

曹雪芹创造了另一种目的论：以生命尤其是青春生命为第一目的的伟大目的论。在此目的论之下，生命是宇宙极品，不是鬼神祭品，只能栖居于天地之间，而不能放在祭坛上。中国文化的独特性与伟大性，就在《红楼梦》的诗意哲学中。

65 薛宝钗的“移性”论

薛宝钗是贾府中的保守主义者，而保的守的是天生的德性，因此她两次提醒要警惕“移性”。一次是面对宝玉禅悟而写出的偈语，宝钗看了之后笑道：“这个人悟了。都是我的不是，都是我昨儿一支曲子惹出来的。这些道书禅机最能移性。明儿认真说起这些疯话来，存了这个意思，都是从我这一支曲子上来，我成了个罪魁了。”（第二十二回）第二次是和黛玉谈心论书时说的：“……你我只该做些针黹纺织的事才是，偏又认得了字，既认得了字，不过拣那正经的看也罢了，最怕见了些杂书，移了性情，就不可救了。”（第四十二回）

一次说道书禅机最能移性，一次说杂书也能移性。她界定的移性，是坏事，并非好事。宝钗是个虔诚的儒者，自然是信奉“性本善”。她担心的移性，是移了人之初的善性德性，在她看来，如果有损善性德性，还不如不读书为好。宝钗是个德性本体论者，贾宝玉则是一个心性本体论者。宝玉以赤子之心为根本，他与宝钗的思路正相反，认为八股文章和许多所谓圣贤之书，反而会移动赤子之性。两人的冲突就从这里发生。最后的一场关于圣贤与赤子的辩论，与两人不同的移性观完全相通。

66　三毒只戒两毒

贾琏是个色鬼，偏偏妻妾都不是痴人。王熙凤既贪且嗔，绝非痴人。平儿则非贪非嗔非痴，属于佛教所要求的去三毒的完人。还有一个小妾秋桐，嗔气很重，也无痴情。从这一角度看去，倒是尤二姐真有一身痴情。贾琏对王熙凤的积恨，最终给了一张休书（据第五回仙曲的命运预示），与尤二姐的死亡一定有关。曹雪芹的哲学思想太奇特，对佛教全力呼唤必戒的三毒，只恨贪、嗔两毒，而对情痴情种则充满同情，其主人公贾宝玉、林黛玉不仅是一般的痴人，而且是奇特的痴绝。以痴化贪，以痴化嗔，正是《红楼梦》与佛教哲学的大区别。

67　杏花与我为一

曹雪芹在“杏子阴假凤泣虚凰　茜纱窗真情揆痴理”一回中写贾宝玉对“杏子阴”进行审美活动：

> 宝玉……从沁芳桥一带堤上走来。只见柳垂金线，桃吐丹霞。山石之后，一株大杏树，花已全落，叶稠阴翠，上面已结了豆子大小的许多小杏。宝玉因想道：能病了几天，竟把杏花辜负了！不觉倒“绿叶成荫子满枝”了！因此仰望杏子不舍。又想起邢岫烟已择了夫婿一事，虽说是男女大事，不可不行，但未免又少了一个好女儿。不过两年，便也要“绿叶成荫子满枝”了。再过几日，这杏树子落枝空，再几年，岫烟未免乌发如银，红颜似槁了。因此不免伤心，只管对杏流泪叹息。正悲叹时，忽有一个雀儿飞来，落于枝上乱啼。宝玉又发了呆性，心下想道：这雀儿必定是杏花正开时他曾来过，今见无花空有子叶，故也乱啼。这声韵必是啼哭之声，可恨公冶长不在眼前，不能问他。但不知明年再发时，这个雀儿可还记得飞到这里来与杏花一会了？（第五十八回）

从这段描写中，可看到宝玉（人）与杏花（自然）完全融合为一。这是活的齐物论，是对庄子“天地与我并生，万物与我为一”最具体的注解。宝玉作为审美主体，他不是站在物（杏）的对面去分析辨别，而是在与物相融相契、共同运化时，以整个身心去体悟。贯穿于《红楼梦》的人生观、世界观，也正是认为人生在世，首先不是以感性认识或理性认识去认知和把握万物万相，而是以自己真实的心和真实的情去与天地神人融为一体，让情自然化与宇宙化，而这种化解主客体分裂的整体存在，才是本真的诗意的存在。

68 方与圆的生命结构

用酸、甜、苦、辣四个字来描述王熙凤是很有趣味的。当贾珍决定邀请她来协理宁国府时，该府总管来升便传齐同事人并警告说："如今请了西府里琏二奶奶管理内事，倘或他来支取东西，或是说话，我们须要比往日小心些。每日大家早来晚散，宁可辛苦这一个月，过后再歇着，不要把老脸丢了。那是个有名的烈货，脸酸心硬，一时恼了，不认人的。"（第十四回）来升在这里点到"酸"字，说她脸酸心硬。其实她不仅脸酸，而且是有毒的醋瓶子。其浓酸毒酸就杀了尤二姐和鲍二的老婆。至于辣，则在《红楼梦》的开端中，贾母已给林黛玉做了介绍，这是有名的"凤辣子"："你不认得他，他是我们这里有名的一个泼皮破落户儿，南省俗谓作'辣子'，你只叫他'凤辣子'就是了。"（第三回）贾母特别喜欢这个"辣"，其实是特别甜，其奉承话、献媚话，甜到“老祖宗”的心里去了。可惜，这个又酸又辣又甜的极端聪明人，最后结局是一个“苦”字：“一从二令三人木，哭向金陵事更哀。”生比他人苦辛，死比他人苦楚。

曹雪芹笔下没有一般化的书写，他把王熙凤写得酸透、辣透、甜透、苦透，性格的任何一面都有很强的力度。这是他的文本策略：把情致推向极端。其哲学基点是个“极”字。这是棱角的极，即方之极，但他并没有把王熙凤写成坏人，其生命整体又属圆形。方与圆的构造底下是哲学极与中的悖论。

69 终极来处不可言说

宝玉与黛玉的深情从哪里来的？根在哪里？源在哪里？曹雪芹提供了一个神瑛侍者和绛珠仙草的伊甸园似的传说。但是，若再追问下去，侍者与仙草来自何处？根在哪里？源在哪里？则不可言说，难以求证。弗洛伊德追究文学源于何处，梦源于何处，追到性压抑、恋母情结，那么压抑情结、恋母情结又从何处产生，也难实证。曹雪芹借佛说把起因界定为空。生命来自空，也归于空。他对于此说，止于了解，不再追究，也不做判断裁决，只把全部心力用于呈现。智慧用于培育花朵，而不用于追根索源，所以当妙玉问宝玉："你从何处来？"宝玉答不出，倒是惜春为他作答："从来处来。"《红楼梦》破一切执，也破了来处与去处的执。曹雪芹把握了自己的使命，一切都恰到好处。这也许可以启迪《红楼梦》研究，让我们明白，欣赏、了解、感悟其精神和艺术，比追寻曹氏的家谱与索隐人物的来处更为要紧。

70 悟者，千百难以得一

所谓天才，乃是善于把审美理想转化为审美形式的巨大才能，也是善于通过悟性转识为智（大智慧）的巨大才能。曹雪芹就是这样的天才。刘禹锡在《曹溪六祖大鉴禅师碑第二碑并序》中说："……无修而修，无得而得。能使学者还其天识。"（《全唐文》卷六一〇）而清代《名家制义六十一家》有位无名氏说："学也者，人得而至也；才也者，十不一得焉；识也者，百不一得焉；悟也者，盖千百而不一得焉。夫悟者，学不为力，才不为思，识不为解。积于无题之先，触于有题之后；不以有文生，不以无文灭。故悟得而文之，能事毕矣。虽然，阅历而悟，是谓正学；凭虚而悟，是谓异学。所争毫黍之间耳。"（《名家制义六十一家》，清抄本，国家图书馆藏。此书共六十一册，引语见第十三册）

说《红楼梦》是一部悟书，并不是说它凭虚而悟，而是说它阅历而悟，没有曹雪芹经历的大苦难，就没有《红楼梦》。说《红楼梦》是一部天才之书，也不是说它凭空而降，而是说它是一部大于学问、大于知识、大于历史、大于政治道德的伟大著作。

71　了别与了义

《好了歌》多重暗示中的直接之义是大乘佛教的了义。所谓了义，便是最透彻、最后的真理。禅把外三宝（佛、法、僧）转变为内三宝（觉、正、净），以觉代佛，觉即神，而一切佛法包括千经万典化为正法，便是了生死、成佛道、度众生的方法。《好了歌》如此重要，正是它包含着内三宝的根本点，暗示人生无常，祸福相依，能深知了，才能把握好，若要完全好，就要善于了，敢于了，断然了。佛教不讲分别，只讲了别。不讲分别，所以好便是了，了便是好。讲了别，就是要把握了义，以了作结，求得对人生有一大彻大悟。

72　父与子的冲突

范文澜在《中国通史》中论述唐代文学，说杜甫诗呈现儒，李白诗呈现道，王维诗呈现释。儒、道、释三教，是精神，也是出路。《红楼梦》则由贾政呈现儒，贾敬呈现道，贾宝玉呈现释，也是三种道路与出路。贾敬求道太急而失败。道的深层是老庄，表层是炼丹术。宝玉、黛玉走的是深层之“道”，不过，对于宝玉，大乘更是他的大道。贾政选择儒也无可非议。宋之后直到清代，社会已看不起世袭的士人与士大夫，因此，有了爵位之后还得努力争得科场上的功名，为了家族群体的利益，非走仕途经济之路不可，而宝玉偏偏拒绝此路即拒绝入世建功立业。这样，贾氏家族便将失去光荣与永恒，因此，在贾政眼里便成“孽障”和“无知的蠢物”。父与子的冲突，首先是个体生命自由与家族群体利益的冲突。

73 人已忘记人的根本

宝玉阅尽人间的山山水水形形色色之后，准备辞家远走。从青埂峰下幻化入世，历经浮沉、沧桑、变故，品尝种种大小悲欢。观看过，沉思过，胡闹过，热恋过，痴迷过，自审过，执着过，憧憬过，如今一切都放下，决心出走。临行前，他对曾经相处过的“人类”做了一次总结性评价，那是“佳人双护玉”的时刻，他对两位屋里佳人说：“你们这些人，原来重玉不重人哪！”这一大感叹，真是石破天惊。这不仅是对宝钗、袭人的评价，而且是对人类整体的告别总评说。身处18世纪的人类，生命重心已向物质倾斜，看重的已是玉所象征的物色、财色、器色、姿色，而不是人之为人的骄傲与尊严，也不是人的真情真性真品格真智慧。玉比心强，物比人重，利比情急，身边的妻妾尚且如此，更莫论屋外的陌生人群了。宝玉出自肺腑的大感叹，是何等伤感的评说，又是何等深邃的失望与绝望。但从哲学上说，他是在提示，人已忘记了人的根本是什么。

74　异道而取中道

在小说的开头，作者就借“假语村”之言，将贾宝玉界定为“大仁”与“大恶”之外的中道之人。他属中道、中庸，却非庸人，更非“乡愿”，因为他有狂与狷的支撑。“无故寻愁觅恨，有时似傻如狂。”其实不仅“如狂”，还常常真狂，说古书多是杜撰，说男人都是泥作，就够狂了。而从不进入追逐功名之列，不读八股文章，则有所不为，是为狷。所以他远离乡愿，而成异端。异端而非极端，异道而取中道，独立而又中立，温中有厉，厉中有温，且温且厉，宝玉的立身态度，正是一部有血有肉的活哲学。

75　心之外，一切可“了”

天才的特点一是极为敏锐，二是极为痛苦。曹雪芹正是这样的天才。因为敏锐，便见到世人常人未能见到的悲剧，于是痛苦。也因为敏锐，所以能有大见识，能击中要害。禅的“明心见性”正是击中要害。《红楼梦》作为天才杰作，它首先是明心，一部《红楼梦》也可说是一部心传、心经、心学，写的是心事，吟的是心音，明了的世界本质是心灵。心之外，一切都可以“了”。《红楼梦》为天地而立的心是净水世界主体的少女高洁之心，真纯之心。《红楼梦》所见之性也是心性，纵承陆（象山）王（阳明），横接释迦牟尼，自己还强调一个来自《山海经》时代早已有之的天性，便形成了独树一帜的哲学。

76　中性人

《红楼梦》的续书，最大的功劳是保留主人公的悲剧结局，而且这种悲剧不是大仁者与大恶者冲突的结果，即不是善恶斗争的结果。造成悲剧的不是“大恶者”（贾雨村语），不是“蛇蝎之人”（王国维语），而是一些亲者、爱者、长者由于处在不同的价值层面和不同的性格层面而互相作用的结果。林黛玉不是被害的结果，而是被选择的结果，每个参与选择者都出于“善”的动机，却造成“坏”的结果，所以最后是“共同犯罪”又共同流泪。这里没有因果报应，没有道德裁决，没有社会干预，只有参与者个体的立场、思虑与性情的合力。这种深刻的悲剧，其哲学基础就是第一回作者借贾雨村说出的“三维人性论”：天地正气所生的大仁者，天地邪气所生的大恶者，清明灵秀之气所生的中性者。《红楼梦》的悲剧乃是中性人共同犯罪的结果，包括贾母、王夫人、贾宝玉等，全是中性人。

77　直线情感与曲线情感

贾宝玉和晴雯、芳官等的情感往来是直线的，而和黛玉的情感交汇虽也直，却有许多曲线。因为情进入内心最深处，直线难以抵达。用诗通感，用禅暗示，用泪怀想，都属曲线。宝玉和秦可卿的情感，更是曲线，线头弯到天上，曲到太虚幻境。可卿一线虽曲但不复杂，唯有与黛玉的情感，既是曲线又是多线，既有外在又有内在，既有感性又有灵性，既有欢笑又有歌哭，既有争吵又有暗示，既是身的投入又是心的投入，不仅曲曲折折，而且交交错错，因此，它才形成《红楼梦》的主要情爱景观。

78　哲学四要点

由贾雨村之口说出的《红楼梦》人性哲学，乃是三维人性论。大恶者与大仁者可称为黑白对立的两色，但第三种人则不能视为黑白两色调节出来的灰色人。如果是灰色人，就一定会徘徊在黑白两边而投机取巧。可是属于第三种人的贾宝玉与林黛玉却全然没有投机的特性。他不是天地正气与天地邪气的混合，而是一种被曹雪芹称为“清明灵秀之气”“聪俊灵秀之气”所生，并形成独立自主的一种人格。以此人格为主角的《红楼梦》，其美学风格是秀美，其精神风格是空灵，其思想风格是清明，其人物风格是俊逸。《红楼梦》哲学如果借用老子《道德经》“一生二，二生三”的数字表述法，它的哲学要点可表述为：一，天人一体形成的宇宙境界；二，不二法门形成的无善无恶、无是无非、无真无假、无贵无贱的大慈悲与大自在；三，三维人性论所提示的灵秀美学；四，四句十六字诀（因空见色，由色生情，传情入色，自色悟空）而形成的人生观与宇宙观。

79　无声“道言”

落花、落叶引起林黛玉那么大的伤感，也引起贾宝玉那么震撼的“同情”（听了《葬花词》而恸倒在地）。宝玉还常独自和星辰、鱼鸟对语。连一片叶、一朵花、一只飞鸟、一条小鱼的生灭都会引起如此的心动与情动，更何况对于一个心爱之人的消失与死亡。对于晴雯的死、林黛玉的死以及秦可卿、鸳鸯、金钏儿等人的死，在宝玉心中引起何等的震动与痛惜，这种悲情达到怎样的深度，言语难以表达。对于晴雯，宝玉还试着用言语咏叹，对于林黛玉，则只有行为语言了。离家出走，告别知音无法生存的世间，是唯一可以表达的语言。这一行为语言是大言，是道言，是无声无字的诗性语言。《红楼梦》续书，能写出这一道言，便是功不可没。

80　宝玉的“烦”

梁漱溟认为西方文化（以基督教文化为代表）重来世（重天堂）；印度文化重前世（讲因果）；中国文化则重现世（重生活）。中国人认定死后（来世）没有天堂，也不可能转世重生，所以就认定要在现世中好好过日子，认真生活、努力生活、享受生活，尽可能生活。中国皇帝和中国民众都很能享受生活与中国文化的大观念相关。于是，如何生，如何“好”，便成了中国哲学的主题。《红楼梦》哲学没有从根本上改变这一主题，但它带入强大的新意蕴，这就是如何生得有意义，“好”又如何“了”。是贾宝玉的存在方式有意义，还是甄宝玉的存在方式有意义？是父的方式（贾敬、贾政等）有意义，还是子的方式（宝玉等）有意义？聪明的宝玉看到周围的王公少爷，各个有吃有穿，享尽荣华富贵，但没有意义。宝玉的“烦”是超越性的“烦”，是如何生得有趣有味有意义的烦。宝玉的出家，不是奔向来世，也不是否定现世，而是超越现世的困境和存在方式，去做另一种尚无结论的追求。

81 心外仍有敬畏

宝玉最后的觉悟与王阳明的“心外无物”相通，但是《红楼梦》及其主人公是不是除了对心的敬畏之外就没有任何外在的敬畏呢？显然不是。《红楼梦》一开篇就借贾雨村谈哲学，开口就说“天地生人”，讲天地之正气、邪气、秀气如何塑造人，以天地为人的前提和依据。而全书的结构又是天人无分，天地人三才合一，主人公来自天上又回到天上，可见对天地很有敬畏。中国大文化系统没有上帝这种人格神，但有畏天命、尊天道的思想。《红楼梦》容纳中国文化的这种情感结构，保持对冥冥之中的大明净与大秩序的敬意。宇宙的大明净与大秩序，是超越性与神秘性存在，是天地人的协同共在，无神论者面对此一存在，就如同面对上帝。中国讲太极，讲天理，也是以这种无可怀疑、无可更改、无可证伪的无限存在为灵明神明。这与禅的绝对性的“去畏求慧”不同。《红楼梦》虽立足于禅，但并不完全等于禅，所以说它是一个哲学的大自在。

82 不是苦行僧，但有精神苦旅

在印度，无论是佛教徒还是印度教徒，苦行僧很多。但在中国，则几乎没有苦行僧。这也许是佛教东来后受到中国乐感文化（儒）和逍遥文化（庄）的洗礼。贾宝玉虽天生富有佛性，热衷于读禅，但也拒绝苦行，乐于充当快乐王子，尽情享受生活，深信重要的是“心诚”。心净则土净，净土就在心中。他虽未做苦行，却感受过苦打（被父亲往死里打）、苦毒（中了赵姨娘、马道婆的魇魔法）、苦恋（情感的打击），这些都是内心的炼狱、精神的苦旅。虽不是苦行，却也是觉醒的阶梯、顿悟的条件。顿教（南宗）的精神飞跃（彻悟），不是文字（读书）的结果，却与经历修炼有关，也属阅历而悟，并非凭虚而悟。

中辑：马里兰笔记

写于美国马里兰州

83　直面自我的粪窟泥沟

贾宝玉见到秦钟后的那一段自思，值得一读再读：

> 那宝玉自见了秦钟的人品出众，心中似有所失，痴了半日，自己心中又起了呆意，乃自思道："天下竟有这等人物！如今看来，我竟成了泥猪癞狗了。可恨我为什么生在这侯门公府之家，若也生在寒门薄宦之家，早得与他交结，也不枉生了一世。我虽如此比他尊贵，可知锦绣纱罗，也不过裹了我这根死木头；美酒羊羔，也不过填了我这粪窟泥沟。'富贵'

二字，不料遭我荼毒了！”（第七回）

这段话的重要性在于，一个贵族子弟对自我竟然有如此清醒的认识。贾宝玉不仅意识到自己无法“治国平天下”，而且认识到自己的身内藏着一个“粪窟泥沟”。搞不好，人就会变成另一种生物——变成泥猪癞狗。有这种“自思”，才有自明，才能从猪狗的城邦中跳出来。能跳出来，便是大智慧，佛教是唤醒智慧的宗教。《红楼梦》的智慧，不是权术、心术，而是禅式的对世界与对自身清明的意识。贾宝玉对自身不净彻底的确认与意识，使小说智慧进入到前所未有的深度。

20世纪西方第一个把哲学眼光切入自我内部的伟大学者是弗洛伊德。他揭示潜意识世界，揭示生命自我、本我、超我的内部主体际性，从而开辟了认知自我的大思路。可惜弗洛伊德之后，西方哲学又走入死胡同，以语言取代心灵，心理分析被语言分析所替代。西方学者尚未发现，早在两百年前，中国的伟大作家曹雪芹就深深触及自我，触及内心。

84 “自看”哲学

宝玉此时看他人，事实上是“自看”：“如今看来，我竟成了泥猪癞狗了。”以出自寒门的他人为参照系，一个贵族子弟能看到自身的“粪窟泥沟”，这是很了不起的自省精神。能自看、自省，才能自明。富贵人未必高贵，“人贵自知之明”，能自看自明自知才真高贵。《五灯会元》卷二载有崇慧禅师对僧人解说菩提达摩，说“他家来，大似卖卜汉，见汝不会，为汝锥破卦文，才生吉凶，尽在汝分上，一切自看”。意思是说，达摩从印度来，就像一个占卜大师，只告诉你一条真理：卦文是凶是吉，其实都在你身上，全靠你自看自决。宝玉见了秦钟后如见到一面镜子，接着便是自看，再接着的“自思”之语，便是自己读出的卦文，明晰、诚挚而谦卑。在偌大的贾府中，具有“自看哲学”的，只有宝玉一人。

85　非逻辑中人

世人嘲笑宝玉自己烫了手，反问别人疼不疼；自己被雨淋得水鸡儿似的，反告诉别人“下雨了，快避雨去”。嘲笑的是反逻辑。宝玉常常违反世人的生活逻辑，烫了手反问别人疼不疼，反的只是小逻辑，憎恶拒绝走仕途经济之路，反的则是“理所当然”的大逻辑。《红楼梦》有意思的是不仅主人公的行为反逻辑，而且全书的思维方式也反逻辑。因为它的主要方式是禅的方式，禅本身是反逻辑的，明心见性没有逻辑过程。“悟”与“觉”的特点正是它们具有超越逻辑中介和打破逻辑的力量，这是取代神的另一种破执力量。贾母、王夫人不能选择林黛玉做孙媳妇、儿媳妇，恐怕也是觉得林黛玉如宝玉一样，都属非逻辑中人，结合在一起，日子就没法过了。

86 “意淫”只可悟证

警幻仙姑说“意淫”二字，“惟心会而不可口传，可神通而不可语达”（第五回）。用哲学的语言来解说“意淫”，那便是性爱的想象性解决、想象性实现。它大于精神之恋，也大于肉体之爱，是一种通过自由想象而达到身与心的双重投入。在现实生活中，尤其是在贾宝玉时代，性爱没有自由，要找到可以全身心投入的情爱对象更难，在此环境下，对于一个情感充沛而且对青春少女具有崇拜感与欣赏热情的人，就只能通过自由想象来完成深广的爱。这种想象是一种心理活动，它是自我的、无边的、隐私的，而且不受法律制约与道德裁判。这就是说，世上有些复杂的心理活动，语言无法抵达它的深处。如意淫，就既无法实证，也无法论证，只能悟证。意淫这种心理活动，既反逻辑，又反规范，既反道德，又反法律，它无边无际，因此也无法证实，但它又是真实的存在，是所有有血有肉的人都可能历经的一种心灵生活。曹雪芹作为一个伟大作家，他又是一个最诚实、最无面具遮掩的人，所以他确认“意淫”，确认自己的人格化身贾宝玉是“天下古今第一淫人”。

87 智者了达

《好了歌》作为哲学歌，内涵很重。就“了”字而言，它包括了义、了达、了境，皆是佛家哲学的要点。了义即真实之义，这乃是最圆满的义谛。了境则是止境，世上的荒诞是不知止，不彻悟，即不了达。《坛经·宣诏品》：“明与无明，凡夫见二。智者了达，其性无二。无二之性，即是实性。”第五回说宝玉“天性所禀来的一片愚拙偏僻，视姊妹弟兄皆出一意，并无亲疏远近之别”。这种无亲疏之别、无远近之别、无内外之别，既是人性，又是佛性。既是无（无二之性），又是有（实性），而且是大有。无分别的大有，便是妙有。妙在能够对佛性整体的把握。宝玉被人误认为是傻子，实际上却是“智者了达”。

88 羡而不渔

君子临渊，羡而不渔。这是曹雪芹对笔下“闺阁中人”的态度，也是贾宝玉对众女子的真实态度。羡而不渔，便是只欣赏而没有占有欲望的审美态度。所谓“意淫”，也是这种态度，只有羡慕、爱慕、倾慕，没有结网打捞之念。宝玉对女性如此，对少年男性也是如此，他对于秦钟、琪官（蒋玉菡）等也止于羡。与宝玉不同，贾琏、薛蟠等则只知“渔”，不知“羡”，只知滥淫，不知意淫。

89 善根与慧根的比重

妙玉的才情几乎要压倒黛玉与湘云，可惜她慧根太强，善根太弱，聪明有余，慈悲不足。如何对待贾母与刘姥姥两个老人，检验的是她的善根，验证的结果是未免势利。贾氏两府及大观园的女子中，有的慧根强于善根，如黛玉；有的善根强于慧根，如香菱；多数是慧善兼有只是比重大小难分。就两个主人公而言，黛玉的慧根强于宝玉，而善根则不如宝玉。贾宝玉是慧善兼有，而且善根无边无沿一直伸延到天上的星辰、地上的鱼鸟，是天人合一的至善者。黛玉的慧根也伸展到无边无际，抵达宇宙深处的“天尽头”。

90 宝玉只宜生活在两种自然关系中

贾宝玉和姐妹们听戏后，王熙凤说小旦的扮相像一个人，湘云口无遮拦，便说像黛玉，宝玉怕惹黛玉生气，向湘云使了个眼色。他本是好意，却招惹湘、黛不满，由此，他感慨道："目下不过这两个人，尚未应酬妥协，将来犹欲为何？"从而悟到还是"赤条条来去无牵挂"更好。

贾宝玉是最单纯的自然生命，他天生只适合生存在两种自然之中，一种是拥有日月星辰山水花鸟的大自然中，一种是拥有天真天籁的少女自然生命之中。可是，当他和少女一起进入人际之后，发现她们也带上人际的复杂，因此感慨很深，悟到还是赤条条无牵挂的自然人更好。在与自然的关系中，心与心没有隔。而在人际关系中，即使和最亲近的人在一起，也要产生许多嫌隙。这种悟在宝玉的心中不断积淀，导致他最后离家出走。

91 贵在生命之质

贾宝玉在《芙蓉女儿诔》中歌颂晴雯："其为质则金玉不足喻其贵，其为性则冰雪不足喻其洁，其为神则星日不足喻其精，其为貌则花月不足喻其色。"在贾宝玉乃至曹雪芹眼里，对于生命的审美理想应兼有质美、性美、神美、色美。而具有此四维美的生命，是天地之间的任何其他万物万有包括金玉、冰雪、星日、花月所不能比拟的。

人的生命，贵不在于量，而在于质。《金刚经》警告人不可有"寿者相"，就是只知生命的量不知生命的质。

晴雯只是一个少女，却体现出人的最高的生命质量。人的功名、财富、权力都不是生命的质，与晴雯这样一个活生生的至美的形象相比，贾府中的老爷们个个都是灵魂的木乃伊。贾宝玉的眼睛是中国文化中对生命之质具有最高敏感的眼睛，它奠定了中华民族未来审美的最好的基石。

92 纯粹唯美主义者

贾宝玉在世上的一番人生，只做三件要事，一是恋爱，二是读书，三是写诗。但三件事都被父亲贾政视为邪路。爱恋时把爱情放在亲情之上，而且还泛爱；读书不读圣贤之书却读杂书；写诗作赋则如同声色犬马，并非正业。三者都不入“槛”，所以宝玉如妙玉，几乎接近槛外人，即十足的异端。其实，宝玉的爱恋广泛而单纯，大体上属于柏拉图式的精神之恋；读书时拒读八股文章而读《西厢记》等，寻找的是真情而不是面具；写诗作赋更是发自内心的歌哭，寄托的是至真至善的梦。三者都证明这个衔玉而降生的贾宝玉，是个超功利的纯粹唯美主义者。

93 故乡哲学与终极归宿

故乡是什么？故乡在哪里？故乡是有还是无？人该追

求“色还乡”（衣锦还乡），还是“空还乡”（赤条条来去、质本洁来还洁去）？这都是人生的真问题，也是真难题。思想者认为知难行易，仅知故乡就不容易。曹雪芹正是对故乡知之太深，所以笔下人物便有思之太切。林黛玉抚琴奏的（宝玉、妙玉偷听的）其实是“思乡曲”。《红楼梦》中的故乡有两义：第一义是指生于斯、长于斯的父母之府、兄弟之园，这是“我们”的归属、现实的归属；第二义是真心所存之处，真谛所寄之所。这在大宇宙的空旷中，也在自己内在的深渊中。世人的衣锦还乡（王熙凤做了“衣锦还乡梦”）是以第一义为人生目的，贾宝玉和林黛玉的乡愁，则是对第二义的思念和思索。三生石畔、灵河岸边、大荒山、青埂峰全在他们的潜意识中，那是真心之所。他们头一次见面就说见过、眼熟，其实，故乡故人就在心底。《红楼梦》的故乡哲学是普世性哲学，它揭示人的终极归宿不是籍贯，不是种族，而是普世的真性与真理。思之切便有行之真。贾宝玉和林黛玉的相恋苦恋，也可解释为终极故乡的苦苦追寻。林黛玉死后，宝玉离开宝钗和袭人到外间独睡，期待林黛玉的魂魄能来入梦，是他的乡愁达到极点。

94 聚散一体

第三十一回写道：

林黛玉天性喜散不喜聚。他想的也有个道理，他说："人有聚就有散，聚时欢喜，到散时岂不清冷？既清冷则生伤感，所以不如倒是不聚的好。比如那花开时令人爱慕，谢时则增惆怅，所以倒是不开的好。"故此人以为喜之时，他反以为悲。那宝玉的情性只愿常聚，生怕一时散了添悲；那花只愿常开，生怕一时谢了没趣；只到筵散花谢，虽有万种悲伤，也就无可如何了。

一个喜散不喜聚，一个喜聚不喜散。归根结底，总是林黛玉想得比贾宝玉深。宝玉立足于"常聚"的理想主义，但理想终究要被撞碎于"常散"的现实地面。而黛玉立足于"散"，反而对"散"有了心理准备，不必像宝玉那样为"散"而长吁短叹。曹雪芹的哲学观是聚散一体，一聚一散如一阴一阳，一体两面，不断相互转化。"盛筵必散"是无可改变的规律，宝玉的"常聚"也只是个梦。不过，宝玉喜聚，说明他热爱生活。想在欢聚时的瞬间充分享受生活，这一点乃是比林黛玉更积极地对待人生。

常人都以为喜聚是有情，是热情，不知喜散也是有情，而且是更深的情感。林黛玉是《红楼梦》中内心生活走向最深层面的人，也是精神最精致、最细致的人，她何尝就不喜欢聚，不喜欢相逢？但她比他人想得更深的是聚散一体，相逢与相别一体。相聚时高兴，但相别时会带来更深的孤独感。这是一种深刻的悲剧性心理。林黛玉对花谢花落的感受比常人深，她的《葬花词》为花朵的“散”而落泪。想到花开的情景，对于花落就有更深的悲伤。贾宝玉也会有相聚后分离的失落感，但没有林黛玉聚散一体的深思，即未悟到聚的欢乐会给散带来更深的忧伤。哲学感悟会深化情感，林黛玉是一个例证。

95　贾宝玉的“畏”

海德格尔在《存在与时间》中辗转着三大范畴：烦、畏、死。《红楼梦》中也充满着这三种文化心理内容，甚至还有生理内容。贾宝玉的“烦”主要是牵挂——对其心上人梦中人的牵挂。其畏的内容则主要是对“散”的害怕。他不怕死，讲起死来总是很轻松，满不在乎，但一说起“散”，就不安、紧张，甚至痛苦。探春远嫁时，他的一番痛哭，便是为离散而哭。袭人知道他畏的是什么，因此就以辞家出走为名逼他答应三件事，他果然一一应允。在宝玉的“畏”里，其精神之核是对情的珍惜，人生这么短，相逢已很难，相聚就更难。相聚包含着多少因缘、多少机缘、多少偶然，宝玉虽说不出道理，但明白：一旦与心爱的人离散，到地球来一回就失去意义。黛玉表面上与宝玉相反，喜散不喜聚，但骨子里也是害怕离散，她认为人相聚后再离散，心里更难受，还不如不聚（参见第三十一回）。这不是不爱聚，而是害怕聚的暂时性，归根结底也是畏。

96 相信“死而不亡”吗？

聚散往往只是在世俗人生的层面上说，至于灵魂层面，那就更复杂一些。北宋哲学家张横渠讲个体形成就是聚，个体消解就是散，但散不是消灭，而是归于气化的大流之中，也就是说形散而神并不真散。在这个大循环中，散即聚，聚即散，聚散不二。庄子也是这样理解聚散，所以才会有“生死同状”的思想，把妻子的死视为只是形的消失，而神则汇入宇宙阴阳大逻辑链中。王船山在解释张横渠的聚散观时说，这是灵魂的“大来大往”，曹雪芹作为一个怀疑主义者，似乎半信半疑，他让主人公期待黛玉能来入梦，但又让他的期待落空，“悠悠生死别经年，魂魄不曾来入梦”，神聚神交的梦想终归破灭。张横渠相信“死而不亡”，曹雪芹相信吗？倘若相信，怎么会有“一把辛酸泪”。看来，他只是在世俗层面上相信聚散同一的哲学，并不相信生死无分的神话。

97　敬是情感，不是虚名

宝玉对芳官说，无论对神还是对已逝的亲人，重要的是“敬”，而不是虚名。这也是理解《红楼梦》的钥匙之一。真正的信仰是出自内心景仰，这就是“敬”。敬实际上是一种情感，而不是服从。真诚的信徒对上帝对佛教是倾注真情，是敬不是恐惧。《红楼梦》中最深的情，都有“敬”的前提。宝玉对宝钗、黛玉、袭人、晴雯都有情，但对黛玉、晴雯的情更深，是因为有“敬”的情感在前。最为难能可贵的是，宝玉作为一个贵族公子，他对属于“下人”阶层的晴雯、芳官等，居然也有一种敬意，不只是恋情而已。如果没有敬意，怎么会有《芙蓉女儿诔》中那种绝对性的赞美。连金玉都不足喻其贵，这是何等的敬意，何等的情感。

98　习性易变，天性难变

贾宝玉降临人间，口中所衔的玉石只是心性的象征，不是使命的象征。他有基督的大爱大慈悲，但没有基督的使命。基督来到人间，带有救世的天职，而贾宝玉则完全没有。他只是到人间走一回，看看人间，享受感受人间。他有关怀之情，却无拯救之力，也无拯救之思。基督具有伟大的理念，教徒们也从理念出发去行动。而贾宝玉则没有先验理念，只是与生俱来就觉得人应该拥有尊严、自由和人格平等。他无师自通，一切全出自天性。

因为是天性，是内在生命的本然，所以就不会变。基督的伟大天性也不会变，但其教徒，立足于教义，不是出自天性，便容易变。

贾宝玉的品性在幼年时期就充分表现出来。周岁时，他的父亲要试他将来的志向，便将那世上所有之物摆了无数，与他抓取。谁知他一概不取，伸手只把些脂粉钗环抓来。政老便大怒了，说："将来酒色之徒耳！"他第一次见到黛玉，只有七八岁光景，就口出妄言：除"四书"外，杜撰的太多。他先天带来口衔的玉石，也先天具有至真至善至美的品格，其善根慧根都是固有的。孟子说："仁义礼智，非由外铄我也，我固有之也。"(《孟子·告子上》)宝玉的善根慧根也是天生固有的，不带外铄性，所以一以贯之，无法动摇。其余的棍棒打不掉，送到学校教育也无效。他日后遁入空门，也是天性的自然结果。与惜春、紫鹃的因外铄而入空门不同。所以，王国维才说他们两人的解脱之道，其境界不如宝玉。如果念经能念到改变心性，从根本上发生变化，那就真了不起，但这种人十分稀少。

99 良知的乡愁

林黛玉、晴雯去世后，宝玉只有刻骨的思念，第一百零九回“候芳魂五儿承错爱”写宝玉独自在外间睡一宿，希望黛玉能入梦与他相会，起初睡不着，以后把心一静，便睡去了。宝玉醒来，拭眼坐起来想了一会儿，并无有梦。第二天睡前又想起晴雯，还移情于五儿，疯疯傻傻起来，竟把五儿的手一拉，让五儿急得红了脸，心里乱跳。

这两个细节，写的是宝玉良知的乡愁。他到人间后，把黛玉、晴雯作为存在之家。如今，黛玉、晴雯回到“无”何有之乡，他只有刻骨的乡愁了。到人间走一回，真的情感受尽摧残，宝玉爱她们却没有力量保护她们，此时沉重的负疚之感只剩下这一点点乡愁，能安慰这点乡愁的，也只有对梦的期待，可是，连梦都等不到，只能“消愁愁更愁”了。鲁迅说人生最大的痛苦是梦醒了无路可走，而贾宝玉是醒了之后还寻找梦，两者都找不到存在之家。

100 转识成智非易事

佛教的“转识成智”，讲把第八识化为智慧。这一命题，我们可以把它延伸为“只有把知识转化为智慧才是精神的飞跃”这一点，两个主角（宝玉、黛玉）做到了，但宝钗没有做到。她是《红楼梦》人物中最有知识的“通人”，而且还有关于绘画的专业知识，堪称绘画学者。但是，她始终没有贾宝玉、林黛玉的大彻大悟，观止两大法门均没有掌握。观是看破，但她始终看不破仕途功名的虚妄，也看不破正统教条的局限。她的诗比林黛玉略输一筹，乃是境界之别，终究是大智慧之别。能转识为智的除了宝玉和黛玉之外，还有妙玉、秦可卿。秦临终前托梦给王熙凤，并说出一套“盛筵必散”“否极泰来”的哲学，说明她有智慧，只是深藏不露而已。妙玉对黛玉抚琴的评论以及对史湘云、林黛玉赛诗的评论，也说明她非一般知识者可比，但她的分别相，又说明其智慧不如贾宝玉。

101 摔玉的暗示

宝玉第一次见到黛玉时问“可也有玉没有？”当他知道黛玉“无”的时候，便从自己胸前摘下那块玉石，狠命摔掉。历来读者都解说为这是情的真纯，是向黛玉表明自己宁可不要玉石也要林妹妹，即暗示“若为林妹妹，宝玉也可抛”。这样解释并没有错。但从哲学上，则可以解说为宝玉天生具有“不二法门”的思维，天然地拒绝“分别”相。佛教以放下妄念、分别、偏执三者为最重要的观止内容，贾宝玉无师自通，一坠地就拒绝分别，拒绝尊卑之分、贵贱之别。社会地位不同，世俗的角色不同，但心灵、人格则应是平等的，“身为下贱，心比天高”，丫鬟的心灵水平不仅可以等同于贵族，而且可以高于贵族，宝玉摔玉，此一行为宣告他不仅与林黛玉无分别心，而且对待他人也无分别心。

102　本心与习心之别

熊十力先生一生研究佛学心学，把心分为本心与习心。本心为本来之心，系永恒本体；而习心则是后起之心，即已被物化了的可作为心理学解剖研究对象的情感意欲。禅宗的明心见性，所明所见的是“本来无一物”的本心，而不是已物化和概念化了的习心。《红楼梦》中的林黛玉与贾宝玉的恋情，是本心之恋，彼此说的话都是发乎本心的语言，而薛宝钗的许多话，特别是劝诫宝玉走仕途经济之路的话，则是出乎习心。甄宝玉、秦钟劝宝玉浪子回头的话也是习心之语。他们的话已无自性，不过是搬用他人的本本（物）而已。因此，本心与习心之别，也就是自性与他性之别。

103　无事忙与无事恼

贾宝玉是贾府里的“快乐王子”，过着最富有、最荣耀的生活。他所以被称为“无事忙”，是因为他热爱生活，喜欢奔走于生活之中。但是，他和贾琏、薛蟠这些兄弟哥们儿不同，他不能安于世俗的快乐，在他的潜意识里，吃喝玩乐不过是高级动物的生活，人确实有类似动物的一面，但人可以跳出这一面，即可以跳出物质的牵制，甚至可以跳出金银、妻妾、功名的诱惑与限制，尽管常常跳得不远或者跳出之后又回到原来的点上，但有跳出的意识才有别于动物，才有另一种质的生活。贾宝玉既快乐又苦恼。他那苦恼的一面是想跳出“猪的城邦”，又总是被阻扰。

104 宝玉的“易”与“不易”

用“易”到“不易”的视角看贾宝玉，可看到他有易的一面：开始喜欢女人的胭脂，喜欢肉感的胸脯，后来逐步升华，把欲化为情，最后又化为纯情。而不易的一面，则是他的基本性格，他的童心，他的赤子情怀，始终不变。易与不易的内涵都精彩。易，心性不断提升，很难得；不易，美好天性的守持，更为难得。人是会变的，贾宝玉最宝贵的地方，是本真状态始终没有变。他是个永远的孩子，永远的顽童。他胸前的通灵宝玉失灵过，癞头和尚说是因为他在声色货利中变了，但他又及时治愈。孟子所说的“富贵不能淫”，是富贵之后依然不变其质朴之心。人性脆弱，一有地位、权力、财富、功名，人就变了。

105 “玉人”自判为“浊人”

黛玉死后，宝玉思念太切，希望她能来入梦。等候落空之后，他自言自语道：“或者他已经成仙，所以不肯来见我这种浊人也是有的；不然就是我的性儿太急了，也未可知。”（第一百零九回）在宝钗、袭人听来，这是宝玉又犯糊涂。其实，能把自己界定为“浊人”，最为清醒。他从小就说，女儿水作男人泥作，把人间分为净水世界与泥浊世界。在他眼里，黛玉是净水世界第一人，他本想向她靠拢，却落入泥沟暗渠之中，此时做梦，已泾渭分明，一是玉人，一是浊人。《红楼梦》没有好人坏人、恶人善人的道德法庭，但仍有审美法庭，这个法庭只做美丑之别、清浊之别的审美判断。宝玉此时说自己是浊人，便是审美性的自我判断。

106 崇神圣与崇正直的冲突

别尔嘉耶夫在分析俄罗斯的国民灵魂时说，俄罗斯崇尚神圣，却未能崇尚正直。这一点，中国与俄罗斯相似，只是俄罗斯崇尚的是东正教教义之下的神之圣，而中国崇尚的则是孔夫子所设计的人之圣，中国士人士大夫崇尚的人格目标是圣人圣贤，而不是崇尚真理与正直品格。中国和俄罗斯一样，没有骑士传统，缺少正直的文化资源。

贾政与贾宝玉这对父子的矛盾内涵十分丰富，其中一项便是崇尚圣贤与崇尚赤子（正直）的矛盾（宝玉与宝钗关于赤子的争论也是如此）。贾政想当圣贤，处处摆一副圣贤面孔，难免有点装模作样。五四运动批判孔家店时揭露旧道德，就因为旧道德要求人们当圣贤，道德标准太高太玄，做不到，只好戴面具伪装，结果就落入虚伪。而虚伪又最能腐蚀人性。贾宝玉不喜欢读圣贤之书，而喜欢读有真情真性的诗词戏曲，始终保持一份赤子心肠，处处能直面事实真相，一点面具也没有。贾政背地里还“走私”，贾宝玉则绝对光明磊落，更接近古代圣贤。正直，是一种本体性美德，是所有品德中最根本的美德。《红楼梦》通过对宝玉的塑造，便具有一种映照天地的正直美。

107　大观“四念”

“大观园”的第一主体是贾宝玉，这不仅是“园中所有亭台轩馆皆系宝玉所题”（贾政向元春的汇报语），实际上的“绛洞花主”，更重要的是他真正具有一双大观眼睛（大观视角）。能站在比常人更高的地方观世界，也观自在。

佛家所讲的观，就是慧。大观园也可称为大慧根，最美的诗篇和最有诗意的生活都在这里发生。但只有宝玉一人，不仅是园的主体，而且是观的主体。只有他，具备观的四念："观身不净""观心无常""观受是苦""观法无我"（佛教所讲的四念处，观是起点）。大观园里里外外没有第二个人（包括林黛玉）能有四观，特别是第一观（观身不净），更是无人具备。宝玉见到秦钟后发现自己"竟成了泥猪癞狗了"，这就是"观身不净"。贵族府中，贵族府外，还有哪一个老爷少爷、夫人小姐能如此正视自身内部的污浊？人自身充满妄念（心无常），充满苦痛（受是苦），他都一一用慧根感知感悟。前三观是人生观，第四观则是宇宙观，"观法无我"即观至万法皆空，看穿万相非实相。他最后离家出走，"止"于大彻大悟，正是大观的结果。

108 闲适方生妙语

贾宝玉乐于接受薛宝钗给他起的别号："富贵闲人"；除了这一别号准确地描述了他的外部生命形态之外，宝玉可能还朦胧地意识到，富贵中只有物质，闲散中才有精神。或者说，闲才能摆脱物的奴役，也才有沉思的可能。别尔嘉耶夫曾说，生命之质不在物质之中，而在精神之中。我们也可延伸说，心灵之质不在富贵中而在闲适中。尤其是语言，其原创性、独创性的语言都在闲散从容的状态中产生。人一浮躁，语言也一定简单、粗糙、没有幽默和情趣。闲适中的清淡，才能产生妙语，也才有语言的快乐。

109 不打诳语为第一义

林黛玉与贾宝玉以禅说爱时，黛玉试探宝玉的情感，宝玉回答说："任凭弱水三千，我只取一瓢饮"，表明了爱的纯一。从哲学上说，这便是禅所说的"定"。有了定根，才不会有心的轻浮善变，才能开花结果。情如此，学也如此。学须一门深入，长时熏修，以定致慧。禅宗六祖慧能所强调的不二法门，首先讲的便是定慧不二，定慧一体。定则静，静则慧，缺少定力的浮躁者，只能站立于智慧的门外，也只能站在真性的门外。此次对话中，宝玉说了"禅心已作沾泥絮，莫使东风舞鹧鸪"的诗句，黛玉立即警告他禅者以不打诳语为第一义。《红楼梦》以真为魂魄。"真"者在语言层面上必须是《金刚经》所说的"真语者、实语者、如语者、不诳语者、不异语者"。如语即佛语，不异语即不两舌。一旦有诳语、异语，即不真。黛玉是不许宝玉有任何一点卖弄和言语中掺进任何一点虚假与敷衍的。

110　敬在诚心，不在虚名

曹雪芹通过贾宝玉表达了对念佛拜佛的一种根本态度，他对芳官如此说："愚人原不知，无论神佛死人，必要分出等例，各式各例的。殊不知只一'诚心'二字为主。即值仓皇流离之日，虽连香亦无，随便有土有草，只以洁净，便可为祭，不独死者享祭，便是神鬼也来享的。你瞧瞧我那案上，只设一炉，不论日期，时常焚香。他们皆不知原故，我心里却各有所因。随便有清茶便供一钟茶，有新水就供一盏水，或有鲜花，或有鲜果，甚至荤羹腥菜，只要心诚意洁，便是佛也都可来享，所以说，只在敬不在虚名。以后快命他不可再烧纸。"

这是不可忽略的一段话、一种思想、一种态度。事实上仍是对待信仰的态度。在贾宝玉看来，无论是敬仰还是信仰，也无论是缅怀还是怀念，关键是心的抵达，心的皈依，明心见性即可，不在于外部的各种虚名世相，包括文字相、语言相、符号相、纸钱相等等。这正是慧能的"无念为宗，无相为体，无住为本"。对人"以心传心"，才有对人的真诚，对神对佛"以心传心"，才有对神对佛的真诚。这个心，不是生理意义上的心脏，而是精神意义上的全灵魂、全性情。贾宝玉如此深得禅宗要领，排除敬仰的一切世间法，并非读书的结果，而是天生的悟性。千万年来，中国念佛拜佛有三法：一是正法即心法，以心传心，印证本心便是此法；二是相法，即借助外部的寺庙、衣钵、范畴、概念、纸钱、香火等作为祭奠的方法；三是末法，即以拜佛而求功名物利之法即鲁迅所说的把“教”当作敲门砖的方法。可惜中国多数人走的是末法，名为信教，实为“吃教”。贾宝玉开导芳官的要义是要她放弃相法，进入心法。宝玉内心没有说出的言语应是，即使是献上大千世界的万千宝塔，也不如心中那至真至诚的一场情感。

111 多心与素心

从身与心的视角看宝玉、黛玉、宝钗三个主人公的悲剧，似可做如下解说：黛玉是心的悲剧。她在《红楼梦》中被人视为多心人，连宝玉也曾说：“林妹妹是个多心的人。”（第二十二回）她自己也在宝钗面前承认：“我最是个多心的人。”（第四十五回）但在独自抚琴发出心声时，却是“素心何如天上月”。唯有知音者才明白她是一个素心人。多心是智，素心是情。对于宝玉，她的专情素如明月，洁如明月。可惜最终此心无处可以存放。

宝钗是身的悲剧。身美貌美到被宝玉称作“仙姿”，但是，她得到宝玉之身却得不到宝玉之心，献身于宝玉却得不到宝玉的真爱情。贾宝玉的悲剧则是始终得不到一个身心可以一起投入的对象，始终处于身心分离之中。黛玉是他的梦中人，却不是他的屋中人。宝钗是他的屋内人，却是他的心外人。因此，与宝钗最终成眷属，却留下人生的大遗憾："叹人间，美中不足今方信：纵然是齐眉举案，到底意难平。"

112　伊甸园、桃花源、舍卫城

端木蕻良先生所著的《曹雪芹》，写到贾宝玉少年时到过"桃花源"——圆明园里的"武陵春色"，这是否真实且不论，但他把"伊甸园""桃花源""舍卫城"三大意象带入《红楼梦》的思索，则很有意思。他说："我觉得，甚至可以这样去着眼，'伊甸园'是人类婴儿时代、少年时代的乐园，桃花源是人类成年、中年时代的乐园，舍卫城是人类经过了入世全过程后的老年时代的乐园。世界上还没有听说有哪一个国家仿造伊甸园的呢。中国当然更不会有。但造过桃花源和舍卫城，而且都在圆明园内。我认为这两个寄托东方人理想的地方，曹雪芹是熟悉的，这两块地方才是人间的干净土，才是真如世界，才是笔胥梦境。"（《说不完的〈红楼梦〉》，上海书店出版社，1993年，第121页）端木先生因着眼于曹雪芹的生平，讲得太实，我们不妨虚一些，扬弃圆明园，做另一种解说：

三生石畔、灵河岸边是伊甸园，即创世纪神瑛侍者与绛珠仙草（如同亚当与夏娃）相恋的地方。这是宝玉、黛玉“混沌”时代的乐园。

大观园是桃花源，是宝玉、黛玉和姐妹们少年时代的乐园。园中的诗社是超越功利世界的审美共和国，曹雪芹的梦中花园。

舍卫城则是《红楼梦》最后部分的“急流津觉迷渡口”。《金刚经》开篇讲的舍卫城，是释迦牟尼走出宫廷而成道的地方。而觉迷渡口则是贾雨村睡着而贾宝玉大彻大悟大觉的地方。这里虽然不是老年的乐园，却是走向“至乐”、走向“逍遥游”的出发点。

113　权贵无明

自我是一个极为神秘的内宇宙。《红楼梦》揭示，自我可以无限扩充、无限膨胀，以致发展到如王熙凤的不怕任何“阴司报应”，即不怕神，不怕鬼，不怕任何惩罚的极端狂妄，也可发展为“宁教我负天下人，休教天下人负我”的极端自私。王熙凤虽妄，但说的做的有迹可循。而像贾赦这种“世袭一等将军”，其内心如何黑暗、冷漠、阴毒则无法猜度。《红楼梦》具有“破我执”意识的只有贾宝玉一人，其他人都自以为是，尤其像贾赦这些达官贵人更是自以为是。他们的心灵不曾有自审自省的瞬间。而王熙凤虽极端“聪明”，却又是极端“无明”，因为她始终未能自看自明。有灵魂才能自明，才能自救。《红楼梦》人物，多数无明。即如《好了歌》所嘲讽的世人，只知功名、金银、娇妻、儿孙而不明何为人生根本。

114 爱与悔

梁漱溟先生用“爱”与“悔”二字概说宗教的核心精神。他解释道:“悔”是对自己的不容，爱是无外。此恰是与功利的“有对”或“有外”相反(《梁漱溟先生讲孔孟》，广西师范大学出版社，2003年，第143页)。其实，“爱”与“悔”二字也是《红楼梦》的精神支撑点。它既是一部大爱之书，又是一部伟大的忏悔录，其主人公贾宝玉首先是“爱”的载体，他去“有对”，即没有争夺对手，没有敌人，又去“有外”，即没有排斥的异己，没有另眼相看的“外人”，无内外之别，无尊卑之分。其次，宝玉又是“悔”的载体，他常“垂头自审”(第二十二回)，有自审意识，敢于正视自己的污浊并承担罪责。他的人生过程是始于痴，止于悟，其大彻大悟乃是对痴所造成的罪责的体认(诸女子因他而死)。因为有爱与悔支撑，所以《红楼梦》全书充满宗教情怀。但它又不同于宗教，无论是爱是悔，都不是通向神灵，而是通向天地人三者共和与真善美三省相契的人类本真心灵。

115 灵魂在悲欢歌哭之中

基督教的“上帝”在中国的大文化中被他物他念所取代。孔子以天代替上帝，老子庄子以自然取代上帝，朱熹以太极取代上帝，王阳明以“灵明”（心）取代上帝，佛教以无和空取代上帝，而到了慧能则以“觉”取代上帝。慧能其实是“自佛”“自上帝”。《红楼梦》受禅影响极深，也重自性，树自佛，以“女儿”为至尊。其女儿崇拜，说到底，是以青春少女取代上帝。如果把女儿视为真善美的一体化，则是以三位一体的协同存在取代上帝。不过，曹雪芹找到的女儿是肉身，并非纯精神理念，因此，书中展示的灵魂并不是超越肉身的灵魂。其灵魂全寓于人的悲欢歌哭之中，不属于超验范畴，这与西方（基督教）的上帝内涵大不相同。

116 宝玉无须“克己”

基督徒做善事时，是听从基督听从《圣经》的教导，因此行为之前有理解、思考、选择，甚至有自我说服、自我克服的过程。儒者做善事与此相似，也有一个“克己复礼”的过程。但贾宝玉做善事，都出于本心本真本然，出于内心发出的命令，没有“克己”过程，没有焦虑过程，没有思辨过程。他的负疚也没有这个过程，因此，他的忏悔是无相忏悔，即无须概念理念参与的忏悔，负疚感出于自然，出于内心需求，不是自我作戏，也不求他人与社会的肯定。

因为是天性，是内在生命的本然，所以不会变。基督不会变，但其教徒听从教义不是出自天性，反而会变，会为教义的不同解说而争夺而产生恶。

117　石头人化后的两种前景

从宇宙的极境之眼看，不仅宝玉是石头变来的，薛蟠也是石头变来的。石头带有泥浊性，它可以化为泥，也可以变成玉。

石头人化后还带有石头原来的泥浊性，这就是物欲、食欲、性欲等等，这些欲望愈是人化，就离动物愈远，也离石头的泥浊性愈远。《红楼梦》呈现石头（自然）人化后的两种前景：一种是贾宝玉的高级人化即高级情感化、灵魂化，也就是石头化为玉始终保持玉之高洁，进而化为心之高洁的前景；一种是薛蟠的前景，他是欲望化身，在完成外部自然人化之后无法进一步完成内部自然的人化，其感官、其情欲、其心理都仍然停留在原始欲望的阶段中，身心全都布满泥浊性。他的母亲薛姨妈在他入狱之后悲伤地称他为废人，用哲学语言说，便是他没有完成内部自然的人化，徒有人形而已。贾蓉、贾琏在不同程度上都没有完成内部自然的人化。王熙凤形容贾环的眼睛像“冻猫子”之眼，这也可以理解为未完成人化的动物的眼睛。

118 净性与染性

大乘佛教“唯识宗”讲八识，第八识——阿赖耶识中，有染净两种种子。染法种子，自能生染法；净法种子，自能生净法。净性在真心中，染性在妄心中。按曹雪芹的看法，世界分为净水世界与泥浊世界，少女是净水世界的主体，代表人间净性；男子是泥浊世界的主体，代表人间染性。少女所以干净，是她们体现净性，未被污染。宝玉说少女嫁出后就会变成“死珠”“鱼眼睛”，具有多种意思。其中一义便是嫁出后则进入男人的泥浊世界，由净入染，发生变质。男子之染来自他们的迷妄之心，迷妄的主要内容是《好了歌》所揭示的功名、女色、财富等。男子世界所以会变成不干净的泥浊世界，全因他们放不下对功名、权力、财富的执着。曹雪芹所设置的地上乐园（大观园）

和人间净土，全然排除男子所象征的内容。

119 真人无须“文妙”

宝玉出家远走，算是止。始于痴，止于悟。全书能作这一结局，算是成功之笔。可是，走之前，却有圣恩浩荡，赏赐给贾宝玉一个“文妙真人”的道号。这就成了画蛇添足，多一处败笔。

《红楼梦》受庄禅影响很深。在整个思想框架中，道之真人比儒之圣人地位高得多。真人与圣人的区别是，圣人谋求世俗大角色，而真人则是世俗角色的空化。因此，既然是真人，就无须“文妙”，若要“文妙”，便非真人。何况贾宝玉在林黛玉“无立足境”的禅思导引下，由庄入禅，已走上更高的“无”境，更无须钦定的道号。庄与禅最大的区别是庄子还树立真人、至人等理想人格，而禅则打破一切权威偶像只求神秘性的心灵体验，从而更加内心化、灵魂化，也更加远离宫廷体系与世俗荣耀。

120 来兮止兮

贾宝玉在《芙蓉女儿诔》的结尾，朝天呼唤：“来兮止兮。”止的哲学与观的哲学是《红楼梦》的基本哲学。

大乘佛教的观止哲学浸透《红楼梦》全书。《好了歌》也可解说为观止歌。观是看破，止是放下。大观之后最终是大幻灭，大痴之后最终是放下——止于悟，止于觉。《红楼梦》不是宗教，没有人格神。但与禅相通，以悟代佛，以觉代神。宝玉最后的结局是大止即大解脱。在大观园中冷眼观看尘世百态、人生百相之后走向大止之路，这是《红楼梦》的情感之路，也是哲学之路。

121 无所归属，是方干净

世上各大主流宗教和主流哲学，都有其彻底性的特点。爱一切人，包括爱敌人，这是基督教；爱一切生命，包括爱狮虎蚂蚁，这是佛教。经过老庄的洗礼，佛教化为中国的禅宗，其彻底性是把庞大的教义简化为“我即佛”这么一个公式：佛就在我身上，就在自性中，就在生命深层本有的真心中。这一本真之性便是佛的立足之境，便是存在之家。此外，别无立足之境，别无归属。企图立足于外部世界的其他境地，便不干净。佛即人格的高峰，精神的尖顶，生命的灵山，这种山顶与巅峰，就在自己生命的无底深渊中，求佛就是在生命深渊中发现那点不灭的光明，就是自明与自救。林黛玉的“无立足境，是方干净”，核心意思是拒绝求诸外境，打破一切外部归属。

122　文化重心的转折

美国名著《白鲸记》(梅尔维尔著)呈现的旧约精神，其主人公亚哈船长身上的血液是耶和华的血液而不是耶稣的血液。而白鲸莫比·迪克的性格也是耶和华的性格。马丁·路德的宗教改革，其关键点是把基督教的重心从旧约转向新约，从耶和华转向基督，从圣父转向圣子，从严厉转向慈悲。中国五四新文化运动也是一个人文化重心从“父”向“子”的历史性转变，鲁迅在《我们现在怎么做父亲》的文章中说，过去是以长者为本位，现在应是以幼者为本位。而在这之前，《红楼梦》早已完成了一个马丁·路德式的转变和“五四”式的转变，即精神本位与哲学基点从父转向子，从贾政转向贾宝玉，从孔夫子转向慧能，从大男子转向小女子，从王夫人转向林黛玉，从李纨转向晴雯等狐媚子。中国近现代的文艺复兴，《红楼梦》是伟大的起点。

123　精神底蕴之差

秦钟与贾宝玉都长得很清脱很漂亮，宝玉第一次见到秦钟时便为其美貌而倾倒，并成为挚友。但两人毕竟有一巨大差别，就是精神底蕴的差别。精神底蕴不足，再机灵的生命也会往世俗的低洼处滑落。秦钟在生命弥留之际，撑不住原先的理念，魂魄返回阳间规劝宝玉放弃本真信念而迎合时尚，便是底蕴不足的暴露。个体生命如此，民族整体生命也是如此，所以各个民族都要开掘自己的文化本源并守护文化宝藏。难怪英国要说出“宁可失去印度，也不可失去莎士比亚”的“绝话”。如果没有莎士比亚，英国的精神底蕴就不会那么足；同样，如果没有康德和歌德，德国的精神底蕴也不会那么足。美国虽强大，但总让人觉得文化底蕴不足。而中国，幸而远有先秦诸子，近有《红楼梦》，所以才感到有生命的底蕴在，尚可面对现代的世界文化。

124　袭人的误解

袭人用返家威胁宝玉从而提出三条要求，其中有一条是不可“毁僧谤佛”。其实，宝玉只是嘲弄僧、佛的表面功夫，内心却接受佛的光明。佛既看大千，又观自我，既热爱众生，又不膨胀自己。尤其是慧能阐释的佛，更是放下所有的执着与妄念，留下唯一的“有”，便是觉，便是悟。所谓成佛，也并不是成为救世主，只是内心平和、质朴、纯粹、安静、慈悲而已。慧能不信佛全知全能，更不信自己全知全能，只是在日常生活中一点一滴地感悟与提升，一步一步从痴迷中解脱。如果承认这些道理正是佛理，那么，宝玉离佛最近，身上最有佛性，可惜袭人虽然爱他却不了解他，以为他是儒的异端也是佛的异端。

125 贵族文学三个案

中国的氏族贵族传统过早中断，但也产生贵族文学的三个伟大个案：一是屈原，二是李煜，三是曹雪芹。屈原“天问”之后找不到精神归宿，最后只能投江而亡，以“无”否定现实的“有”。而李煜和曹雪芹，皆走向大慈悲，把个人的忧伤化作对一切生命的大爱。用王国维评价李煜的语言，是“担荷人间罪恶”，走向释迦牟尼和他们不知其名的基督，灵魂终究与释迦牟尼、基督的伟大灵魂相逢。但他们都不是救世主，而是自救的心灵的天才，都在审美中得到某种解脱。如果曹雪芹出生在19世纪与20世纪之交，他也不会走向尼采而追逐超人，仍然会走向基督和慧能，从真我进入无我。

126 黛玉真冷，宝钗假冷

林黛玉只爱宝玉一人，对社会对他人有一种天生的冷漠，所以她喜散不喜聚。宝玉却满身热情，所以才喜欢聚。

《红楼梦》文本说出宝钗是冷人，她固然是冷人，但黛玉也是冷人。相比之下，黛玉是真冷，宝钗则是假冷，她内里很热，所以才需要冷香丸化解热、压制热。

宝钗外冷内热，黛玉外热内冷。热与冷的对峙、聚与散的对峙、俗与雅的对峙、刚与柔的对峙、卤与乖的对峙、呆与巧的对峙、通与专的对峙、博与约的对峙、诚与伪的对峙等布满《红楼梦》小说文本。这是双重结构的叙事艺术。支持艺术的哲学基点是有与无、真与假、色与空、好与了、观与止、阳与阴、觉与迷的相反相成即一体二用的转化运动。“假作真时真亦假，无为有处有还无。”无论是有还是无，也无论是热还是冷，都在变易中、转换中、相互浸透中。

127 中华文化的存在合理性

人类史上一些大文化系统如古印度文化、玛雅文化、巴比伦文化、埃及法老文化等都灭亡了。但中华文化却一直健在。它可以消化掉别种文化，别种文化却消化不了它。其根本原因就因为它有存在的合理性。黑格尔说“凡存在的都是合理的”，我们可以补充说，凡数千年一直存在的，更是合理的。即具有更巨大的合理性。《红楼梦》就充分展示这一合理性。从小说文本中可以看到，中华文化乃是儒、道、释、法、名等多种文化共生的多元结构文化。有无可以互通，儒道可以互补，儒法可以互用，儒释可以互相调节。共生结构中有重秩序重伦理的理由，也有重自由重自然的理由，有贾政、薛宝钗的世界原则，也有贾宝玉、林黛玉的宇宙原则。文化整体既能导致欲望，也能破除欲望，灵与肉都有其存在的权利与义务。《红楼梦》不是一种社会形态的百科全书，而是中华文化、包括中华哲学文化的百科全书。

128 宝玉无“隔”

《葬花词》与《芙蓉女儿诔》是《红楼梦》中的长诗，又是最精彩的代表作。《芙蓉女儿诔》近赋，有些句子还有“隔”，而《葬花词》则类似咏叹调，全然不“隔”。王国维把“隔”与“不隔”作为重要尺度评价诗词，独创一说。但他只以此说评词，从未以此说评人。如果让他以此评论《红楼梦》人物，一定会发现贾宝玉和宇宙没有“隔”，与大自然没有“隔”，与万物万有没有“隔”，所以他才会“时常没人在跟前，就自哭自笑的。看见燕子，就和燕子说话；河里看见了鱼，就和鱼说话。见了星星月亮，他不是长吁短叹，就是咕咕哝哝的。……”（第三十五回）对于宝玉，山川大地，日月星辰，千花万卉，飞鸟鸣禽，不仅是朋友，而且就是他自己——全是他自己灵魂的一角，所以他不仅是诗人，而且是人诗，“天地与我同根，万物与我一体”——无言大美与我同心共在的人诗。

129　诗人的双重文本

林黛玉的《葬花词》之所以异常动人，而且肯定能够感动千秋万代的后世知音，是因为不仅诗写得好，而且有诗人本身一生的悲剧行为语言作注，特别是葬花之后的诗人之死和死前的葬诗（焚诗）行为语言，葬花时注入的是泪，葬诗时注入的则是血。大诗人总是提供双重文本：书写语言的文本和行为语言的文本。屈原因为有自沉汨罗江的行为文本，才使他的书写文本中关于生死的形上思索大放光彩，王维在安禄山政权中担任伪职的行为则给他的禅诗蒙上阴影。大观园里的诗人，个个又是人诗，宝玉也是人诗，于是，诗人的书写语言给人诗作注，人诗的行为语言又给诗人之诗说解。

130　知觉与心觉

晴雯和袭人性情不同。晴雯的性情包含着自身对个体生命权利朦胧的知觉，这种知觉无师自通，因此也可能是天生的心觉。袭人则没有这种知觉或心觉。在王夫人眼中，小女子的知觉度愈低愈好，知觉度愈高愈危险。晴雯临终前对宝玉说："早知如此，我当日也另有个道理"，她要宝玉把自己的话宣示以人，不可畏缩。这是对宝玉的呼唤。贾宝玉最后看破红尘，是大心觉。而他的启蒙者，除了林黛玉之外，就是晴雯、鸳鸯等丫鬟。

131 三种永生之路

贾政、贾敬、贾宝玉三者都在寻找人生的永恒之路，贾政的儒之路，通过建功立业以求不朽；贾敬的道之路，通过炼丹吞砂以求不死；贾宝玉的佛之路，则通过大彻大悟以不执"不住"：应无所住而生其心，让心灵在无立足境中得大逍遥。他在最后日子品读《秋水》，摆脱了河伯原先的狭小眼界，进入永恒时空。

132 宝玉无我相

贾宝玉被父亲打得皮破血流后，没有向贾母申冤、诉苦、告状，没有痛哭，不思报复，完全没有人相、众生相。养伤时，玉钏儿送荷叶汤烫到他的手，他反而问玉钏儿烫到了没有，伤痛时还想到别人，完全没有"我相"。在众人面前被打，大失面子，受了侮辱，但他不仅忍辱，连忍辱相也没有。这一表现与《金刚经》中释迦牟尼的前身被歌利王砍下耳朵、手脚而离诸相一样。他真正做到了“应无所住而生其心”。高尚、单纯的内心，没有任何对怨恨的执着。佛在哪里？佛就在这种开阔的没有仇恨、没有报仇之念的心灵中。

133　黛玉曾有我相

林黛玉是《红楼梦》人物中悟性最好，破“执”最彻底的诗人，但有时也有所执，放不下。元春省亲时，她想好好展露一下自己的诗才，固然有率性，但也是放不下“我相”。与人争辩时，咄咄逼人，爱说刻薄话，动不动就撕破人家的脸皮，固然也率性，但也是没有全放下。一个最有悟性的人，并不就是一个能够一悟到底、一次完成彻悟的人。悟是一个生命的内在历程，有时悟，有时不悟，有时此处悟，他处不悟。宝玉从情痴到情悟到最后大彻大悟也是如此，他的彻悟不是一次完成，而是一生的实现。

134　心灵的接生婆

对话是一种思想与心灵的接生。对话的方式是西方哲人所说的接生婆方式。美好深邃的情思心思匿藏于心底的深渊中，通过对话把它开掘出来，如同接抱初生的婴儿。贾宝玉和林黛玉谈禅，是深邃的对话，彼此互为接生婆。禅宗的棒喝是接生，宝玉和黛玉的对话也是接生，诗社中的赛诗也是接生，接下来的思与诗，正像春蚕的缕缕丝。宝玉与黛玉的禅语对话，是悟的碰撞，是智慧的联欢，是佛的相逢与相迎。宝玉说："禅心已作沾泥絮，莫向东风舞鹧鸪。"黛玉立即警告："禅门第一戒是不打诳语的。"（第九十一回）悟的碰撞，佛的相逢，要紧的是真到底，一点敷衍都不可。

135　内心的禅悦

宝玉和黛玉最高兴的时候是禅心相逢、禅机相遇之时，那是没有语言障碍的心灵相会，即使猜不出禅偈，也有大快乐。第二十二回，宝玉、宝钗、黛玉三人斗禅，黛玉笑问："宝玉，我问你：至贵者是'宝'，至坚者是'玉'，尔有何贵？尔有何坚？"宝玉竟不能答。三人（包括袭人）拍手笑道："这样钝愚，还参禅呢。"宝玉的三个情侣竟一起拍手笑谈，宝玉自然也是乐在其中，这种乐，便是心无任何挂碍的禅悦。大观园里的诗社比诗，不仅有诗兴，还有禅悦。陶渊明生前禅宗尚未进入中国，但他自明自悟自得，无师自通，竟然也有禅悦，那是羁鸟飞出笼子回到旧林的解脱感，是池鱼重入广阔渊海的大自在感和回归故乡感。可惜王维、孟浩然，虽也谈禅，却缺少发自内心的禅悦，于是境界迥然不同。

136　时间性珍惜

贾宝玉“想到《庄子》上的话，虚无缥缈，人生在世，难免风流云散，不禁的大哭起来”。宝玉平素就喜聚不喜散，此时，不仅是聚会小散，而且是恋人姐妹远离家园的风流云散，这才是真的孤独，真的伤感，需要大哭。在意识或潜意识里，宝玉最明白人生是短暂的、刹那的存在，正如李白“秉烛夜游”，也是意识到人生的短暂。因为有此感，他才珍惜此时此刻，珍惜当下。他从不说，也不想过去与未来。不将不迎是他的天性，既不被过去所束缚，也不被未来所蒙蔽，只在当下充分生活。喜与人聚，是因为热爱生活。曾经是一块被抛到宇宙边缘的石头，来到人间，最懂得时间性的珍惜。

137　去遮蔽即空无

《红楼梦》讲“无”，讲“空”，讲“了”，让人看破看透，奇怪的是，读了《红楼梦》更有精神。这原因大约是书中讲空无，固然有否定，但不是全部否定、一概否定，它只否定那些遮蔽生命本真、生命根本的各种“色”，只拒绝被功名、财富、权力所役，与此同时，它却以最充分的理由和最大的力度肯定生命，肯定真善美，肯定慈悲与智慧。于是，“空”与“无”便化为否定与肯定、拒绝与响应互动的力量，这是无须神助、无须借上帝肩膀而拥有的力量，是哲学产生的伟大力量。这种力量不是来自外，而是来自内，它也支撑着人类的生命去奋斗、去创造、去牺牲。这种哲学将不会灭亡，因为它只把生命的遮蔽层化作虚无，并不把生命本身化作虚无，这是一种永恒的合理性。

138 大叙述与大关怀

“禅心已作沾泥絮”，这是宝玉献给黛玉的誓言，深情不改的表白。如果借用这一禅语来说明《红楼梦》的写作，那是曹雪芹把大关怀紧贴于文本的叙述中，大叙述与大关怀合二为一，水乳交融。一切文采，都如沾泥之絮，紧贴着作品的大心灵。这与当代时髦的结构主义者、语言本体主义者不同，这些主义把《圣经》和其他文学经典中的大关怀剥离出文本，只做形式上的阐释。把本来不可分裂的文心与文体加以分裂，把大关怀从文本中剥离，进行所谓纯文本分析，这是当代文学批评的致命伤。

139 异端却又合目的性

古埃及文明（法老文明）灭绝了，巴比伦文明灭绝了，玛雅文明灭绝了，印度古文明灭绝了……但中国的古文明没有灭绝，一直延续到今天。中国大文化大文明为什么不会灭亡？众多学者论述众多理由，但从哲学上说，其最根本的理由是合目的性这一理由——合人类生存、温饱、发展的大目的。合目的性并不是没有问题与缺陷，只是尽管有缺陷，但它却相对合理又合情。说《红楼梦》将经久不衰，永远不会灭亡，也是因为它既写出中国文化特别是儒家文化表层的问题与缺陷，又呈现出它的合情与合理。主人公们（宝玉、黛玉等）作为异端，对正统文化提出许多叩问与质疑，但在自身的生命中，又浸透着正统文化的合理部分，例如充满亲情，充满对父母的孝敬和对兄弟姐妹的温馨。贾宝玉确有反叛性，但不是造反派，把他描绘成反封建的激进革命者，既远离宝玉的性格真实，也远离宝玉身心所投射的丰富的多面的中国文化内涵。这个形象启迪我们反省故国文化，但并不引导我们去打倒故国文化。

140 恋情大于亲情

基督讲救赎，只讲天父不讲家父，亲情往往被忽略。孔子则尊家父重亲情，并推父及君，推孝及忠，又重世情。《红楼梦》中儒、道、佛皆在，世情、恋情、亲情都有。但它的划时代意义是把个体生命的恋情放在第一位，爱情大于亲情，也大于世情。鸳鸯随贾母而去，宝玉大哭，为鸳鸯并非为祖母，鸳鸯重于亲奶奶。宝玉周岁时别的不顾，只抓脂粉钗环，贾政说他是好色之徒，他真的是把个体的情感放在亲情、世情之上。

141 时代与时间

说《红楼梦》是宇宙的，是说它实现了最大的超越，即超越社会形态。贾宝玉、林黛玉既是社会中人，又是宇宙中人，他们的生命不仅在有限的“时代”中，而且在无限的“时间”中，其故乡也不是在有限的家园中，而是在无限的空间中。曹雪芹不能给宝玉、黛玉任何头衔、任何世俗角色，例如“进士”“廷尉”“子爵”等头衔身份，这种转眼即碎、过眼云烟的招牌桂冠都会错置人物的位置。写过《风萧萧》的徐訏毕竟是作家，他对《红楼梦》有一真见解，说：“《红楼梦》的人物是个个有充实的个性与人性的表现的人物，这些人物正像贾府这个家庭一样，他们并不是在时代中淘汰，而是在时间中消灭。《红楼梦》所表现的不满，不光是对于一个社会一个时代不满，而是对整个人生的现实不满。在文艺永恒的题材上，作者对于时代可以说是不放在眼里的，时代在永恒的时间里算得了什么？……”（《红楼梦的艺术价值与小说里的对白》，载《红楼梦艺术论》，台北里仁书局，1984年，第76页）

142 爱的无边与有限

贾宝玉的泛爱，包括广义上对一切众生的尊重与狭义上对不同女子的倾慕与恋情。说他是尚未成道的释迦牟尼，是他还未达到大乘佛教那种“普度众生”的情怀。他的泛爱还是有选择性。他不喜欢老妈子而喜欢小姑娘，这里还有老少之别，抵达不了释迦牟尼的高度。《红楼梦》是文学作品，不是宗教经典，宝玉既有爱的无边，又有爱的局限，所以他才是人，而不是神。

143 止于庄严的女子

大乘佛教讲观止二法并倡导止于庄严。《红楼梦》人物止于庄严的并非王侯贵胄，反而是小人物。尤三姐、鸳鸯毅然而死，其庄严无人可比。晴雯虽止于凄凉，但凄凉中也有庄严。她毅然铰下指甲，告诉宝玉“早知如此，何必当初”，并要宝玉把自己的话宣示出去，这也是庄严。至于鸳鸯拒绝贾赦的那一番话，更可视为庄严的人格宣言。主角林黛玉虽止于悲愤，但也有庄严。其焚烧诗稿的行为语言也是庄严之诗。一把火焰，燃烧的是人的尊严与骄傲，可歌可泣。而贾宝玉虽不能说止于庄严，但可以说止于空寂。黛玉穿过庄严最后也是止于空寂。“冷月葬诗魂”就抵达了空寂之境。空寂是最高境界，不仅是空，而且是空空，连空相都没有。不仅是无，而且是无无，连无相也没有。白茫茫一片真干净，那是寂寥，也是离一切相的庄严与明净。

144 始于洁，止于洁

“质本洁来还洁去”，其外部意义是大来大往，来自洁天洁地，又回到洁天洁地，始于洁，止于洁。老子《道德经》的复归于太极，也是指涉这一外部意义。而其内部意义则是指生命的自我回归，即回到生命原初的本真之中，类似老子的“复归于婴儿”。禅宗认定人自性的处女地是一片至洁的净土，入世后才被世俗的尘埃所遮蔽，因此，回归净土，开掘自性中的“佛”，便是人的使命。但是，这还是俗谛说的自性，而真谛（佛）说的自性则是空。空与无，才是自性的第一义。林黛玉回归的洁处，第一站是自性中的净土，第二站则是产生第一义的无何有之乡，即“无立足境”之境。两者都是最后的寓所与家园，也是真正的故乡。在这个故乡里，无世俗世界里所营造的角色、归属、事业甚至无所谓主体。回归到“无归属”之中，才是大解脱。

145　清洁人仅属少女

宝玉得知自己的姐妹迎春即将嫁给孙绍祖，又听说有四个丫头陪过去，便跌足自叹道：“从今后这世上又少了五个清洁人了。”（第七十九回）宝玉把少女视为净水世界的“清洁人”，一嫁出去，便入泥浊世界，不算清洁人了。这之前，他就说过，嫁出的女子是“死珠”“鱼眼睛”，这回进了一步，变成浊人浊物了。《红楼梦》之梦是止于洁的梦，女儿不要出嫁的梦。如果说，这是乌托邦，却还是至清至洁的乌托邦，不是妻妾成群、要什么有什么的乌托邦。两百年后的鲁迅笔下的阿Q也有乌托邦，那是“要什么有什么，要谁就是谁”的皇帝梦。世间的梦都是“有”的梦，曹雪芹的梦则是“无”的梦，“清洁人”之梦也是“无为有处有还无”。

146 “情不情”与“真不真”

说贾宝玉“情不情”（脂砚斋透露的情榜类型），实际上是把情推及不情者。宝玉与天地同体，心胸如同天地广阔，所以他能推情及物，推情及天，推情及地，推情及不情人，推情及不情物，推情及下等人，推情及边缘人，推情及戏子，推情及奴隶，推情及挂在墙上的画中人等。最后他还把情推到刘姥姥编造的在雪地上受苦受难的姑娘——根本就不存在的庙中女。基督与释迦牟尼的慈悲，是推情于全人间。基督的彻底是推情及敌人；释迦牟尼的彻底是推情及狮虎飞鸟等一切生物。宝玉之彻底是把真推向不真——推向他人编造的故事。因此，他不仅是“情不情”，而且还“真不真”，甚至还“善不善”。

147 空感的不同质

同样面对轩阁琼苑，却产生两种不同质的空感。一是觉得它不属于自己，于是惆怅、失落。“一生几许伤心事，不向空门何处销。”这是王维的空感。另一种则是贾宝玉，父母府邸的琼楼玉宇，都属于他，但他没有感觉，更没有占有的欲望。这些身外艳色，进入不了他的眼睛，更进入不了他的心灵。面对刚刚落成的大观园，他只产生一缕幻觉，这是潜意识中的空觉。王维虽然说禅，却未能悟到空的真谛，所以至死也放不下往昔辉煌的记忆。所作的禅诗也有“为赋新诗强说禅”的味道，而贾宝玉则不同，他与黛玉说禅，句句出自内心，所悟所吟，不将不迎，完全没有对于过去“繁华”的执着。

148　人焚诗还是诗焚人

葬花与焚诗是林黛玉的两大行为语言。这一语言暗示，在这位天才少女的心目中，人与花无分，人与诗无分。人便是花，花便是人；人即诗，诗即人，全是真生命。是人葬花，还是花葬人？是人焚诗，还是诗焚人？也分不清，正如是庄周梦蝴蝶还是蝴蝶梦庄周分不清一样。物我同一，天人同一，在世人脑中可能只是理念，但在黛玉身上，则是心灵。黛玉作为大观园的首席诗人，不仅诗写得最好，而且她的生命最奇特：泪诗化了，情诗化了，花诗化了，天地诗化了，生死诗化了。她的生命具有诗化的纯粹性，所以最美。

149　简化与深化

黛玉生命的跨度没有边界，“天尽头，何处有香丘？”“人向广寒奔”等等诗句，都说明她的内生命抵达了天宇的尽头，那个被称为“无”的难以言明的至深处。但她的外生命——她的所谓身躯却处于最狭窄的圈子，其人际关系的外延小到除了一个朝思暮想的宝玉之外就是周边的几个小女子。因为外延小，心灵内涵便往深处扩展，她想得比谁都深，想象力比谁都高，人际关系简化到接近零，而心灵却深化到接近无限。

150　宝玉没有表率相

“那宝玉是不要人怕他的”，也不觉得“须要为子弟之表率”。（第二十回）这是《红楼梦》作者对主人公的评介性描述。贾环为赌输钱而哭，正好宝玉走来，人们都期待作为兄长的哥哥能教训一下弟弟，但宝玉不做训诫，不做价值判断，既没有兄长相，也没有表率（榜样）相。他不要人怕他，当然也就不会通过种种生存技巧和人生策略来树立自己的权威。中国帝王讲究“深居简出”，就是要让人觉得高深莫测而怕他。贾宝玉扬弃一切人生策略，绝不刻意建构自己的“光辉形象”，也没有改造他人的企图，只尊重生命自然，既尊重自己的自然，也尊重他者的自然。因此，与其说宝玉是个真人，不如说他是个自然人或大化中人。

151 红楼感悟场

《红楼梦》不仅是一部悟书，而且是一部“神悟”之书。所谓神悟，不是指悟的主体是神，而是指悟的主体的神秘体验。其神秘不是老子的“道可道，非常道”那种不可言说，也不是上帝存在那种不可知的面貌，而是有限个体对无限宇宙深渊的永恒叩问和对话，是对不在场的故乡、对缺席的家园和对看不见的太虚幻境的猜想与眷恋。生而口衔宝玉是神秘，玉石忽灵忽不灵是神秘，谁赋予宝玉灵魂是神秘，宝玉从哪里来到哪里去是神秘。《红楼梦》的哲学贡献，是创造了一个让有限人生感悟无限时空的大感悟场。进入《红楼梦》不仅进入情意场（恋情、亲情场），还可进入大哲学场。

152 红楼立道言

贾宝玉嘲笑甄宝玉“立功立德立言”的酸论，指涉的言，乃是八股文章一类的言，这种言其实是小言、人言、概念性与功利性语言。曹雪芹写作《红楼梦》，何尝不是立言，但他立的是大言、道言、太初之言、诗性语言。八股文章是语言的异化、文学的变质，但它却是进入宦门的敲门砖。道本无言。但这不是说大道不言，而是说，道只能通过太初语言和诗性语言去抵达概念性语言无法抵达的境界。无论是宝玉与黛玉借禅语而做心灵交流，还是黛玉作《葬花词》，都是和万物相通相融的道言。宝玉独自面对天空大地嘟嘟囔囔，长吁短叹，也许是一时找不到诗性语言表述心中的感受，也许是悟了道的深层而无法言说的道言。

153 发乎情，止于心

儒者说："发乎情，止于礼。"儒有两面，情在内，礼在外。但把礼作为情的归宿点，贾宝玉不接受。《红楼梦》是部大"情"书，它的公式，是"发乎情，止于悟"，即始于痴，止于悟。悟是看破外部诸相并非真实，也看清世俗的"止于礼"的种种情感仪式并非真实，唯一真实的，包括情的真实，只在内心的深渊中。原名《情僧录》的主角，应是发乎情，止于心，最后带着一点情远走高飞。他破了尘缘，并未破了心中的情缘，所以才在对"空"的大悟之后还有对周围女子的缅怀，也才有《红楼梦》。

154 宝玉没有精神奴役的创伤

不应要求自己和他人为完美的人，这种苛求只能导致虚伪，但可以要求自己也希望他人为完整人。所谓完整人便是“大制无割”（《道德经》语）的人，灵魂不破碎、不分裂的人，完全不戴面具的人。佛教反对的“两舌”人，当代所蔑视的“两面派”，都是完整人的对立项。《红楼梦》中的林黛玉并非毫无缺陷的完美人，但可以说她是天生只有一舌、一心、一身、一副完整人格的完整人。她的可爱在于她的率性，这种率性的特征便是没有任何虚伪、虚假的痕迹，灵魂没有任何裂缝，精神上没有被奴役的创伤。

贾宝玉也是完整人。他有乐感，有伤感，有悲感，但没有恐惧，也没有仇恨。他说出男人泥作、女子水作一类的惊人之语，固然是童言无忌，但也是没有被概念所奴役的创伤。

155 《芙蓉女儿诔》的多重指向

宝玉祭奠晴雯的《芙蓉女儿诔》，意象密集，辞采铺张，文体上近似汉赋。但汉赋把宫廷气象呈现到了极致，却只有外部景观，没有个体生命情感，也无精神指向，属中国文学中非个人化的文学典型。而《芙蓉女儿诔》则不仅充满生命的悲情与激情，而且具有哲学指向。这是关于理想人格的指向，关于正直高于神圣的指向，关于人的生命比星辰、日月、花草更美的指向，关于生命之美必须拥有质、性、神、貌四维结构的指向。此外，还包含破尊卑之执、贵贱之执等一切旧套的指向。读汉赋始终只能站在情感与哲学的门外，读《芙蓉女儿诔》则进入情感与哲学的深渊。文学眼睛不能只看辞采，其理由从司马相如的“赋”与曹雪芹的“诔”的对比中可充分证明。

156 悲悯、宽容、幽默兼有

个体生命老是愤怒，老是燃烧复仇之念，是极大的不幸。可是中国小说中却太多愤怒，太多嘲讽，太多复仇火焰。相应地，则缺少悲悯，缺少宽容，也缺少幽默。《水浒传》《三国演义》集中了这种文化弱点。而《红楼梦》则“怨而不怒”（俞平伯先生语），它扬弃愤怒与复仇之心，却投入最深邃的悲悯与同情，对人也呈现最大的宽厚。即使对于邪恶现象，也多用幽默取代人身攻击，并不溢恶。鲁迅与曹雪芹相比，虽也有悲悯，但愤怒与复仇理念显得太多。

157 悟是方法，又是本体

《红楼梦》以“急流津觉迷渡口”为故事终点，哲学上以觉和迷为归结。觉迷二义不仅是终点，而且也是起点。

第五回，贾宝玉神游太虚幻境时，警幻仙子已预告宝玉的精神历程与精神目标是能否从“迷人圈子”走出而赢得一悟。她说：

> ……适从宁府经过，偶遇宁荣二公之灵，嘱吾云：“吾家自国朝定鼎以来，功名奕世，富贵传流，虽历百年，奈运终数尽，不可挽回。故近之子孙虽多，竟无一可以继业。其中惟嫡孙宝玉一人，禀性乖张，生情怪谲，虽聪明灵慧，略可望成，无奈吾家运数合终，恐无人规引入正。幸仙姑偶来，万望先以情欲声色等事警其痴顽，或能使彼跳出迷人圈子，然后入于正路，亦吾弟兄之幸矣。”如此嘱吾，故发慈心，引彼至此。先以彼家上中下三等女子之终身册籍，令彼熟玩，尚未觉悟。故引彼再至此处，令其再历饮馔声色之幻，或冀将来一悟，亦未可知也。

《红楼梦》作为文学，其发端处是大荒山、无稽崖，作为哲学，其发端处是迷与觉的玄思幻境。可见，这部巨著是部悟书，而且是浸透禅宗“迷则众，悟则佛”哲学的大书。在大书中，悟不仅是方法，而且是本体，即悟不仅是抵达佛的阶梯，而且是佛本身。只是这佛不是泥塑偶像，而是无上精神境界。

下辑：九龙塘笔记

写于香港城市大学校园

158 阴阳一字哲学

在《红楼梦》第三十一回中，曹雪芹通过史湘云对中国的阴阳哲学做了一次认真的、具体的表述。这是《红楼梦》哲学非常重要的一页，不得不花些篇幅，全文引述于下：

> 湘云听了由不得一笑，说道："我说你不用说话，你偏好说。这叫人怎么好答言？天地间都赋阴阳二气所生，或正或邪，或奇或怪，千变万化，都是阴阳顺逆。多少一生出来，人罕见的就奇，究竟理还是一样。"翠缕道："这

么说起来，从古至今，开天辟地，都是阴阳了？”湘云笑道：“糊涂东西，越说越放屁。什么‘都是些阴阳’，难道还有个阴阳不成！‘阴’‘阳’两个字还只是一字，阳尽了就成阴，阴尽了就成阳，不是阴尽了又有个阳生出来，阳尽了又有个阴生出来。”翠缕道：“这糊涂死了我！什么是个阴阳，没影没形的。我只问姑娘，这阴阳是怎么个样儿？”湘云道：“阴阳可有什么样儿，不过是个气，器物赋了成形。比如天是阳，地就是阴；水是阴，火就是阳；日是阳，月就是阴。”翠缕听了，笑道：“是了，是了，我今儿可明白了。怪道人都管着日头叫‘太阳’呢，算命的管着月亮叫什么‘太阴星’，就是这个理了。”湘云笑道：“阿弥陀佛！刚刚的明白了。”翠缕道：“这些大东西有阴阳也罢了，难道那些蚊子、虼蚤、蠓虫儿、花儿、草儿、瓦片儿、砖头儿也有阴阳不成？”湘云道：“怎么有没阴阳的呢？比如那一个树叶儿还分阴阳呢，那边向上朝阳的便是阳，这边背阴覆下的便是阴。”翠缕听了，点头笑道：“原来这样，我可明白了。只是咱们这手里的扇子，怎么是阳，怎么是阴呢？”湘云道：“这边正面就是阳，那边反面就为阴。”翠缕又点头笑了，还要拿几件东西问，因想不起个什么来，猛低头就看见湘云宫绦上系的金麒麟，便提起来笑道：“姑娘，这个难道也有阴阳？”湘云道：“走兽飞禽，雄为阳，雌为阴；牝为阴，牡为阳。怎么没有呢！”翠缕道：“这是公的，到底是母的呢？”湘云道：“这连我也不知道。”翠缕道：“这也罢了，怎么东西都有阴阳，咱们人倒没有阴阳呢？”湘云照脸啐了一口道：“下流东西，好生走罢！越问越问出好的来了！”翠缕笑道：“这有什么不告诉我的呢？我也知道了，不用难我。”湘云笑道：“你知道什么？”翠缕道：“姑娘是阳，我就是阴。”说着，湘云拿手帕子捂着嘴，呵呵的笑起来。翠缕道：“说是了，就笑的这样了。”湘云道：“很是，很是。”翠缕道：“人规矩主子为阳，奴才为阴。我连这个大道理也不懂得？”湘云笑道：“你很懂得。”

史湘云所讲的阴阳哲学，有两个要点：一是阴阳一体（“阴”“阳”两个字只是一个字）；二是阴阳只是气，不是道。言下之意是一阴一阳互动互补、相反相成才是道。史湘云这番哲学议论，倒是与程（伊川）朱（朱熹）的说法相通。程伊川说，阴阳是气，“所以阴阳”才是道。“所以阴阳”，有“因为……所以”，有逻辑，有相互依存、相互补充、相互转化，这才成道。史湘云说连那一片树叶儿都分阴阳，那边向上朝阳的便是阳，这边背阴覆下的便是阴；一把扇子，这边正面为阳，那边反面就是阴，这是物，还不是道。一阴一阳，阴了又阳，阳了又阴，有前提，有结果，变化不停，体现这阴阳变化的缘故、规律才是道。《红楼梦》讲聚散哲学也与阴阳哲学相通，聚与散是现象，不是本体，“所以聚散”即聚散的缘由根据、规律才是道。阴、阳、聚、散都是中国的古老哲学语言，《红楼梦》自创的哲学语言是好和了。《好了歌》讲好和了不二分，好便是了，了便是好，好和了都是现象，把握如何好、如何了，才是道。

曹雪芹是一元论者，确认世界本体本源为一。第三十一回史湘云与翠缕讲阴阳哲学，要点便是阴阳一体，“‘阴’‘阳’两个字还只是一字，阳尽了就成阴，阴尽了就成阳，不是阴尽了又有个阳生出来，阳尽了又有个阴生出来”。所谓阴阳，并非阴阳二体，乃是阴阳一体二气。所以史湘云又说：“天地间都赋阴阳二气所生，或正或邪，或奇或怪，千变万化，都是阴阳顺逆。”现象为多（千变万化），本体为一，史湘云讲的是一而二、一而多的哲学。

说阴阳，还是前人已有的哲学语言。曹雪芹在《红楼梦》中使用的是另一套自身创造的哲学意识语言。一体两面，一体多样，在小说文本中便是《好了歌》的“好就是了，了就是好”，便是“风月宝鉴”的“色即是空，空即是色”，美人即骷髅，骷髅即美人，也便是瞬间盛筵，散即聚，聚即散，宝玉喜聚不喜散，黛玉喜散不喜聚，实则也是两向一如。我说，《红楼梦》是一部无真无假、无是无非、无善无恶、无因无果的艺术大自在，乃是从哲学上说它把聚散、好了、色空、是非、善恶、有无、生死、荣辱、得失、成败、正邪、凶吉、动静等，视为一体之变。

159　内外相对论

贾琏的乳母赵嬷嬷为自己的两个儿子向王熙凤讨点工做，王熙凤答应说：“妈妈你放心，两个奶哥哥都交给我。你从小儿奶的儿子，你还有什么不知他那脾气的？拿着皮肉倒往那不相干的外人身上贴。可是现放着奶哥哥，那一个不比人强？你疼顾照看他们，谁敢说个‘不’字儿？没的白便宜了外人。——我这话也说错了，我们看着是‘外人’，你却看着‘内人’一样呢。”（第十六回）钱锺书先生在论说“顺”与“逆”可以互读与位置互换时说：“顾后则于既往亦得曰‘逆’，瞻前则于将来亦得曰‘顺’，直所从言之异路耳。故'前''后''往''来'等字，每可互训。"（《管锥编》第一册，中华书局，1979年，第54页）讲的也是从不同角度看，前后、往来也如内外一样可互相转化。

先放下王熙凤对赵嬷嬷说这番话的真实意思，仅就她外人、内人而言，倒是说出了曹雪芹"不内外"的思想。正如史湘云说"阴阳两个字是一个字"，王熙凤说的也是内与外为一体两面，难以分别，在一个参照系之下是"外"，在另一个参照系之下则是"内"。前辈研究者张毕来先生在谈小说中的"雅""俗"相分时曾说："……把贾雨村、贾宝玉、妙玉三人叫来排个队，让贾宝玉居中，以便作比较的考察。排好队，从贾宝玉说来，他向右看是贾雨村，二人之间是不当官与当官的不同，贾雨村俗而宝玉雅；向左看是妙玉，二人之间是在家与出家的不同，妙玉雅而宝玉俗。所以，有一天贾雨村来访的时候，史湘云劝宝玉去与他周旋，宝玉说：'我也不敢称雅，俗中又俗的一个俗人罢了，并不愿同这些人往来。'（第三十二回）贾宝玉说的是反话。他是自以为雅而把贾雨村视为俗的。一旦掉过头来向左看，是妙玉，贾宝玉的态度就相反了。可看第四十一回，那天贾宝玉与黛玉宝钗等在妙玉那里喝茶时的谈论。"（《红楼佛影》，上海文艺出版社，1979年，第31页）张毕来先生所举的例子和王熙凤的内外哲学，都说明《红楼梦》中有一个曹雪芹的"相对论"。真与假、有与无、聚与散、好与了、色与空、外与内、雅与俗，和阴与阳一样，是相反相成的统一体，只是在不同层面、不同视角下才看出它的分别。因此，在注视分别相时又不可遗忘把握整体相。

160 风月宝鉴的哲学暗示

“风月宝鉴”具有双重结构。表层结构是美人，是色；深层结构是骷髅，是空。哪一层是最后的真实，这是《红楼梦》的哲学问题。宝鉴暗示的，是人须把握真实、悟透本体才能自救。道人叮嘱贾瑞须紧紧盯住骷髅这一面，便是终极真实的一面。

但“风月宝鉴”又是一种比喻与隐喻。钱锺书先生说比喻具有“二柄”与“多边”的性能。“同此事物，援为比喻，或以褒，或以贬，或示喜，或示恶，词气迥异”，这是二柄。而“盖事物一而已，然非止一性一能，遂不限于一功一效。取譬者用心或别，着眼因殊，指（denotatum）同而旨（signiticatum）则异；故一事物之象可以孑立应多，守常处变”。这是多边。曹雪芹曾想用“风月宝鉴”做书名，可提携全书哲学内涵。以色而言，色也有二柄与多边，色可生欲生淫，也可生情致美，况且色有物色、器色、财色、女色等俗色，也有花色、草色、山色、水色、月色、日色等自然之色。以月而言，月有二性，时而形圆体明，时而形缺体黑，人有悲欢离合，如同月有阴晴圆缺。所以“风月宝鉴”不仅是道德暗示，而且也是生命充满色彩、命运充满变幻的暗示。因此，《红楼梦》即使改名为《风月宝鉴》，也不是一部道德说教书，而是呈现多姿多彩人性的文学书。

161 王国维未明破欲之功

王国维引入叔本华，论证欲望、痛苦、悲剧，开风气之先，但他太执于一念。只知《红楼梦》有欲的诉求，未知《红楼梦》的伟大处恰恰在于破欲之执、化欲之谜、悟欲之空。一部文学巨著，把一切色相化得空空荡荡，这是大手笔的胜利，又是大心灵的成功。抓住《红楼梦》破执、破欲、解欲、化欲的一面，才抓住正题。《红楼梦》对人生的永恒启迪是确认欲望的权利，又确认破欲的可能。它把欲提升为情，提升为灵，提升为空。

《红楼梦》的哲学是破一切执的哲学，不仅破世俗社会的功名之执、财富之执、权力之执，而且破理念上的是非之执、善恶之执、尊卑之执、贵贱之执，甚至还破了男女性别之执。贾宝玉迷恋林黛玉、晴雯等女性，也倾慕秦钟、蒋玉菡等美男子。这不是性的混乱，而是跨越性别之执，对人类完美形体的审美普遍性。

162 钗黛的“圆”“方”之分

如果以“圆”和“方”来划分人物类型。林黛玉属第一“方人”，她只有情感生活和意境生活，不懂得世俗生活和关系生活，在狭小的关系网中只凭自己的棱角左碰右撞，说刻薄话，结果是不讨人喜欢。而第一“圆人”则非宝钗莫属，她会做人，善于处理人际关系，圆润周全，哪怕有点棱角，也被冷香丸化掉了。属于方型的还有晴雯、芳官、鸳鸯等，结果都碰得头破血流，属于圆型的袭人、平儿等倒有了出路。方使人正直，圆使人浑厚，但圆过头就变成世故，甚至虚伪；方过头则会变成褊狭甚至刻薄。有人特别喜欢史湘云，大约她是不方不圆，亦方亦圆。宝玉也是如此，属于不方不圆的中道，他和所有的人都相处极好，是彻底的圆，但他内心与泥浊世界绝不妥协，对国贼禄鬼深恶痛绝，又是彻底的方。圆透方透，又非大仁大恶，所以是奇美的生命景观。

163 “槛外人”即异端

曹雪芹的“槛外人”（妙玉），加缪的局外人、异乡人，说法不同，都是“异端”。《红楼梦》归根结底是一部异端之书，甚至可以说，是中国文化史上最大的异端之书。异端之说并非杜撰。在第五十八回中，曹雪芹自己就使用“异端”一词。那是宝玉提醒芳官说的话：“……这纸钱原是后人异端，不是孔子的遗训。……”这里透露了极为重要的思想信息：贾宝玉把异端界定为违背孔子遗训的言行。

所谓异端，首先是儒家道统的异己；所谓槛外人，首先是走出孔门的准则与规范之槛。《红楼梦》的异端代表人物，不是妙玉，而是贾宝玉和林黛玉。“潦倒不通世务，愚顽怕读文章”，从小就怕读圣贤文章的头号异端贾宝玉，把林黛玉作为自我意识的主要投射对象，两人情感相印，思想相通。通就通在拒绝充当正统的附庸，自立另一种心性与人格。五四运动高喊打倒“孔家店”，宝玉、黛玉无此高调，但他们却是最早的孔家“店外人”。不过，他们只是走出“孔家店”的异端，并非“五四”型的动不动就“推翻”“打倒”的造反派。

以往的“评红”者都知道宝玉、黛玉等是儒统的“槛外人”，其实，他们有时也是道与佛的“槛外人”，说“女儿”二字比元始天尊和阿弥陀佛还尊贵，就够异端的了。《红楼梦》太独特，它吸收各种文化的精华，又超越各种文化而独树一帜，因此，曹雪芹这种异端，完全是建设性的异端，“邪”而正，“异”而端。

164　被声色所迷则玉石不灵

第二十五回“魇魔法姊弟逢五鬼　红楼梦通灵遇双真”写宝玉和王熙凤中邪后本可以用贾宝玉落地时口衔的那块玉治病，因为上边分明刻着“能除邪祟”，可是这回却不灵验了。幸而后来癞头和尚和跛足道人点破了原因：“只因他如今被声名货利所迷，故不灵验了。”这一节故事蕴含着佛教的最基本原理：人（宝玉）刚通灵降生之后，本体清净，是种本真状态，但是进入社会之后，却被社会的灰尘所污染所遮蔽，为声名货利所堵塞，所以，本来洁净的玉石也变混浊，本有佛性的心灵也布满妄念、分别、执着，有了功名障、货利障、权力障、概念障等，因此宝玉就不灵验了。这里牵引出一个自救原理：人所以会中邪，并非外部邪气的强大，乃是自身丧失了除邪的能力与机制，原因在内不在外。人具有强大的本真之心，邪气就无法进入：人心变为妄心，邪气则畅通无阻。玉石不灵，这是警告，玉石再次通灵，则是自救的可能。

165　人性恶无药可治

江湖医生王一贴（王道士）标榜自己的药一到，“百病千灾，无不立效”，但贾宝玉问他能否治好女人的嫉妒病时（“可有贴女人的妒病方子没有？”），他胡诌一番后，不得不承认“不可能”。他先开了一贴“疗妒汤”，然后说：“……这三味药都是润肺开胃不伤人的，甜丝丝的，又止咳嗽，又好吃。吃过一百岁，人横竖是要死的，死了还妒什么！那时就见效了。”胡诌一番后，讲了大实话：“……实告你们说，连膏药也是假的。我有真药，我还吃了作神仙呢。有真的，跑到这里来混？”（第八十回）

曹雪芹通过王一贴的坦白，说的是医药可治身体之病，但不能疗治人性的弱点。最高明的医生可以起死回生，但在人性的劣根性面前却无能为力。正如高度发展的现代科学技术可以提高效率但无法修复良知。曹雪芹的悲观，是他清醒地看到人性难以改造，难以疗治。人毕竟不是神仙，王一贴在真人面前不说假话，他确认没有改造人性恶的真药方。

166 钱锺书的距离论

钱锺书先生曾对王国维在《红楼梦评论》中的“悲剧之悲剧”说提出质疑。他说：

> （王国维）似于叔本华之道未尽，于其理未彻也……苟本叔本华之说，则宝黛良缘虽

> 就，而好逑渐至寇仇，“冤家”终为怨偶，方是“悲剧之悲剧”。然《红楼梦》现有收场，正亦切事入情，何劳削足适履。王氏附会叔本华以阐释《红楼梦》，不免作法自弊也。盖自叔本华哲学言之，《红楼梦》未能穷理窟而抉道根；而自《红楼梦》小说言之，叔本华扫空万象，敛归一律，不屑观海之澜，而只欲海枯见底。夫《红楼梦》，佳著也，叔本华哲学，玄谛也。利导则两美可以相得，强合则两贤必至相阨……

钱先生这一论说，乃是他一贯的人生悲剧的悖论，即婚姻如同围城，未进入之前想进入，一旦进入则想“突围”出来。围就是牢狱，就是自由与真情感的丧失。因此，他认为《红楼梦》宝黛这对主人公没有婚姻的结局正好可以避免一双美好情侣坠入怨偶与寇仇的悲剧。是免去悲剧，不是“悲剧之悲剧”。按钱先生的逻辑，薛宝钗倒是进入婚姻圈子的不幸者，她才是真正的悲剧人物。钱先生守持的是审美距离。宝钗最后失去距离，倒是黛玉永远拥有距离，因此，她永远被衷心缅怀和衷心赞美。王国维虽看不到这一点，但他依据叔本华学说，看到《红楼梦》的悲剧，不是盲目命运导致的悲剧（如《俄狄浦斯王》），也不是蛇蝎之人造成的悲剧（如《奥赛罗》），而是结构的悲剧即人物共同关系的悲剧，则极有见地。人间的无可逃遁的悲剧，都是这种“几乎无事的悲剧”，人际结构自然运作的悲剧。王国维的解释不是附会，而是发现。钱先生的评论虽成一理，但只是假设。

167 妙玉未能洁到深处

美是超功利、超势利。“洁”也是超功利、超势利。超势利之法才是心洁大法。妙玉“欲洁何曾洁”，不仅表现在结局落入不洁的泥潭，更为重要的是人生旅程中总有些势利。同样进入栊翠庵，她对贾母百般奉承，一味想钻入这位贾府至尊的心中，对宝玉也竭力讨好，而对刘姥姥则全不看在眼里，非但如此，甚至连她用过的杯子也嫌脏。这种行为语言说明妙玉只有口洁、身洁，不真知何为心洁、根洁。她虽洁生，却未能洁死。而其洁生中，又未能把洁贯彻到深处根本处，让人惋惜。

168 “以美育代宗教”的先驱

宝玉有信仰但不迷信，信仰有很多类型，有宗教信仰、天地信仰、道德信仰、传统信仰、祖先信仰等。从哲学上着眼，则有形上信仰与形下信仰，中国人信仰财神、火神、土地神等，均属形下的实用性信仰。贾宝玉的信仰是对天地精华所形成的少女生命的信仰，这是对美的绝对信任与仰慕。这种信仰是超实用、超功利、超意识形态的爱的绝对性和情的彻底性。《红楼梦》中有信仰，但不是宗教，它以美的信仰代替神的信仰，因此，可以视为近代“以美育代宗教”的先驱。康德很了不起，他说明上帝宗教是情感，不是理性存在，因此难以用认识论把握，即难以用理性与逻辑论证其真伪。既然是一种情感，人类就可以按照自己的情感需要，设定一种宗教或类似宗教的宗教。曹雪芹的“女儿”崇拜和对美的崇仰，就是为情感而设定的类宗教（类似宗教但不是宗教），而林黛玉和警幻诸仙子也是曹雪芹为情感需要而设定的类女神，不是真女神。

169　青春共和国之梦

说大观园是少女少男的乐园，是青春共和国，是曹雪芹的梦、曹雪芹的理想国，是因为在这个国度拥有自由，人可以在这里把自己的天赋才能发挥到最高程度；其次是这个国度拥有平等，每个成员位置不同，但在竞赛面前机会与人格完全平等。这两个特征正是欧洲文艺复兴运动的两项伟大思想成果。曹雪芹不知欧洲这段历史，却与它不谋而合。大观园的表层果实是诗，深层果实是思想。贾宝玉在诗赛中常居最后一名，但他总是为胜者鼓掌，这是为诗鼓掌，也是为诗所蕴含的自由梦与平等梦鼓掌。

170 天眼看世界

在《红楼梦》第七十八回（“老学士闲征姽婳词　痴公子杜撰芙蓉诔”）中，贾政命宝玉、贾环、贾兰作词，这之前，小说写了贾政对这三人的印象，竟认为贾宝玉“不算是个读书人”。在贾政这位“老学士”看来，只有四书五经才算书，杂书不算书，读八股文章才算读书，读诗词小说不算读书。贾政这种看法在当时带有普遍性。中国历来把诗文当作正宗，把小说戏剧当作邪宗，贾政进一步把诗也视为邪宗。百年后，梁启超超越中国，用广阔的普世眼睛看文化，才得出“没有新小说就没有新国家”的结论，小说何等重要！后又有王国维用“天眼”看诗词，发现李后主具有基督、释迦牟尼负荷人间罪责的伟大情怀。这之后，我们读《红楼梦》才明白老学士贾政原来是小观小知。《红楼梦》对元春省亲别墅给予“大观园”的命名提醒我们，这部巨著有一大观眼睛，所以才肯定贾宝玉这个异端，不认同贾政这个贾府孔夫子。梁启超、王国维用的也是大观的眼睛。两千年前，庄子的“大鹏”从九万里高空就用大观的眼睛看大地，才知道“秋水”的局限，蜩与学鸠的小知，才悟到万物平等的大道理。在长篇小说中，建立一个大观视角，把大鹏的道眼和逍遥游的气魄以及齐物论的哲学大思路，带给中国读书人，是曹雪芹的天才业绩。

171 “才性异”与“才性同”的论辩

“才性异”或“才性同”是魏晋哲学中的两大命题，也是当时玄学两派论辩的主题之一。为了给政治服务，钟会持“才性合”，傅嘏（尚书）论“才性同”，适合司马氏需要；李丰（中书会）的“才性异”与王广（屯骑校尉）的“才性离”，则与曹操的求才三令相呼应。曹操把人的出身与才能分开，不讲血统而唯才是举。他出身寒门（父为宦官养子），但才能足以平天下；而司马氏出身贵族，以为能人皆出于贵族血统，总是瞧不起平民的曹氏。《红楼梦》第一号“才性异”贯彻者是贾宝玉，无论出身于哪门，哪怕是最卑贱的庶民之门，只要有才气，他都欣赏。那些男女戏子，从琪官（蒋玉菡）到芳官、藕官等，他个个钟情，着迷于他们的歌唱，完全把性（出身）与才分开。

172 儒化与异化

贾政是个儒，又是个“正人”，可惜太儒化。过分儒化其实也是异化。自己被自己所制造所接受的概念主宰，便是异化。他与儿子贾宝玉相比，缺少一个内在的生命，尤其是真实的感性生命。宝玉不管有多少缺点，但他是活蹦蹦的有血有肉有情的生命，而贾政却像个戴着儒家面具的机械人，人生只跟着他人规定的准则走，完全活在他人规定的准则之中。薛宝钗也很“儒”，也遵循圣贤的准则，但她没有完全被儒化。她是个通人，什么书都读，还醉心于绘画、诗词，不会像贾政只认“文章”，以为圣贤之书才是书。加上天生的丽质美貌，无愧是个活人。她才是新儒家的活经典。

173 “四海之内皆兄弟”的实践者

“四海之内皆兄弟”是孔子说的。这是他的理想，可惜只是乌托邦而已，很难在制度层面和操作层面上实现。因此，它往往成为一句空话。虽也有人用之实践，如《水浒传》中的宋江也打着这一旗号。但是，他并未真的实行。一百零八将之内，可以称作兄弟，一百零八将之外，则可滥杀滥屠，吃人肉也无妨。所以鲁迅说赛珍珠把《水浒传》

译为《四海之内皆兄弟》是欠妥的。这一美好理念在《水浒传》中是假的：但在《红楼梦》中则是真的。贾宝玉就是一个真有“四海之内皆兄弟”大情怀的人。他以平等之心兄弟之心对待一切人，府内的贾环、薛蟠，府外的柳湘莲等，皆以兄弟同怀视之。

174 异端而不极端

要说“拿来主义”（鲁迅的概念），曹雪芹正是气魄最大的拿来主义作家，他拿来佛，拿来道，拿来庄，拿来禅，拿来易。书中有佛的慈悲精神，道的“谪仙”结构，庄的齐物思想，禅的立身态度，易的阴阳哲学，等等，但又超越拿来的一切，独创一格。它没有佛的轮回，没有道的贬谪下界后返回原位的欢喜（只有悲情），没有庄的“鼓盆而歌”，没有禅后期的狂躁，没有易的玄奥。哪怕是对于正统儒学，它也拿来其重亲情的深层意蕴，只拒绝其表层的典章制度和意识形态，异端而不极端。《红楼梦》拿来一切文化精华，又不执于一种文化理念。它破各种层面的执，也破对于各种文化的执，既把一切色相化解得空空，也把对各种文化的迷信化解得空空，所以它才得大自在，也成其艺术大自在。

175 不将迎，不内外

二十年前，佛学教授、弘一大师的弟子虞愚老先生教我进入佛哲学之门的方法，赠我“不将迎，不内外”六个字。后来我才知道这六字乃是对整体佛性的把握。“不将不迎”其实是庄子用过的概念。将是过去，迎是未来。不将不迎是时间与人生的提示。时间是个整体，不要分割，既不执于过去，也不执于未来，而应充分活在当下。对于过去，无论是成就还是苦难，都不要执着；对于未来，无论是太虚幻境还是其他乌托邦，也不要执着。永恒的意义就寓于当下之中。不内外则是不分别，它暗示，空间是个整体，生命是个整体。万物万有同根同源同体，有同体整体意识，才有大慈悲。贾宝玉没有贵贱尊卑之分，“齐物”又“齐人”，正是不内外的态度。

176 只重当下存在的把握

老子的“道可道，非常道”，是说人间价值的总源头，那个超越的本体、终极的真实是不可言说的。禅宗慧能所以“不立文字”，也是认定那个被称作“无”的终极存在是无法用概念表述的，林黛玉对宝玉“你证我证，心证意证”的八字补充，强调“无立足境，是方干净”，也是确认最后的真实本无一物。林黛玉临终前焚毁诗稿，也是看透诗中的心证意证并非终极的真实。宝玉不重自己的起因与来源，不喜欢身上的“玉”，也不问玉从哪里来。有次妙玉问他“你从何处来”，他也答不出，还是惜春提醒他答以“从来处来”即可。不重根，不重果，只重花开时节，即只重当下存在的把握与敞开，这是宝玉的也是《红楼梦》的哲学精神。与弗洛伊德那样追究文学起因还追出哈姆雷特的恋母情结相比，曹雪芹完全是另一种哲学方式。他以巨著表明：对生命此在的了解与同情比追究根源重要得多。

177 信仰变成面具

或依傍儒，或依傍道，或依傍佛，方向不同，毕竟都有依傍。有依傍便有心灵原则与行为原则。薛蟠、贾环、贾蓉等灵魂无依，成了废人。人世间因为有宗教或半宗教的哲学，人才有敬畏，有怜悯，有慈悲。仁义之心、齐物之心、慈悲之心虽然有别，但都提醒人们远离禽兽和远离野蛮。没有任何灵魂的依傍，没有信仰，不仅会产生废人，而且会产生暴徒。废人是零，暴徒是负数。然而，依傍不是标榜；有所依，也不等于有所立。贾雨村标榜儒，贾敬标榜道，王夫人标榜佛，却都是假人。信仰如果只停在口里，不进入心中，只能变成面具。

178　生命被俗流裹挟

《好了歌》描述了功名、娇妻、金银裹挟着人的生命向前滚动。功名伴随着喧嚣，娇妻伴随着背叛，金银伴随着血腥，但世人照样让它们裹挟着自己的生命往前滚动。裹挟者打着事业之旗、立功立德之旗、衣锦还乡之旗，五颜六色，浩浩荡荡，滚动不止，追逐不已，“好”总是难“了”。世人要钱不要命，要名不要命，要色不要命，所以命才会被裹挟。这个命，是个体生命的自由与尊严。《好了歌》揭示的是俗气大潮流。这种潮流使人类世界变成猪的城邦和心的荒原。

179　宝玉无君子小人之分

薛蟠的缺陷如此严重，以致他的母亲说他是个废人；贾环的缺陷如此严重，以致他的母亲说他是个劣种；王熙凤的缺陷如此严重，以致后来的“评红”者称她为“蛇”。但是，曹雪芹却未把他们界定为坏人。贾宝玉和薛蟠、贾环、凤姐的兄弟之情没有因为他们的严重缺陷而改变，他的宽容是基督式的宽容。贾宝玉和他们相处，不是用学问和理念，而是用天性和天性包含的哲学。这是一种很高的哲学境界，是高于法律、高于道德也高于一切理念的境界，在这个境界里没有好人坏人之分，没有善人恶人之分，没有君子小人之分。这是《红楼梦》的一种没有直接诉诸文字的人的哲学，它超越世俗价值标准的无数层面。在《红楼梦》中，薛蟠、贾环、王熙凤是大观眼睛下的人。

180　曹雪芹的怀疑精神

《红楼梦》中没有神，不是宗教，但有对美的信仰。除了这种信仰之外，全书却贯穿着深刻的怀疑精神。从开篇对中国文学惯性模式的怀疑开始，直到对人生意义的怀疑，全书怀疑不断。而最根本的怀疑是对常人世人所确认的人生大前提、大目标的怀疑。“从来如此，便对吗？”这是鲁迅的大怀疑，而在二百年前，曹雪芹就对从来如此的价值目标：功名、财富、权力，提出怀疑，相应地，也对从来如此的仕途经济之路，“文死谏，武死战”之路，立功立德立言之路，治国平天下之路等提出怀疑。这些大前提、大思路的致命伤是缺少对个人生命自由和个人尊严的尊重。思想者天然地生活在疑问之中，并不提供答案。曹雪芹的怀疑不是消沉，而是对当下个体生命存在意义的清醒把握。

181 宝玉没有王维式的焦虑

王维退隐后，“以禅诵为事”，在山明水秀中过着隐士般的生活。但细读他的诗，便会觉得其诗离真禅慧能尚远。他身虽逍遥，心却不逍遥，所写的“空”，只是感官之空，而内心则充塞失落感与凄清感，一点也不空。他未能抵达真正的空境，乃因身虽“止”，而心未“止”，即未能真正体会到“了”就是“好”。没有真放下。要真“止”、真放下，需要一个修炼过程。《红楼梦》由空见色后还要经过对色的看破和情的幻灭这一中介，然后才能“自色悟空”，得大自在。贾宝玉最后出走，是大彻大悟后的大解脱，他最后出走时没有王维式的焦虑感，倒有慧能式的回归故乡的自在感。

182 放不过一个弱女子

贾赦、贾琏已有那么多妻妾，前者还要再占鸳鸯，后者还要再娶尤二姐，终于导致鸳鸯、尤二姐的惨剧。但王夫人乃至贾政绝不会阻挠、劝诫或嘲讽，读者听不到一句微词。而对金钏儿、晴雯，只因为与宝玉靠近，便驱逐并造成死亡。许多中国人就像王夫人，可以宽容害人生命的王公贵族，却不放过一个想谈恋爱的弱女子。皇帝也如此，老百姓杀一个人需要偿命，而帝王将相杀千万人也理所当然。许多皇帝与王公贵族，其实都是大纵火犯、大杀人犯。朱元璋当了皇帝之后，仅胡惟庸和蓝玉两案就杀了四万多人。胡蓝再邪恶，也不可杀这么多人。还有项羽，功过先不说，他凭什么烧掉阿房宫？凭什么毁灭那么辉煌的大建筑与大艺术？可是，中国人可以宽容这些纵火犯和杀人犯，却无法宽容一个批评纵火与批评滥杀的异端。

183　爱的填充

人不怕痛苦，只怕痛苦的无意义。人也不是不能忍受孤独，只是害怕孤独的无意义。基督教徒在陷入孤独的深渊时，需要上帝补充。《红楼梦》的主角贾宝玉与林黛玉都害怕孤独与孤独的无意义，因此需要爱来填充。第九十三回，宝玉搬到外间去住，等待林黛玉的魂魄来入梦，便是等待爱的补充。离开宝钗与袭人的照顾，独自在另一房间，自然更为孤独，但最痛苦的不是孤独，而是没有另一颗相通的心和他一起支撑孤独的灵魂。爱是一种创造性生命，它会放射出无形的生命能量，这种能量可以产生意义。

184　拒绝道统逻辑

《卡拉马佐夫兄弟》中的小弟阿廖沙，曾对他的兄长伊凡说：“爱生活吧，不要管逻辑……”伊凡是个理性主义者，他的大思路与康德相通，把道德逻辑视为最高逻辑，而阿廖沙则认为道德冲动来自人的心灵深处而非道德理性。这一点贾宝玉和阿廖沙相似，他拒绝中国道统儒统那些逻辑，因为在这些圣贤的逻辑面前，存在无法敞开。一个遵循“非礼勿言”“非礼勿动”逻辑的人，便没有灵魂的活力。贾宝玉嘲讽“文死谏，武死战”，正是这些人完全活在效忠道统的逻辑之中，并无自己的生活。因为宝玉拒绝千古皆然的逻辑，置身于此逻辑之外，因此他也可称为“槛外人”即异端。

185　在爱的面前，存在才充分敞开

孔夫子“割不正不食”，连吃饭细节都很正统。这一行为语言说明其“礼”的彻底性，无论是大节还是小节都必须贯彻“礼”。君临于《红楼梦》的，不是礼，而是爱。贾宝玉对于一切繁礼褥节都很讨厌，而对爱则连细节都很在意很周到。他的“无事忙”，并非为礼而忙，而是为爱为情而忙。曹雪芹在故事描述中对繁琐的礼仪也有微词。

第十四回写王熙凤协理宁国府已经够忙了。秦可卿出殡在即，已忙得团团转，但就在同一时刻，竟有一系列礼节需要应对。原文写道："里面凤姐见日期有限，也预先逐细分派料理，一面又派荣府中车轿人从跟王夫人送殡，又顾自己送殡去占下处。目今正值缮国公诰命亡故，王邢二夫人又去打祭送殡；西安郡王妃华诞，送寿礼；镇国公诰命生了长男，预备贺礼；又有胞兄王仁连家眷回南，一面写家信禀叩父母并带往之物……"像王熙凤这种大俗人正可以在"礼"面前把生命充分敞开，而宝玉则毫无作为，他只有在"爱"面前，生命才充分敞开。他平常时刚毅木讷，但在林黛玉、晴雯面前却有一副伶牙俐齿，会说出许多动人的真挚的语言。

186 "女儿"信仰

无论是基督教还是佛教，宗教形态与教义虽不同，但都是信仰。禅宗虽去偶像，但仍有信仰。信仰与学说最根本的区别是，信仰以情感为第一义，学说则以理念为第一义，称上帝为天父，这是情感。《红楼梦》不是宗教，它没有宗教形态，没有神的绝对权威，但有信仰，这是对美的主体——女儿的信仰，即对"女儿"注入最深最彻底的情感。因此，可说《红楼梦》是一部以情为本体的书，一部没有宗教形态但有宗教式情感与宗教式境界的书。鲁迅在《破恶声论》中说，19世纪的欧洲，以对真善美的崇拜代替对神的崇拜，把真善美请入神祠，这不是“灭信仰”，而是“易信仰”。《红楼梦》是以对情对美的信仰取代对神对道统的信仰。

187 两条眼睛路线

常人众人的眼睛路线是自近而远，自低而高，所谓“立足中国，放眼世界”也是这种路线。曹雪芹的特别处是他的大观视角，其投射方向和程序，与常人众人相反。他是“立足宇宙，放眼中国”，立足于宇宙极境，然后观察地球、人、贾府以及整个人世间的生存状态与人性困境。因此，他先确立了青埂峰、三生石畔、灵河岸边、太虚幻境这些宇宙视点。大观园虽然坐落于人间，但诗人们的审美视角，却是自上而下，从天上看地面，以超越的天眼看待和呈现人间情感。曹雪芹的视线——眼光路线与庄子相同，以道眼俯瞰天地万物，以大鹏的眼睛冷观人间沧桑，因此其眼光便有别于斑鸠一类小鸟，更有别于井底之蛙。

188 四春皆无恋情

贾府的嫡系孙女：元春、迎春、探春、惜春，虽是贵族侯门最高贵的“女儿”，却都没有享受一项生命最高的幸福，这就是青春恋情。她们只有亲情，只有婚嫁，尽管元春登上婚嫁的尖顶，进入宫廷，但仍然没有恋情。迎春、探春告别家门时只有对父母兄弟姐妹的依恋，没有情爱。林黛玉、薛宝钗等，尽管有痛苦，有悲情，但都享受过恋情的甜蜜。连妙玉也有暗恋，尽管她暗恋的“公子”是宝玉还是陈也俊尚有争议，但她有恋情的寄托对象则是可以肯定的。从这种情感幸福的意义上看，三春连丫鬟袭人、晴雯的命运都不如。

189 “围城”哲学

贾元春进入宫廷，并得宠幸，封为凤藻宫尚书，加封贤德妃，可谓尊到极点，贵到极点，让一些目光羡慕到极点，其实，她很可怜，用她自己的话说，是被抛入“不得见人的去处”。回家省亲时满腹心事也只能化作几滴眼泪。她生活在人间的宝塔尖顶，人们只看到尖顶上的金碧辉煌，却体会不到“高处不胜寒”的滋味，能领略这种滋味的，只有尝尽孤独和恐惧的皇妃自己。元春的处境心境与宫墙外人的处境心境，正如钱锺书先生所讲的“围城”哲学：未进围城的人们千方百计想进入围城，进了围城的围城中人则竭力想走出围城。人类处于不同层面的生存困境，很难相互了解。元春满腹经纶，少女时就是宝玉的“教母”，“宝玉未入学堂之先，三四岁时，已得贾妃手引口传，教授了几本书、数千字在腹内了”，情状“有如母子”。可惜皇帝恐怕只需要她的美貌与“贤德”，不需要她的经纶与才华。伴君如伴虎，这是不入围城不会明白的。

190 宝玉的异端性

儒者有很多类型。有陋儒、腐儒、小人儒、君子儒，还有大儒。《红楼梦》里没有大儒级如朱熹、王阳明、程颐、程颢这类人物。贾政“自幼酷喜读书”（第二回），为人也算清正，称他为君子儒，应无争论。而贾雨村不是大仁，也不是大恶，本来也想做一番治国平天下的事业，所以一听到冯的冤情，立即拍案而起，像是君子儒。但是为了保其乌纱帽，也只好相信“护官符”徇私渎职。他靠贾家往上爬，靠山一倒，赶紧划清界限，又像小人儒。至于贾瑞之辈，只能归入陋儒、腐儒。贾政“酷喜读书”，而宝玉则“极恶读书”（第三回黛玉回想母亲在世时对宝玉的评说），无论说“善”说“恶”都是指儒家原典的“圣贤书”。可是宝玉离儒很远，不用说小人儒、君子儒，连大儒也不放在眼里。他第一次见到黛玉时就说：“除‘四书’外，杜撰的太多。”贾宝玉是个异端，他的异端性，主要表现就是不喜读圣贤书，圣贤便是大儒。王夫人称他为“孽根”“祸胎”，从根本上说，是离儒太远。

191 十六字诀的“情中介”

第一回的十六字诀“因空见色，由色生情，传情入色，自色悟空”是《红楼梦》的哲学总纲。是小说主角贾宝玉由石头变成情僧的哲学路程。

因空见色和自色悟空是佛的哲学，这两者之间加入“情”的中介，便成了人的哲学。因空见色是外自然的人化，由色生情、传情入色、自色悟空是内自然的人化。宇宙的本体是空，而人的本体是情。空是世界的本源与终极，情则是人的最后实在与最后根据。贾宝玉到人间走一回，是由色生情、传情入色、自色悟空的完整过程。佛教打破人与动物的分别，把大慈悲推向一切生命，但是动物只有色，没有情，更无法悟空。只有人能实现色与情、情与空的转化，曹雪芹把握十六字诀这条哲学链，呈现人总是处于“空→色→情→空”的循环之中。“轻薄人”“滥情人”（《红楼梦》中的概念）具有“色”的敏感，却没有情的真挚，他们无法实现由色生情、传情入色的环节，更无法实现自色悟空的环节。无论名为《石头记》还是名为《情僧录》，都离不开此一哲学链呈现的心灵传记。

192 形上性质的罪感

中国人的罪恶感太实，只知世俗罪、形下罪，如对杀人放火等，而对良知罪、心灵罪，则缺乏敏感。中国文学对压迫者只有诅咒与报复，没有压迫者内心良知的挣扎。像莎士比亚的《麦克白》描写如此挣扎的灵魂的作品，在中国找不到。《红楼梦》了不起，是因其写作动机乃是作者的罪感。这是良知压抑的罪感。曹雪芹没有世俗之罪，但在良心上欠了“闺阁中人”的债——欠了泪。林黛玉为还泪而下凡，曹雪芹为还泪而写作。负疚感是《红楼梦》产生的第一原动力。表面上看是“性发动”，实际上是良知发动。

193 远离“猪的城邦”

《金瓶梅》是写实的，作品中的男人女人都很真实。要知道中国世俗男人何等粗糙低劣，看看《金瓶梅》中的西门庆与《红楼梦》中的薛蟠、贾蓉、贾琏就明白。《金瓶梅》通过西门庆，把中国男人怎样生活、怎样追逐、怎样享受、怎样无耻，写得很充分。这部小说见证了中国的所谓夫妻关系，其实离动物很近。男人何等卑鄙，女人何等不幸，看这两部小说就明白。但《红楼梦》给我们信心，让我们知道人类还有一些离动物很远的诗意生命，她们离猪的城邦、猴子的城邦都很远，在西门庆的彼岸，还有一种类似贾宝玉的精致生命，他们远离粗糙，也远离卑鄙。他们是一些需要食性的人，但又是一些能够跳出食性的人。

194 共存秩序与个体生命

薛宝钗与林黛玉思维的重心不同。薛考虑的是家族群体利益，即人的共存秩序；林考虑的是个体生命的自由。一个重在群体生存，一个重在个人幸福，两者必有冲突。贾宝玉既没有修身之念，更没有“齐家治国”之思，其胡愁乱恨的核心也是个体生命的尊严与自由，所以他的心灵与林黛玉更为相通。历史的悲剧性是为了共存秩序的完善与发展总是要伤害个体生命的自由与幸福，智者所考虑的只能是如何减轻这种悲剧性，但无法完全避免悲剧性。

195 拒绝无人文化

“五四”发现中国传统文化不仅造成僵化的群体秩序，

而且以“宗法”理由消解“人”，消解个体生命，消解妇女与儿童的权利，乃是一种无“人”文化，即无具体人、个体人、活人的文化。本是发现无人文化，但为了引起震动与警醒，便说成是吃人文化，虽说得过重，但其基本发现却没有错。《红楼梦》在思想层面上也完成了这一发现，贾宝玉、林黛玉的先锋性，正是他们拒绝无人文化而争取人的文化。贾政、薛宝钗并非坏人，但他们没有发现传统文化中的根本弱点。他们自己也只是秩序中人、宗法中人、权力结构中人。

196　续书冤枉了凤姐

王熙凤虽是有名的“烈货”“泼辣货”，但对贾家的“正人”即嫡系亲家儿女都很亲近，很有情意。她从未侵犯贾家嫡系的任何一个人（贾瑞并非嫡系）。赵姨娘无端恨她，但她从未对着赵姨娘说过一句坏话。她不仅对宝玉好，视宝玉为亲兄弟，对林黛玉也好，在和林黛玉开的善意的玩笑中，真把她和宝玉看成天生的一对。高鹗的续书，除了把宝玉送入科场并中举是一大败笔外，第二个败笔恐怕就是让王熙凤出坏主意，把宝钗与黛玉调包而凑合金玉良缘。这不符合原著的逻辑，也冤枉了这位凤姐。

197 天上星辰，地上女儿

《红楼梦》如此奇特，如此丰厚，如此精彩。如何说明它的第一主题确非易事。但可以借用康德这位伟大哲学家的语言来表述。康德哲学体系如此深厚，如此庞大，但他由博返约，用一个最简约的程式来概括他的思想，这就是“天上的星辰，地上的道德律”。而曹雪芹的核心价值精神，则可表述为：天上的星辰，地上的女儿。

《红楼梦》的理想国，是女儿青春共和国；《红楼梦》的大梦，是女儿不嫁、青春不谢的大梦；《红楼梦》的悲剧，是女儿毁灭的悲剧；《红楼梦》的哲学，是女儿净水、男人泥浊、女儿把男子导向无立足境的哲学。

198 天然心灵原则

《圣经》里的一个著名情节，是基督制止了信徒们对妓女扔石头。基督对信徒们说：想想你们哪个人身上没有缺点。基督用爱的教义教诲信徒，启发他们去爱一切人，包括敌人，也包括妓女。贾宝玉在冯紫英家与薛蟠带来的妓女云儿一起饮酒聚会，还一起唱和词曲，此时宝玉对待云儿，是出自天性那种“人人生而平等”的胸怀，没有理念。一切都很自然，他没有贵贱之分也没有君子小人之分，也无须基督提示的那种道理。贾宝玉从天上带来的通灵玉石让人感到惊奇，而他从天上带来的自然心灵原则，比玉石更奇，只是常人的眼睛往往看不见。

199 秦可卿的哲学遗言

秦可卿弥留之际，托梦给王熙凤，说是“还有一件心愿未了”，非告诉婶子，别人未必中用。于是讲了一番“盛世危言”。短短的一席告诫，竟用了五个哲学性成语：“月满则亏”“水满则溢”“否极泰来”“盛筵必散”“登高必跌重”。除了这些形而上的警示之外，还有两件形而下事务（祖茔、家塾）的具体关怀。虚实皆击中要害，其意识之清明，贾氏两府中无人可比。王熙凤的才干早已被发现，秦可卿的哲学才能却一直深藏不露。

秦可卿的形上危言，讲的是中国哲学（包括《易经》《道德经》）已经道破的事物由正而反、由反而正的运动规律。阴阳哲学从物极必反、否极泰来的原则出发，总是提示世人应当“居安思危”“知荣守辱”“知雄守雌”“见机而作”。秦可卿不仅是个未被发现的管理家，而且是个未被发现的哲学家。贾府中有哲学思维能力的，除了秦氏之外，还有史湘云（谈阴阳）、林黛玉、贾宝玉、薛宝钗、妙玉等。

200　从“齐物”到“齐人”

《红楼梦》与《庄子》，都崇尚不二法门，无尊卑贵贱之隔。从表面看，都讲“齐物论”，但曹与庄还是不同。庄子的齐物，以物为重心，说人与物皆物。而曹雪芹的齐物，则以人为重心，把齐物引向齐人，即人与物皆人。物也是生命，与人同一，所以宝玉才会对星星、鱼儿说话。黛玉的《葬花词》，不仅是以花喻人，而且把花视为人。词中句句说花，也句句说人。庄子视人如物，导致情的冷漠，妻子死时鼓盆而歌，从理上（万物万有同源同体）说得过去，从情上说不过去。视物如人，则导致情深；物尚能爱，更何况人？树犹如此，人何能不感伤。

201　审美与算计性思维

以苏格拉底、柏拉图为开端的西方理性，上端是精神性，下端是工具性。走了两千多年的路，当下世界仿佛剩下工具理性，一切都是为了满足快乐地生活，理性只是这种生活的算计。人类的算计脑袋愈来愈大，审美的脑袋愈来愈小。《红楼梦》早已预示这两种特性的冲突，贾宝玉和探春的不同，便是一个追求精神性却完全不知工具理性（宝玉），一个是具有工具理性的头脑却忘了花草审美价值

（探春）。要是让美国的实用主义哲学家杜威阅读《红楼梦》，然后问他最喜欢哪种文化，他一定会回答，是那个曾主持荣国府家政，说过一朵花、一片芦苇都可卖钱的探春文化。可是，工具理性可以导致效率与富裕，却不能导致良知与赤子之心。

202　难容“臭男人”

一个民族，其民族精神的堕落、人心的黑暗、品格的沉沦，即国民性的弱点，该民族的卓越作家看得最清。20世纪的大作家几乎都对自己的同胞进行过不留情面的鞭挞。在中国，有鲁迅通过阿Q对民族劣根性的批判；在爱尔兰，有乔伊斯对都柏林人和爱尔兰人市侩嘴脸的揭露；在德国，有君特·格拉斯通过《铁皮鼓》对日耳曼人无端傲慢的嘲笑；在美国，有福克纳通过《喧嚣与骚动》对美国垮掉一代的展示；在英国，还有奈保尔对祖国（印度）同胞们的绝望。而18世纪中叶，曹雪芹通过《红楼梦》早已展示了一幅中国泥浊世界中的人性丑恶，那些贵族老爷太太，全是一些“嫌隙人”“尴尬人”“滥情人”“轻薄人”。林黛玉见到宝玉想送她的手串，她立即敏感到：这是哪个臭男人用过的。林黛玉敏锐地感觉到男人精神的堕落，完全无法容忍世人习以为常的臭气。

203 大制不割与自然分际

曹雪芹与庄子的哲学语言有很大区别。庄子以寓言、重言、卮言为基本哲学语言。《庄子·寓言》曰："寓言十九，重言十七，卮言口出，和以天倪。"重言即引用先贤先哲的言论；卮言即自然十定之言，合自然分际，不做人工分别。曹雪芹则以诗语、小说语（假语村言）、人物语等意象语为基本哲学语言，哲学宝藏掩埋在意象语言中。《红楼梦》除了开篇有多余石头（女娲补天时被淘汰的石头）和神瑛侍者、绛珠仙草等两则寓言之外，没有其他寓言。《红楼梦》因不喜欢先贤先圣之书，所以除了引证慧能"本来无一物，何处染尘埃"等个别先哲之语算是重言之外，别无重言。唯有卮言（无人工分割之言），曹庄两位大哲相似相近。

非分别的哲学，在《庄子》中表现得最为充分、完整。非分别的精神导致平等精神。由于《庄子》，中国在两千多年前就占领了人类社会平等思想的制高点。《红楼梦》也完全放下分别哲学，把非分别法推向社会直至推向宇宙，所以物我无分、天人无分，更没有儒家那种君子与小人的道德之分及君君臣臣、父父子子的严格分别。但是，它还有沿用大乘佛教的净染二法门，把人间分为以"女儿"为主体的净水世界和以男子为主体的泥浊世界。没有善恶判断乃有审美判断。大制不割（无分别）又有自然分际，这是《红楼梦》的哲学玄奥。

204　质朴的雄伟

慧能了不起，他“不立文字”，人们却感受到无言的伟大；他不事喧哗，人们却感受到质朴的雄伟。《红楼梦》中凡是宝玉与黛玉借禅明心之处，我们都感到机锋的深邃和希声中的大音，而黛玉、宝琴的怀古吟人之诗，我们则看到最纯粹的眼睛，她们用女子最单纯最质朴的眼睛看历史，淘汰了史家眼中的杂质，跳出孔夫子和司马迁的框架，另有一种质朴的雄伟。《红楼梦》哲学也属“无言的伟大”，所谓无言，不是不说话，而是无“重言”，不引经据典，不拿先贤先哲做面具，只说内心感悟到的真理。孔子曾表达过“绘事后素”的期待，《红楼梦》之素，是虽有大哲学却无哲学家的姿态，所有的逻辑都化作深邃的直观与精彩的艺术呈现。

205　人生下来要什么

人生下来要什么？这是人生观，也是哲学观。物色满桌，琳琅满目，摆在周岁的贾宝玉面前，他要的是胭脂钗环，把贾政气得连叫“好色之徒”，其实宝玉所要的是胭脂钗环所象征的钟灵毓秀，是至柔至真至美之生命。宝玉是个诗人，一个诗人要什么？这是诗人的存在本义和本题。是要真与美，还是要功名、财富与权力，二者难以兼得。诗人一旦进入权力帝国、功名世界、财富角逐场，就要失去诗人的实体、本体。《红楼梦》揭示的人生困境是鱼与熊掌二者不可兼得的困境，它暗示诗人：你要写出真诗，要守持真情真性，就不能从政，不能服从宫廷原则，也不能归属于世人忘不了的那个荣华富贵的黄金世界。贾政与贾宝玉要得太不相同，所以父与子的冲突就连绵不断。其实，宝玉并不干预他人要什么，也尊重他人要什么，只是他自己不要他人之要，因此就被社会所不容。

206 智的直觉

牟宗三先生认为不只上帝有智的直觉，人也有智的直觉。李泽厚先生不赞成，并做了严厉批评。他认为牟宗三先生误解了康德哲学的基本概念。康德是排斥神秘主义的。康德认为只有上帝才具有无分本体与现象的智的直觉，他讲的是认识论，而牟先生把它带入伦理学，以为可以通过“内在超越”达到智的自觉，这是把理性律令的道德与宗教、神秘经验混为一谈。（参见《读书》，2007年第1期）

两位哲学家都未谈及《红楼梦》是不是有“智的直觉”。而我想说,《论语》没有智的直觉,《红楼梦》却有智的直觉。但这不是理智直觉，而是审美直觉。《红楼梦》没有上帝的条件，却有佛的条件，仰仗禅性它可实现对功利与概念的超越。禅宗把佛移向“我”的内心，佛即我，我即佛，于是“我”可借觉悟抵达许多知识和理念无法抵达的领域，既超越国家境界，也高于道德境界，而走向“无立足境”等澄明神秘之界。倘若能搭一哲学平台，让两位智者来讨论《红楼梦》，他们不知是否认同此一论点，即认同曹雪芹是一个出现于东方的伟大的“智的直觉”者。

207 清明意识即人生意义

自由阅读《红楼梦》是苍天赐予生命的一种特权。在这颗蓝色星球上居住的居民超过六十亿，而拥有这种权利与幸运的只有少数曹雪芹的后世知音。进入《红楼梦》，便可把握生命的当下存在，不管生活还会有多少波折，但已拥有一个永恒的青春共和国。

“会当凌绝顶，一览众山小”，站立于《红楼梦》，便是站立于文学绝顶，但它不是带给我们蔑视其他文学的傲慢，而是让我们以博大的胸襟和大鹏似的眼光来看待刹那人生，明了在宇宙的大叙事中，人不过是小小的一个标点。

明了就好。清明意识便是人生意义。

208 环境令性格变形

贾环虽然拙劣，让人讨厌，但也有可同情的一面，这就是环境对他的抛弃与冷落。虽属贵族公子，但母亲是不能称为“夫人”的姨娘，小妾所生，出身就低人一等，加上母亲不争气，没人瞧得起，也殃及了他。贾府中人，除了宝玉之外，其他人都不把他当作公子看，甚至不当人看，只当他是一只动物，一只“冻猫子”。所以像妙玉这种人，是从不看他一眼的。这种环境使他的性格产生病毒。如果说，贾宝玉是性格的自然发展，那么，贾环则是性格的变形发展。变到最后，是他见到贾家败落而兴高采烈，和王仁等一起策划卖掉巧姐儿。贾环最恨宝玉，但只有宝玉一人了解他，给予兄弟的同情与温情。所以不管贾环怎么伤害他，他都不给贾环的生存环境增添寒冷。

209 大意象无相

诗的意境之美，来自感觉的新鲜，也来自意象的自然。最好的诗不仅没有概念痕迹，也没有意象痕迹，更没有腔调。曹操的“对酒当歌，人生几何”“老骥伏枥，志在千里”，抒发抱负，既有思想又有意象，却无意象痕迹。李后主的“问君能有几多愁？恰似一江春水向东流”，也是具有巨大思想感情含量的意象而没有意象的痕迹。林黛玉的《葬花词》，通篇意象迭出，全无意象痕迹。“花谢花飞飞满天，红消香断有谁怜？”“昨宵庭外悲歌发，知是花魂与鸟魂？花魂鸟魂总难留，鸟自无言花自羞。”“天尽头！何处有香丘？未若锦囊收艳骨，一抔净土掩风流。”等等，寄情寄意极深，虽意象密集，却了无意象痕迹。表面上看这是文学功夫，往深处看，诗的背后乃是无相哲学的支持。既无文字相，也无诗人相，更无营造者主体之相。大意象而无相，大悲歌而无腔调，非大手笔而不能如此，难怪《红楼梦》要成为千古绝唱。

210 何为最后的真实

《红楼梦》一开始所展示的大语境是“大荒山无稽崖”，主角贾宝玉前身“石头”的坐落处。

大荒山，无稽崖，不仅是石头的居所，而且是人的存在状态。争权夺利，巧取豪夺，人们以为自己生活在大金山、大银山之中，不知灵魂却在大荒山、无稽崖之中。“金满箱，银满箱，展眼乞丐人皆谤”，在五颜六色的背后，是精神的“荒原”，灵魂的废墟，良心的残骸。面对“风月宝鉴”，第一眼看到的是美色，第二眼看到的是骷髅，第三眼看到的是空无。哪一眼看到的是最后的真实？《红楼梦》的开场哲学提示，人从大荒山来终究要回大荒山去，把握这大来大往，才明白往来中见到的“有”和色。这是存在价值的虚无化，又是存在价值的层次化。石头没有资格去“补天”，但它可以正视自己处于大荒山无稽崖的荒诞存在状态和正视自己无才补天的脆弱。唯有正视，才有自知、自明、自救。《红楼梦》不是拯救的高调文学，而是低调的逍遥文学，其原因大约正是作者有此清明冷静的意识。

211 野性的呼唤

都知道文学上有“野性的呼唤”，美国作家杰克·伦敦干脆把此一思想作为小说的名字。其实，哲学上也有野性的呼唤，19世纪末的尼采便是冲破上帝原则的野性声音。《红楼梦》的思想大异于尼采，却也有野性的呼唤，其中晴雯和芳官，就被王夫人等正统贵妇人视为野狐（狐狸精）。这两个人，一个是丫鬟，一个是戏子，两人都是宝玉的知己，又都是野性的生命。晴雯倒箱子、撕扇子是典型的野性行为语言。芳官是第二个晴雯，甚至比晴雯还野，连晴雯都用手戳在她的额上说道：“你就是个狐媚子。”她或“穿着海棠红的小棉袄，底下绿绸撒花夹裤，敞着裤腿，一头乌油似的头发披在脑后”，或只穿“一件玉色红青驼绒三色缎子斗的水田小夹袄，束着一条柳绿汗巾；底下是水红撒花夹裤，也散着裤腿。……”她的头上眉额编起一圈小辫，加上面如满月、眼如秋水，众人竟笑她和宝玉像是双生的弟兄两个。她是戏子，很敢在贵族公子宝玉面前撒娇撒野，她是下人，却敢与赵姨娘打成一团。所以宝玉特地给她起了个番名，叫作“耶律雄奴”。雄奴读音，又与匈奴相通，都是犬戎名姓。这个番名不好叫，大家叫错了音韵，竟叫出“野驴子”，也带上一个野字。（第六十三回）把一个“狐媚子”“狐狸精”“尤物”塑造得如此迷人，如此可爱，正是曹雪芹对野性的肯定即对人性解放的呼唤。

212 《红楼梦》之梦的局限

关于《红楼梦》中的大梦、中梦、小梦，“评红”者早已注意到了。道光十二年出版的《新增批评绣像红楼梦全传》附有王希廉（字雪芗、雪香，号护花主人）的《红楼梦批序》《红楼梦问答二十三则》《大观园图说》《红楼梦总评》《音释》，每回末又有评点。王对《红楼梦》之梦特别关注，说：“《红楼梦》……前后两大梦，皆游太虚幻境，而一是真梦，虽阅册听歌，茫然不解；一是神游，因缘定数，了然记得。且有甄士隐梦得一半幻境，绛云轩梦语含糊，甄宝玉一梦而顿改前非，林黛玉一梦而情痴愈锢。又有柳湘莲梦醒出家，香菱梦里作诗，宝玉梦与甄宝玉相合，妙玉走魔恶梦，小红私情痴梦，尤二姐梦妹劝斩妒妇，王熙凤梦人强夺锦匹，宝玉梦至阴司，袭人梦见宝玉，秦氏、元妃等托梦，及宝玉想梦无梦等，穿插其中。”王希廉细读文本，列出梦的单子，还与其小说中的梦做了比较，可惜他没有看到《红楼梦》中虽有许多梦，名为太虚，实际上却太实。太虚幻境虽在天上，好像就在人间，其美好生活也无非是饮酒（只是酒好一些）听歌，究竟不够“神秘”。与莎士比亚的《仲夏夜之梦》相比显得不够恢宏、活泼。托尔斯泰也让安娜·卡列尼娜做梦，她的梦似乎更神秘一些。这大约与西方的宗教背景有关，那里多了一个上帝的彼岸世界。中国的神仙之境往往只是现实人世界的投射与伸延，曹雪芹的想象力也无法突破这一局限。

213　魂与魄的归宿

中国文化中的“魂魄”如同“命运”，是两个概念合成一个大概念。也如同命与运的内涵具有很大差别，魂与魄也有很大差别。魂在天，魄在地。《红楼梦》的思想框架，是魂不在场，魄在场。太虚幻境中的警幻仙姑是魂，大观园里的黛玉、宝钗等诗人们是魄。两位一体——天上地上魂魄一体。全书设置了一个“巧姐儿”，没有故事，形象单一，但在思想框架中不可缺少。她是魂，又是魄，魂魄皆归于土。巧姐儿是魂往魄里回归，而黛玉则是魄往魂里回归。

214 大空寂为最高境

向秀的《思旧赋》是中国挽歌的绝唱、凄美的极致，虽短却千载不灭。在刻骨的思念中，诗人感到嵇康这个兄长和师友的消失是整个世界的消失，从此世界空掉了，天地灰掉了，只剩下大孤独和大空寂。林黛玉死后，贾宝玉的所感所思与向秀相似，一个人走了，一个世界消失了，天地间只剩下大空寂，能期待天地怜悯的只有使所想之人进入自己的梦中，如同向秀在幻觉中听到凄清的笛声。文学的深度并非时代性和社会性的深度，而是个体生命灵魂与情感的深度。《红楼梦》主角的情感之深，深到了大空寂的最高境界。

215 “在场”只是一刹那

阅读《红楼梦》，借助它的空眼、大观眼，领悟石头幻化入世又情悟出世的故事，方感到人到地球走一回，只是在一颗小星辰上出现一阵儿，一刹那，一会儿，只是露了一下脸，聚了一次会，亮了一回相，然后就烟消云散，重新归入大海、归于深渊、归入宇宙、归于永远说不清的太极。人生真短，“在场”（在地球）的时间真少，生命个体真渺小。有限的人，在极其有限的时间、有限的空间、有限的聚会中，该怎么活，该怎么活得充分，活出意义？充满争论。贾宝玉不追随《好了歌》中那些“世人”，不赞成他们那种唯有金银、功名、娇妻忘不了的活法，也不顺从父亲贾政和宝钗所指示和提示的活法。可是，贾府内外，真正能以有限去悟无限的只有他和林黛玉。

216　天才的直观

法国哲学家柏格森（H. Bergson）获得诺贝尔文学奖并不奇怪，他的哲学（代表作《创造进化论》）本身就像一首长诗。他认定哲学方式与科学方式绝对不同。科学方式是机械的、理智的，而哲学的方式是直觉的、带有艺术意味的。他的见解用来说明中国哲学更为准确。中国的哲学家，从老子、孔子、庄子到慧能、朱熹、王阳明，都是直觉的天才。曹雪芹的方法与庄子的方法更为相似，更带文学艺术意味。两人都是以天才的直观讲述宇宙与人生的故事。直观之下，天地间只有生命的冲力和创化的活动才是真实，才是本体，才是真我。而情爱、友爱、亲情之爱以及阅读、歌哭、诗赋、琴画、自由追求、精神创造等都是本体的衍生。一切生命与天为一，与物共生共变，因此，对于世俗眼睛下的是非、善恶、尊卑、爱恨、输赢等，均可以给予理解的同情。曹雪芹正是以天才的直观理解人生的千姿万态，对一切生命存在形式都给予理解的同情，这就给《红楼梦》的大慈悲提供了哲学基石。

217 翻历史三大案

《红楼梦》翻了三个历史大案：一是美丽有罪；二是情欲有罪；三是女子有才华有罪。自从把商代的妲己视为狐狸精之后便开了美丽有罪的理念传统，美女子便成了误家祸国的尤物。

王夫人承继这一传统也把晴雯、金钏儿、芳官等视为狐狸精。但小说让晴雯提出抗议："我死也不甘心：我虽生得比别人好些，并没有私情勾引你，怎么一口死咬定了我是个'狐狸精'！"也让宝玉提出大质疑："我究竟不知晴雯犯了何等滔天大罪！"之后又作《芙蓉女儿诔》对晴雯做出最高礼赞。如果说晴雯犯了"狐狸精"罪，那么秦可卿则犯了所谓情欲罪，但她赢得"兼美"的名号，死时倾城厚葬又给予最高的哀荣。除了美丽、情欲之外，女子的才华也被视为不祥之物，所以才有“女子无才便是德”的潜规则，但《红楼梦》设置大观园诗坛诗社，让女子比赛诗才，皇妃元春省亲也要检阅妹妹们的才华，众女子中的第一德人薛宝钗则身兼诗人与“通人”（学贯古今之人），才华非凡。有《红楼梦》为美丽请命，为情欲请命，为才华请命，中国的女性精华便开始迈向光明的时代。

218 精神之鹰

按照庄子《逍遥游》的见解，飞翔于九万里高空的大鹏无须与地上的蜩与学鸠对话与论辩。凡被俗物所伤大约都因飞得太低或与俗物处于同一水平线。贾宝玉的身体不得不随俗，所以也被俗人（如贾环）所伤，但他的心灵却一直飞得很高，所以不予计较。他被贾环的烛火油烫伤之后，王夫人要到贾母那里告状，而宝玉立即制止，此时，他的心灵不仅飞得比贾环高，也飞得比母亲高。在大贵族府邸里，他其实是一只精神之鹰。他写《芙蓉女儿诔》那么情真意切，是因为能抵达“心比天高”的晴雯高度，心灵可以和他一起在“天尽头”飞翔的只有林黛玉。

219 “黄金”与“黄土”

在《红楼梦》第一回中，“黄金”与“黄土”是对应的一对重要语汇。甄士隐给《好了歌》作注中写道：“说什么脂正浓、粉正香，如何两鬓又成霜？昨日黄土陇头送白骨，今宵红灯帐底卧鸳鸯。金满箱，银满箱，展眼乞丐人皆谤。”黄金与黄土，哪一个是最后的真实？曹雪芹以为金满箱、银满箱是幻相，“黄土陇头”才是最后的真实。“纵有千年铁门槛，终须一个土馒头”，别的尚未决定，但黄土、白骨、土馒头则是已定的必然。面对黄土，估量黄金才会有清醒的意识。正如面对白骨，评价白银才会有清醒的意识。“风月宝鉴”的意义相同：面对骷髅对于色相才会有清醒的意识。死亡是人生的结局，又是巨大的参照系。

220 “忘不了”的风气

在清朝雍正、乾隆时代，人的生命已经物化、异化。世人个个都被身外之物所裹挟，连世人中的精英也个个被功名所挟持。《好了歌》发现人已大规模变质，变成功名的人质，金银的人质，娇妻的人质，儿孙的人质。什么是人？什么是好？什么是真价值？什么是生命的本体？世人用他们的狂热的行为做出的回答是什么都忘了，唯有功名、金银、娇妻、儿孙忘不了。这种“忘不了”是时代的风气，历史的潮流。个个都当风气中人，潮流之中，而小说的主人公却走出风气，超越潮流，成了“槛外人”。所谓槛外人便是风气外人，潮流外人，便是异端。《红楼梦》是部异端大书，又是守持生命本真本然的大书，拒绝充当功名人质、财富人质、权力人质，也拒绝被风气所裹挟的至真至善至美之书。

221 老子之“道”与韩愈之“道”

韩愈作《原道》，宣扬的“道”与老子《道德经》的“道”完全不同，甚至相去万里。老子之道，是宇宙存在的形上大道；韩愈的道则是儒家道统，形下的生存之道。两者有大道与小道之分，也有道言与人言之分。大道本无言，老子不得不言，被迫宣讲的是道言，即大制无割、万物一体之言，非日常概念。《红楼梦》是文学，但它把道加以诗化，用诗性语言展示心灵大道与情感大道，也是道言，而非人言。读了韩愈“原道”，仍旧茫茫然，生命仍然不知去向。读了《红楼梦》，则明白什么才是生命的正道与大道。

222 故乡不在常人秩序中

《圣经》中只有伊甸园，没有大荒山，没有无稽崖，没有青埂峰，没有三生石。这些实体，都是地球上陪伴人类生活的山川大地，并非神灵世界。那里的一切原始图景，只是人类栖居的现实世界的一个投影。基督教《圣经》中有神与人、此岸与彼岸分殊的两个世界，《红楼梦》只有一个"人——此岸"世界。在此世界中，曹雪芹给主人公安排了一个先行于自身的存在（石头）与故乡，这一故乡仍然具有此岸世界的模样。只是这一故乡只有自然关系，没有人际关系——与他人"共在"的关系。《红楼梦》的主题之一，是寻找个体生命的故乡，即生命可以赢得自由的地方，但主人公最后发现，这一故乡不在常人编排的秩序中，也不在父母提供的府第中，即不在与他人的共在情理结构中，而在个体的情感世界与心灵深渊中，也就是主观宇宙中。青埂峰下、三生石畔、绛珠仙草，便是这种意义的故乡。但是，这一故乡的背后还有一个无法言说的"无"，那是故乡之母，第一义的终极故乡。《红楼梦》的个体家园虽神秘但不是神。

223 扬弃"伤时骂世之旨"

政治不仅没有道德可讲，而且没有道理可讲。所言所思所为只有利益原则，而且是当下的利益原则。《三国演义》军事游戏背后是机关算尽的政治游戏。争斗的三方皆不讲道德、道义、道理，只知夺得地盘与权力。为了达到目标，可以使用一切最黑暗、最血腥的手段。

曹雪芹深知政治为何物，因此远离政治，也不把《红楼梦》写成政治小说，“毫不干涉时世”，无“伤时骂世之旨”。但文章偶尔嘲弄政治，则入木三分。薛宝钗的《螃蟹咏》如此描画政客：“眼前道路无经纬，皮里春秋空黑黄。”无经纬即无道理。此诗把政客说成是一种皮里春秋、信口黑黄的横行生物，用笔甚重。所以特让众口评说：“这些小题目，原要寓大意才算大才，只是讽刺世人太毒了些。”小说中的“毒笔”还不只此处，但很稀少。这两句诗，可视为曹雪芹概括的政治哲学。

224　故乡“不在场”

释迦牟尼从宫廷出走之后，便从有限走向无限，如同走出湖泊而归入大海。贾宝玉从天上走入贾府，即从无限走向有限。但他又不安于有限，不执着于常人的故乡故园，把自己定位为槛外人、异乡人，经常听到无限故乡的呼唤。《红楼梦》破一切执，也破“故乡”之执，从而把故乡扩展为无边无际，扩展为对世间归属的超越。有此超越，才有大自在。王熙凤与宝玉完全不同，她只有世俗的衣锦还乡之梦，完全执于世俗的家园，因此，贾府一旦被查抄，她立即变成一只死猫，完全丧失原先的活力，完全不知家门槛外的无限世界。她的眼睛视线只能覆盖在场的东西，不能覆盖不在场的东西。

225 往来均是大气

《红楼梦》全书横贯着天地大气。《芙蓉女儿诔》的结语是“来兮止兮”的感叹与呼唤。整部巨著中的主人公和在天上注册的人物，都是大来大往、大观大止的诗意生命。妙玉问宝玉“何处来”，宝玉答不出。惜春笑说：“你不会回答从来处来吗？”不知从何处来，也不知到哪里去，没有具体的时空。只知来自无限空间和回归无限空间。止也不是止于一个朝代，而是止于无限的时间中。

黛玉为“还泪”即为情而来，也因泪尽情空而去，来自无尽深渊又归入无尽深渊。她针对宝钗说：“早知她来，我就不来了”，只是来还情，并非来争情，到人间走一回，倘若陷入争端，那还有什么意思。来有大道，往也有大道，所以，往来均是大气。

226　女子是物还是人

《水浒传》与《三国演义》中的女子，大体上都不是人，而是物。其“物”又分三类：尤物，器物，动物。潘金莲、潘巧云、阎婆惜等均被视为尤物；扈三娘武艺高强，又长得漂亮，但没有性情与灵魂，前七十回未曾说过一句话，婚姻也由人摆布，属于器物；貂蝉则二者兼之，既是让帝王将相倾倒的尤物，又是政治阴谋的工具即器物。此外，孙二娘、顾大嫂等则直接开人肉店，杀人如麻，属于吃人动物，相比之下，孙权的妹妹孙夫人和貂蝉雅一些，可说是政治马戏团里的动物。《红楼梦》全然改变女性的地位，赋予女子以人及人之精华的地位。当王夫人把晴雯、芳官视为“狐狸精”尤物时，作者则让主人公进行抗议。小说的基调也是为尤物请命的大书。

227　悟空并非凭空

王国维说惜春、紫鹃的出家解脱，境界不如宝玉。这是因为宝玉的出家有一个从情痴到情悟的过程，经历了情感的磨难，赢得了刻骨铭心的体验，所以最后的彻悟是真彻悟，大彻悟。惜春的出家则属低档次的皈依，她自始至终与情无涉无关，几乎不知情的存在，谈不上情痴，更说不上情悟。妙玉虽是出家的先锋，但又太聪明，知道情的危险，所以始终未敢真正进入情的深处，所以也未有情悟。倒是紫鹃在保留着黛玉的残存之情时，看到宝玉的“无情”从而看破情的脆弱与虚幻，真有所悟。唯有贾宝玉，投入了大情感，所以也有了大彻大悟。《红楼梦》开篇说“因空见色，由色生情，传情入色，自色悟空”，对空的感悟不是凭空而生，而是必须经历一个破色执与破情执的过程。

228　云空未必空

《红楼梦》人物，第一个出家的女子是妙玉，然后是惜春、紫鹃、芳官等，男性出家的则是甄士隐、柳湘莲、贾宝玉。

妙玉出家不成功，这不仅是她的结局遭大劫而落入黑暗泥潭，还在于这之前把僧与俗的分别绝对化，一直没有悟到众生皆有佛性的基本佛理。佛与道不在于表面的佛、法、僧，而在于内里的觉、正、净。执于相而不明于心，从而失去对刘姥姥这些“众生”的大慈悲，这是妙玉的致命伤：空只挂在口里，不在心里，至死进入不了不二法门。

229　平和的异端

日本文化有两个象征物，一是富士山，一是樱花。后者灿烂温馨，前者则有潜在的爆发性。二者都不复杂，难怪日本文化有一种儿童般的简单，它既没有英国文化的理性，也没有中国文化的中庸。最能反映日本文化精神的三岛由纪夫，再活一千年，也不会有哈姆雷特的犹豫和贾宝玉的中性中道。贾宝玉是排斥大仁大恶两极而行中道的两栖人。他不喜欢孔夫子，却近中庸，但因为他的中庸里有"狂"（乖张）和"狷"（清高、不入仕途经济）的支持，所以不会变成乡愿，再加上庄禅的洗礼，便成了平和的异端，因此，既大异于三岛由纪夫的爆炸性，又无儒家的道统气息，只有一种孩子般的单纯。

230　重构的大气魄

海明威的《老人与海》，是海氏全部作品最深刻也最有形上意味的一部，可惜结尾过于匆忙，没有造成《红楼梦》式的哲学深渊。海明威的另一部代表作《永别了，武器》，其哲学意蕴就大不如《老人与海》，其记者的新闻味全然压倒哲人味，精神内涵显得更轻。海明威的长处是男人气魄，不是儿女情长。从表层看，曹雪芹的《红楼梦》正相反，似乎只有儿女情长，没有男人气魄。其实不然，《红楼梦》虽然不喜欢男人浊气，却有旷古未见的男儿大气，其对八股与仕途之路的拒绝，力透金刚。整部小说重构历史，重构文化基石，重构价值体系，也重构哲学魂魄。其哲学意蕴之深广也是《老人与海》所难以企及的。

231 “他平他”的思辨

平儿被有些读者赞美为完人全人，在处理人际关系中确属一绝。曹雪芹把生活在贾琏与王熙凤夹缝中的这个由丫鬟提升起来的小妾，命名为平儿，也许是谐音平和，但平字在中国“和而不同”的哲学中本来也有重要位置。《国语·郑语》史伯对郑桓公说：“夫和实生物，同则不继。以他平他谓之和，故能丰长而物归之；若以同裨同，尽乃弃矣……”这是史伯总结晋亡的原因而阐释“和而不同”时说的哲学道理。钱锺书先生在《管锥编》中非常赞赏这一道理，他说：“史不言‘彼平此’‘异物相平’，而曰‘他平他’，立言深契思辨之理。”（《管锥编》第一册，第236—237页）他是他人与他物。自我与他人之间，他人与他人之间，这一关系属主体间性。他平他即尊重他人的主体性，在主体之间求得平衡。这一平衡不是要他人认同，而是首先尊重他人的不同，包括尊重王熙凤这种可怖的不同，然后再求同。这便是真正的和。历来的专制者只知以同裨同，误认为“和”就是绝对同一或绝对统一，不知多元共生的道理。史伯告诉郑桓公“和而不同”的道理，是和的真谛。《红楼梦》中的平儿以及她的名字、行为所负载的正是“他平他”及“和而不同”的哲学。

232 不求全即快乐

第七十六回，有“事若求全何所乐”句，讲对人对事不可求全责备。

对他人求全则无宽容；对自己求全则无轻松；对社会求全则无理解；对文章求全则无个性无棱角。贾母与贾宝玉的快乐，便是建立在对人对事均不求全责备的基点上。贾母若对人求全，就不会那么喜欢王熙凤也不会从王熙凤身上得到那么多乐趣，她明明知道王熙凤是个泼皮破落户。贾宝玉是个名副其实的快乐王子，他的乐也来自宽容。他拥有许多与贾环结仇的理由，但不结仇，他拥有许多怨恨父亲的理由，但不怨恨。他的泛爱与兼爱，虽也带给黛玉一些苦痛，却带给他自己许多欢乐。

233 两类“荒诞”

佛教发现“苦海无边”，乃是发现人类生存世界的无限荒诞性；而发现“孽海无边”，则是发现人自身的无限荒诞性。20世纪西方的文学思想者创造了荒诞小说与荒诞戏剧，也有两大脉络：一是卡夫卡发现生存环境本身的荒诞性，把荒诞视为现实的属性；二是贝克特、加缪等，把荒诞视为人的主体混乱和无意义。前者侧重于对荒诞客体的呈现，后者侧重于对荒诞主体的思辨。前者认为荒诞本来就在那里，不是哲学的认知；后者则认为人无理性可言，人性不可改造，一切努力均是悲剧性的重复。《红楼梦》作者的荒诞意识，也是双向的：向外正视人的真实处境，呈现泥浊世界的荒诞属性；向内则正视“浊人”“滥情人”“嫌隙人”“尴尬人”等主体的黑暗与卑劣，人生不过是“葫芦僧判葫芦案”的“更向荒唐演大荒”的过程。

234 自悟、自觉、自明

慧能以“本来无一物，何处染尘埃”的思想，赢得弘忍的激赏，把“无”的虚境强调到极端。但他的伟大贡献并非把人引向虚境，而是借宗教把“解脱”引入日常生活，让人在挑水、劈柴的实境中感悟人生的真谛，摆脱虚妄的束缚。贾宝玉正是慧能哲学的呈现者，他不求成仙，不求不死，不当救世主，不活在虚无缥缈中，倒是脚踏实地，认真生活，享受每一瞬间，领悟每一情景。他看到龄官在地上书写“蔷”字，便悟到人间各有各的情分，他不可有垄断女性的妄念。他看到自己最心爱的林黛玉死亡而自己无能为力，更是悟到该止于何处何方。他的悟与觉，不是来自天上，而是来自地上，即悟为自悟，觉为自觉，明为自明，这正是慧能开辟的新思路。

235　贾宝玉与阿廖沙

哲学虽为玄思，但它提供视角。有了新的视角就会看到另一片生命景观。

如果用陀思妥耶夫斯基的眼睛看《红楼梦》，一定会发现阿廖沙与百年前的贾宝玉如此相似又如此不同，相似处是均如此可爱、如此单纯、如此慈悲、如此拒绝贵族社会的准则，也都是世俗泥浊世界的槛外人、局外人、异端人。他们的根源都在天上不在地上，都带有天使的特点，都没有世人的贪婪、嫉妒、仇恨等各种生命机能，都是半人性半神性的人，也可说是充分人性也充分神性的人。总之，是拥抱人间又超越人间的人，是用世界原则和宇宙原则等双重原则构成的心灵原则在地上生活的真人。

阿廖沙是真人，但更像圣人——东正教教义光辉下的圣人。他把“义”（教义）放在第一位；而宝玉则把情放在第一位。前者追求神圣，后者崇尚真情；前者是圣婴，后者是赤子；前者天生有救世的使命，希望改变世界，后者则只是到人间走一回，虽有大悲悯，却无使命感，只是充分享受生活，无心改变生活和改造世界，因此，前者虽也与女色交往，但没有狂热的恋情，后者则以恋情为第一等生命，大爱与泛爱中注入认真的情爱，以致被称作“天下古今第一淫人”。陀思妥耶夫斯基甚至会谴责笔者把宝玉称为准基督（未成道的基督），唯阿廖沙可称基督的投影，而如此靠近女色，如此热烈拥抱世俗生活的贾宝玉怎可同日而语？但我要辩护说，比喻总是有缺陷的，我只是喻指宝玉的爱一切人、宽恕一切人的大慈悲精神，而其对世俗生活的激情只是未成道的表现。贾宝玉确实不像基督与阿廖沙那样相信背负十字架（苦难）是通向天堂的阶梯，是返回上帝怀抱的必由之路，他没有这种理念，也完全无法接受人间的种种压迫与不平等。与阿廖沙不同，他无法忍从，无法忍受苦难，所以他最后不是扑向大地，不与大地上的苦难生命一起经历煎熬，他没有选择大地，而选择天空，他告别了走过一遭的人间，在空中向父亲鞠了一躬，然后远走高飞，回到那被称为“无”的故乡，那个心内与心外的永恒家园。

236　何为高贵

什么是高贵？这是最根本的价值观与人生观，人间的各种哲学都想回答这一问题。就其“高贵哲学”的彻底性而言，东西方两极泾渭分明，西方以尼采为代表，他旗帜鲜明地自问自答：“什么是高贵的？对等级的信仰。”（《权力意志》上卷，商务印书馆，2007年，第85页）尼采把贵族社会的等级之分、尊卑贵贱之分视为高贵的源泉，也视为高贵哲学的基石，把高贵献给拥有特权的“高等人”。曹雪芹正相反，他以禅宗的“不二法门”和庄子的齐物哲学完全打破尊卑贵贱之分，把高贵献给一切诗意生命，特别是献给等级社会中的奴隶、戏子等“下等人”。像晴雯这样的女奴，作者让主人公歌颂她“其为质，则金玉不足喻其贵”。曹雪芹不像尼采那样着眼于意志尤其是权力意志，他只着眼于心尤其是自然纯净的本心，所以尽管在等级社会中“身为下贱”，但其心灵则可以“心比天高”，高贵不高贵全取决于心，而不是取决于等级分野和权力意志。人类社会最终会发现，东方的高贵哲学才是真理。

237　无染之情

鸳鸯自尽之后，其魂魄进入太虚幻境，并与秦可卿的灵魂相逢。小说第一百一十一回叙述道：

鸳鸯的魂魄疾忙赶上说道："蓉大奶奶，你等等我。"那个人道："我并不是什么蓉大奶奶，乃警幻之妹可卿是也。"鸳鸯道："你明明是蓉大奶奶，怎么说不是呢？"那人道："这也有个缘故，待我告诉你，你自然明白了。我在警幻宫中原是个钟情的首座，管的是风情月债，降临尘世，自当为第一情人，引这些痴情怨女早早归入情司，所以该悬梁自尽的。因我看破凡情，超出情海，归入情天，所以太虚幻境痴情一司竟自无人掌管。今警幻仙子已经将你补入，替我掌管此司，所以命我来引你前去的。"鸳鸯的魂道："我是个最无情的，怎么算我是个有情的人呢？"那人道："你还不知道呢。世人都把那淫欲之事当作'情'字，所以作出伤风败化的事来，还自谓风月多情，无关紧要。不知'情'之一字，喜怒哀乐未发之时便是个性，喜怒哀乐已发便是情了。至于你我这个情，正是未发之情，就如那花的含苞一样。若待发泄出来，这情就不为真情了。"

这段话出自后四十回，与曹雪芹的少女不嫁而免于变成“死珠”的思想相符，可视为《红楼梦》的情本体哲学。此哲学明示，未发之情最真最美。曹雪芹和高鹗把情与欲分开，也把情与淫分开，认定未沾上淫欲的情才是至美之情。美的发生是自然的人化，从欲提升为情，是内自然的人化。鸳鸯的情，是升华了的情，她未经“传情入色”的过程，就直接由情入空，从未被色所染，因此是最纯粹的情，所以警幻仙姑让她掌管痴情一司。曹雪芹的审美理想是多元的，鸳鸯也是其中一元，属于最完美的不带任何瑕疵、任何缺陷的一元。

238 贾珍也有眼泪

《水浒传》没有眼泪，连李逵讲述返乡寻母而母亲却被老虎吃掉的悲惨故事，英雄们也只有一阵笑声，没有眼泪。《三国演义》有些眼泪，但泪的真假难辨。诸葛亮在周瑜死后到吴国去吊挽，是小说中哭得最伤心的一幕，但其眼泪是假的。内心高兴到极点，哭声也响亮到极点。而《红楼梦》却布满眼泪，女主人公林黛玉本身就是个泪人，她为“还泪”而来到人间。贾宝玉在心爱之人死亡之后都有大哭泣。甚至连被一些读者所鄙薄的贾珍，也并非就是假人，他在秦可卿死时，也哭得像“泪人”一般。在《红楼梦》中，贾珍因为有泪，显得与贾赦、贾蓉等不同，所以不可用“好色之徒”“色鬼”等概念把贾珍简单化，他也是一个有真情感的圆型人物。

239 夏金桂一旦成为帝王

《红楼梦》叙事中，对薛蟠刚娶来的妻子夏金桂做了如此评介，说她“爱自己尊若菩萨，窥他人秽如粪土”，又说她“外具花柳之姿，内秉风雷之性”（第七十九回）。这是作者对人性的深刻洞察。

“爱自己尊若菩萨，窥他人秽如粪土”，是一种普遍人性。此种性情并非夏金桂一人所具有。人应当有自尊心，但不可唯我独尊，更不可对自己尊如菩萨，要他人也对自己敬若菩萨，奉若神明。唯我独尊的人，不会尊重他人的尊严，肯定视他人为粪土，一体两性，历来如此。这种“爱自己尊若菩萨”者，一旦成为“家长”，则为一家之暴君，视家人为奴隶；一旦成为帝王，则为一国之暴君，视百姓为猪狗；一旦君临天下，则横扫一切，视人类为草芥。

夏金桂的性格，是容不得任何人的性格。贾府上下人人敬爱的薛宝钗容不得且不说，连最单纯最善良的香菱，也容不得，最后把她置于死地。香菱是人人怜爱之人，唯独夏金桂不能怜爱。一个把自己尊如菩萨的人，恰恰离菩萨最远，不仅没有佛的慈悲之心，连人的不忍之心也没有。向来都说中国男人常具专制人格，而女人也有如夏金桂者，一旦专制起来，其风雷之性，狼虎之威，蛇蝎之毒全都具备。

240　对友人说真话也难

薛蟠将娶夏金桂为正房妻室时，身为小妾的香菱竟一点也不知“醋意”为何物，不仅如此，还兴高采烈地为夏氏的过门喜事而奔走，甚至对宝玉说：“我也巴不得早些过来，又添一个作诗的人了。”面对如此单纯而充满幻想的香菱，宝玉提醒道：“虽如此说，但只我听这话不知怎么倒替你耽心虑后呢。”香菱听了，不觉红了脸，正色道：“这是什么话！素日咱们都是厮抬厮敬的，今日忽然提起这些事来，是什么意思！怪不得人人都说你是个亲近不得的人。”一面说，一面转身走了（第七十九回）。

宝玉“卤”，香菱比宝玉还“卤”；宝玉单纯，香菱比宝玉还单纯。但这一回是宝玉对了，他对香菱说了真话，还惹得香菱抢白他一阵，好心碰了一鼻子灰。此事也说明，对人世间的帝王将相说真话难，对自己的友人、亲人、恋人说真话也不容易。

241 恶的无限可能性

夏金桂嫁到薛家成为薛蟠正室妻子时，才是一个十七岁的花朵似的姑娘，但是，一旦野心膨胀，风雷之性发作，就把薛氏一家搅得天翻地覆，把薛蟠整治得时而像狗熊时而像疯子，把薛姨妈整治得“暗自垂泪，怨命而已”，把香菱整治得丫鬟不如，一身是病，最后还想拉薛蝌下水，企图毒死香菱。她年纪很轻，可是机心很深，手段狠毒，什么计谋都敢用，什么阴谋都敢使。狮子之凶心，狐狸之狡猾，蛇蝎之阴毒，应有尽有，可谓“万物皆备于我”。

《红楼梦》的这一形象暗示：人性的善可以扩展到无限，人性的恶也可以膨胀到无限。即使是一个未曾经历人世太多沧桑岁月的女子，也具有恶的无限可能性。人需要自救，需要通过修炼、教育、法律限制恶的生长，否则只能像夏金桂这样，要么自掘坟墓，要么无穷尽地危害人间。

242 诗人的纯粹

读了《红楼梦》，自然会记得贵族府中的一群“诗人”：贾宝玉、林黛玉、薛宝钗、史湘云、妙玉、探春、李纨、薛宝琴、香菱等，但常常会忽略这些诗人又是精彩的“人诗”。即她们不仅是作诗的人，而且其生命本身就是一首精彩的诗。包括不会写诗的晴雯、鸳鸯、尤三姐、芳官等，也是精彩的人诗。诗的性格，是真，是善，是美，人诗便是具有真善美品格的诗意生命。我们可以断言，《红楼梦》里的诗人是真正的诗人。如果说“文如其人”的命题值得质疑，文与人往往不相等，那么，《红楼梦》中的诗人，则是诗与人相等，诗如其人，人如其诗，诗如其行，行如其诗。以最末的一个初学诗人香菱而言，她不仅有作诗的纯粹性，而且有做人的纯粹性。当夏金桂即将进入薛家之门，一只即将扑向她的虎狼要立在她的面前时，她还对她充满热情，以为“又添一个作诗的人”。她满心是诗，以为世界是诗，人人都是诗。贾府中这些诗人想不到诗中的功名，诗外的功夫，更想不到两百年后的诗人会把诗当作敲门砖，当作旗帜、炸弹与号角。

243　人与人的差别

鲁迅很喜欢赫胥黎的一句话：“人与人的差别常常比人与兽的差别还要大。”《红楼梦》主角贾宝玉和《水浒传》主角之一的李逵，其差别就比人与兽的差别大。不是指外形，而是指心性。李逵路过狄家庄时，发现狄公的女儿正在谈恋爱，他便无端地升起仇恨，抡起大斧把这两个恋中男女剁成几段，边喝酒边砍杀，在剁砍中得到最大的快感。

而贾宝玉则把恋爱中的少男少女视为天地钟灵毓秀，以致崇拜“女儿”二字，给青春生命以最高礼赞和最高尊重。可惜中国的世人，总是视宝玉为傻子，视李逵为英雄。

244 人人怜爱的女子

平儿、香菱、宝琴这三个女子，是人人怜爱的女子，用当代的语言说，是没有争议的个个都觉得可爱的人物。但三个人的命运与处境不同。宝琴除了受宠爱之外没有任何曲折与坎坷。香菱则是一个颠沛流离、几乎无处可以立足的不幸者。平儿则是生活在险恶环境中能够化险为夷的特殊生命，她能平衡各种人际关系，却没有世故与圆滑。她直接表明的哲学呈“得饶人处且饶人”（第五十九回）。

饶人，便是宽恕、宽容、宽厚。被人伤害之后有了“饶”字，是放下仇恨，放下报复。“饶”之难是不伤害他人却往往带来自伤，自己必须躲在角落里舔平自己的伤痕。平儿就暗自舔伤过。香菱之可怜，是连饶人的机会都没有，甚至连暗自舔伤的地方都没有。被薛蟠无端打了一顿之后，薛姨妈想把她卖出，幸而宝钗把她留在身边。她饶了人而他人却不饶她。

245 “斗”也美

《红楼梦》中有两类“斗”的形态。一类是钩心斗角的利益冲突，用的是机谋、计谋、阴谋，王熙凤的“机关算尽”，皆属这种斗争。人的智慧发生变质，也多半是因为落入这种争斗。另一类则是诗意的比赛竞赛，这是超越功利的游戏。如对点子、斗诗、斗字、斗草、斗猜谜等。同在六十二回中，宝玉、宝钗、湘云等斗的是诗与字、“对点子”，而香菱、芳官、藕官、荳官等则是“斗草”。先看看两处游戏的片段：

> 底下宝玉可巧和宝钗对了点子。宝钗覆了一个“宝”字，宝玉想了一想，便知是宝钗作戏指自己所佩通灵玉而言，便笑道：“姐姐拿我作雅谑，我却射着了。说出来姐姐别恼，就是姐姐的讳‘钗’字就是了。”众人道：“怎么解？”宝玉道：“他说‘宝’，底下自然是‘玉’了。我射‘钗’字，旧诗曾有‘敲断玉钗红烛冷’，岂不射着了。”湘云说道：“这用时事却使不得，两个人都该罚。”香菱忙道：“不止时事，这也有出处。”湘云道：“‘宝玉’二字并无出处，不过是春联上或有之，诗书记载并

无，算不得。”香菱道：“前日我读岑嘉州五言律，现有一句说‘此乡多宝玉’，怎么你倒忘了？后来又读李义山七言绝句，又有一句‘宝钗无日不生尘’，我还笑说他两个名字都原来在唐诗上呢。”众人笑说：“这可问住了，快罚一杯。”湘云无语，只得饮了。大家又该对点的对点，划拳的划拳。

外面小螺和香菱、芳官、蕊官、藕官、荳官等四五个人，都满园中顽了一回，大家采了些花草来兜着，坐在花草堆中斗草。这一个说：“我有观音柳。”那一个说：“我有罗汉松。”那一个又说：“我有君子竹。”这一个又说：“我有美人蕉。”这个又说：“我有星星翠。”那个又说：“我有月月红。”这个又说：“我有《牡丹亭》上的牡丹花。”那个又说：“我有《琵琶记》里的枇杷果。”荳官便说：“我有姐妹花。”众人没了，香菱便说：“我有夫妻蕙。”荳官说：“从没听见有个夫妻蕙。”香菱道：“一箭一花为兰，一箭数花为蕙。凡蕙有两枝，上下结花者为兄弟蕙，有并头结花者为夫妻蕙。我这枝并头的，怎么不是。”荳官没的说了，便起身笑道：“依你说，若是这两枝一大一小，就是老子儿子蕙了。若两枝背面开的，就是仇人蕙了。你汉子去了大半年，你想夫妻了？便扯上蕙也有夫妻，好不害羞！”香菱听了，红了脸，忙要起身拧他……

《红楼梦》寄托的梦之一，是人世间只留下这种斗诗、斗草游戏，这是诗意的竞赛，也是诗意的栖居。人的心灵也在这种“斗”戏中生长。梦的一面是结束“机关算尽”的你死我活的争斗，这种争斗的每一场都只能给自己和世界留下噩梦。走出王熙凤斗死尤二姐式的噩梦，走进君子竹与美人蕉的对应游戏中，应是曹雪芹的一种审美理想。

246 大叙事与小标点

曹雪芹用大观的眼睛看宇宙看世界看人生，所以《红楼梦》是一部无限时间中的大叙事，宏观性、宇宙性的大叙事，不是一个时代一个社会的小叙事。每一生命个体，在大叙事中只是一个小小的标点，有的是问号，有的是感叹号，有的是句号。一个家族，一个朝代，虽然是大一些的标点，但也只是转瞬即逝的标点而已。在宏大的大叙事中，活泼的生命用自己的方式对待上苍，对待宇宙，理所当然。贾宝玉就是这样的生命，所以他拒绝被规定，拒绝在天地宇宙的无尽无限图画中去编造没有灵气的八股文章。

247 扬弃一切相

贾宝玉无我相，无我执，天生破一切执。与生俱来的“玉”是他生命的一种象征，但他动不动就想把它摔碎于地上，这也是破我执的本能行为。他与常人不同，生来就不执着于自己的世俗角色，不执着于“我是谁”的问题，甚至不执着于自己是男是女。如果他执于自己是个男性，便是“我相”“我执”。林黛玉在元春省亲时，还想表现一下自己的诗才，呈露一下我相——诗人相，而宝玉则全然没有，他不在乎亲姐姐的荣华富贵，仅以平常心对待一切，连他是皇妃最亲的弟弟，也绝不着“国舅相”，一着相，便是我执。打破我执，需要棒喝，但宝玉无须外力的提示，无师自通地化解一切执着。

248 世俗原则与宇宙原则

王国维在《红楼梦评论》中除了论说小说的悲剧意义，还论说了伦理学意义。他用佛教语言表述其伦理意义在于

"解脱"。这一概念本是针对轮回而言。解脱即断轮回与超轮回。这虽不是人与世界的解放，但包含着摆脱伦理束缚、争取心性自由的真谛。尽管王国维用悲观主义立场看待宇宙人生，怀疑"解脱"的可能，但他认定人还是必须做解脱之梦的。

王国维采用佛学语言，又超越佛学语言，他把道德分为普通道德与绝对道德两种，这便是世俗性道德与宗教性道德的区分，也是世界性道德与宇宙性道德的区分。他认为贾宝玉也在两种道德中挣扎，最后婚姻上的弃黛就钗，乃是迁就世俗道德，违背个体生命自由选择的宇宙绝对道德。王国维虽缺少体系性论述，却天才地道破人类生存困境与心灵困境的关键所在。人，永远是矛盾的生物，永远是在世界原则（普通道德）和宇宙原则（绝对道德）的冲突中悲剧性地前行。

249　不灭不亡只是梦

"盛筵必散"，是对自然规律的哲学把握。它从哲学上预告一种灭亡的必然，提醒人们不可有"万寿无疆""永远健康""永垂不朽"的幻想。这不是社会性的预告，而是宇宙性的警告。即不是警告一次聚会、一个强盛家庭、一个强大朝廷的必然衰落，而是告知一切都要衰老和死亡。

《红楼梦》的意义不是告知一个贵族阶级必将死亡，而是告知任何灿烂辉煌、任何满箱金银、任何娇妻美妾都有一个消亡的必然。无可挽回，无可逃遁。不亡不灭只是梦。《红楼梦》做的是天地精英灵秀——青春少女不散、不灭、不死的梦。

辑外辑：白云天笔记

写于漂流途中

250　面对如此巅峰

读了《红楼梦》，再也不敢骄傲。面对如此巅峰，如此绝顶，只能永远高山仰止，永远谦卑。

读了《红楼梦》，又赢得骄傲。面对人间同类中竟有如此美的生命，如此美的性情，怎能不骄傲？思想学问的精彩应到希腊、德国去观赏；人的精彩，尤其是女子的精彩，还是在中国的大观园里欣赏。

251　什么是不幸

阅读《红楼梦》之后才知道什么叫作“不幸”。原来，不幸是追逐“好”而不知“了”，一生都为功名、财富、权力、娇妻、儿孙而殚精竭虑地争夺奔波，日日夜夜都充当它们的人质。

252 破除覆盖层

禅宗大师慧能知道每个人都愿意追求美好的东西，他只是告诉你，别找错方向，最美好的东西就在你自己身上，关键是你必须破除遮蔽层与覆盖层。《红楼梦》布满禅思，它告诉你，这遮蔽层与覆盖层就是你正在追求的功名、金银、权力、概念等等。

253 “破执”大启迪

《红楼梦》给我最大的帮助，是它以意象语言力量，帮助我破一切“执”：在破我执、法执的总题下，又破功名执、概念执、方法执。此刻我如此轻松地谈论《红楼梦》；也是破执的结果。

254 放下心累

爱上《红楼梦》之后，总的感觉是人生轻松了很多，不是不努力的轻松，而是放下许多负累的轻松。妄念之累，分别之累，执迷之累，所有的负累都汇成心累。伟大的小说让我放心，便是让我放下心累。

255 开辟伟大传统

《水浒传》说劫富济贫，争的是物；《三国演义》讲皇位正统，争的是权；《金瓶梅》写妻妾成群，争的是色。《红楼梦》开辟一个轻物质轻权力而重情感重精神的伟大传统，完成了一个自色悟空、从外向内转变的伟大人文使命。

256 人性脆弱

往往只记得王熙凤是个女强人，忘记她又是一个容易破碎的“玻璃人”（李纨称她为“水晶心肝玻璃人”）。贾府被查抄，第一个“气厥”晕死过去的是她。其实，地位再高、权力再大的大人物，其人性都有极脆弱的一面。或灾难，或诱惑，或威武，或贫贱，或委屈，或孤独，任何一种都可以把他击倒。

257 甄宝玉无“明心见性”之语

贾宝玉见了甄宝玉后很不满意，原想引为知己，谈了半天，却是冰炭不投，还骂甄是禄蠹。宝钗问他为什么，宝玉回答说：“他说了半天，并没有明心见性之谈，不过说些什么文章经济，又说什么为忠为孝，这样人可不是禄蠹么！只可惜他也生了这样一个相貌。我想来，有了他，我竟要连我这个相貌都不要了。”（第一百一十五回）贾宝玉把“明心见性”作为论人的关键性尺度，这就是禅宗的心性本体论。谈了半天，不见根本，倒是舍本逐末，可见只是同貌而不同心，太让人失望了。其实两人都有心脏的跳动，但佛家所要“明”的心，是真心，是本心，是本有之净心。这个心，不是物质，不是头脑，不是本能，不是工具，它是人的情感本体、情感源泉。贾宝玉的一切都发自内心，而甄宝玉的一套语言则发自心外的遮蔽层与覆盖层，所谓文章经济便是真心的覆盖物。所以贾宝玉一听，便知甄宝玉是无心无明之辈，和自己不是一路人。心不同，道也不同。

258 曹雪芹的价值观

曹雪芹是一位通观万物、通审万有的大美学家，他发现功名没有美学价值，权力没有美学价值，财富没有美学价值。唯一有审美价值的是尚未变质、尚未衰败的生命，尤其是青春少女的生命。

259 “无事忙”与当下哲学

海棠诗社结社之初，诗人们都起个别号，宝玉要大家替他想一个，宝钗笑道：“你的号早有了，‘无事忙’三字恰当的很。”之后，又替他想了一个“富贵闲人”。两个“笔名”都很妥帖。后者我在《红楼人三十种解读》里已作注疏，而“无事忙”这一名号也有哲学意蕴，它并非人们通常所想的以为是指没有事情可做也瞎忙乎。宝钗笑中当然也有这一层意思，但深一层的“无事忙”，则是指无事于心，不将（牵挂过去）不迎（等待未来），小计小较，如梁漱溟所言：“心里无事便是当下。人心本不着在一物上。小孩之一片天机，他时时是现在，时时未跑开，他的心完全未想旁的事。”（《孔家思想史》第六篇，载《梁漱溟先生讲孔孟》，广西师范大学出版社，2003年，第63页）无论是“无事忙”，还是“富贵闲人”，都是精神贵族的特点，也都是禅宗所倡导的“放得下”的人生态度。贾宝玉“赤条条来去无牵挂”，心思不着世俗的功名利禄，前无仕途经济，后无恩仇记忆，总是小孩的一片生机。他无“当下”的概念，却是“当下哲学”活生生的体现。

260　倾听的意味

林黛玉吟诵《葬花词》时，只有一个人倾听，这是为之恸倒的贾宝玉；宝玉吟诵《芙蓉女儿诔》时，也只有一个人倾听，这是林黛玉。知音者便是倾听者。倾听，才不是敷衍；倾听，才是身心的投入；倾听，才是沉浸；倾听，才是真审美和真敬重。

261　聪明的误区

聪明不一定能导致自救。王熙凤聪明到极点，但聪明使她愈变愈坏。

262　丢掉幻想

贾宝玉具有绝对的真，绝对的善，但仍然有人对他恨之入骨，如赵姨娘，就想借魇魔法把他置于死地。因此人不可以心存免受委屈、免受打击的幻想。

263　不把玉石放在心里

宝玉与世人不同之处，是他天生拥有玉石还嫌累赘，他只把玉石佩戴在胸前，而世人则把玉石放在心里，整个灵魂被金玉财宝所抓住。

264 对肉体之痛无感觉

宝玉被父亲打得差些丢了小命仍无怨言，少女们几滴眼泪就足以治疗他的伤痕。此种态度可解说为呆，为孝，但最贴切的解释是这个人对肉体缺少感觉，对精神情感却敏感到极点。让许多世人“惊心动魄”的事件，对于宝玉却好像什么也没有发生。

265 “不为物役”的彻底性

曹雪芹通过各种意象提醒人的最终结局是一具骷髅、一个土馒头（坟墓），全为了提醒你应当按照你的本真天性去度过一刹那的人生。

266 永远不开窍之人

读者喜爱贾宝玉，并不是喜爱他的聪明伶俐，也不是喜爱他的浪漫好色，而是喜欢他的“呆头呆脑”，正如探春所说的，他是个“卤人”。自始至终在内心中保持着

"卤"，保持着天生的一片混沌。常人都懂得仇恨、嫉妒、算计、虚荣等，但他对这一切永远也不开窍。

267 只为美骄傲

人的最美好的特质，与动物不同的高贵品格，都集中在青春少女身上。尤三姐的自刎，鸳鸯的自绝，林黛玉、晴雯的自伤，这才是美，才值得骄傲。人不可以为自己占有大量财富而骄傲，不可以为占有无限的权力和名声而骄傲，但可以为"美"而骄傲。《红楼梦》的价值观，永远颠扑不破。

268 按其本性生活

贾宝玉的人间之旅显示，人要按照自己的本性去生活是一件极其困难的事情。人类离本真之我已经很远，竟以为活在八股与圣贤的概念之中才算正常，按本真生命去思去做反而不正常。"孽障""祸胎""蠢物"等一大串帽子，都是给宝玉似的赤子准备的。

269 眼泪只献给一个人

林黛玉虽不断流泪，但她的眼泪只献给一个人、一种情、一颗心灵。宝玉的眼泪虽献给所有无端消逝、无端被摧残的青春生命，但他从来不为自己的所谓“失败”“挫折”“损失”哭泣。

270　美好心性价值无量

对那些比自己美的人，他衷心地激赏（如对秦钟）；对那些比自己有才华的人，他热烈鼓掌（如海棠社赛诗时为胜利者叫好）；对那些比自己贫寒的人，他全身心关怀（如对刘姥姥胡诌的茗玉）。黛玉问他：何为至宝？他回答不出。其实，贾宝玉身上的无价之宝，就是他的彻底善良的心性。托尔斯泰曾说，我不知道，除了善良之外，还有什么优秀品性。

271　无善无恶

把王熙凤说成恶人，太本质化，尽管她确实常常作恶。人的生命丰富而多彩，所以不可本质化。本质化就是简单化。说《红楼梦》无善无恶，是说它具有一个比道德境界更高的宇宙境界，在更高的精神层面上把握善恶一体和善恶的转化，而不是说，它不把恶视为恶。

272 人的旗帜

所有的贵族，老爷、夫人、少爷、小姐都以为自己比别人高贵干净，唯有一个人正视自己的“泥窟污渠”，这就是贾宝玉。他永远是人的一面旗帜，就是他能自看、自审、自明、自度、自救。

273 佛性之美

佛眼，说到底是超势利之眼，佛性，说到底是超势利之性。佛的不朽是它超越一切阶级、等级之分，把平等的目光投向苦海中的众生。贾宝玉的性情之美，是兼有人性佛性之美。

274 内宇宙

心灵也是宇宙。相对于外宇宙而言，这是内宇宙。《红楼梦》作为内宇宙，是一个灿烂的星空，这里有名叫宝玉、黛玉、妙玉、湘云、宝钗、晴雯的星辰，也有名为悲欢歌哭的阴阳聚散与风云变幻，更有天际的大洁净与大光明。心中有此星空，生活便有另一番风貌。

275　灵魂的香味

有回宝玉闻到黛玉身上有种“幽香”，便要查看她衣服藏着什么东西。此时黛玉告诉宝玉：“连我也不知道。”此香不是物香，也不是体香，而是黛玉灵魂的香味。也可说是绛珠仙草的味道。如此判断，无法考证实证。但可做心证：打开《红楼梦》，总是闻到赤子灵魂的芬芳，与名利之徒的臭味完全不同。

276　不可令人恶心

人可以有缺陷，但不可以让人恶心。《红楼梦》中的贾蓉，舔着尤氏姐妹唾沫星子的贾蓉，就是这种恶浊人。

277　和谐中道哲学

革命的氛围使人只关注“变易”，结果把本应不易的宇宙准则和心灵原则也变了。可是一旦抛弃了“天地之大德曰生”的总原则，人类就开始走向疯狂和自取灭亡。

278 为拆除面具而来

林黛玉到人间来，固然是来“还泪”，但也是来拆除人的面具的。她的率性，就是对面具的撕毁。她的缺点是喜戴面具的人类眼中的缺点。而在真性情的宝玉眼中，她恰恰是一个完整人和一个人间面具的拆除天使。

279 王夫人离佛最远

王夫人手不离佛珠，可是心离佛最远。她对晴雯、金钏儿下此毒手，不仅把两个女子推向死亡，也把自己推向离佛十万八千里的黑暗深渊。

280 与佛交易

一些拜佛的人对佛的利用是求取交易的最大效应，用几碗肉、几盘水果或几叠纸钱就要求佛酬报他们以亿万黄金甚至一座天堂，其贪婪与苛刻总是出乎佛的想象。鉴于此，所以宝玉对芳官说，拜神拜佛，重要的是心诚，而不是虚名。

281　权力意志导致荒诞

贾迎春，一个最懦弱的“懦小姐”，偏偏在两家权力的主宰下嫁给一个最强悍的“中山狼”，终于被狼吃掉。这就是人世间的荒诞。《红楼梦》作为一部荒诞剧，其荒诞性不是哲学思辨，而是迎春与狼共卧的这类现实属性。但蕴含在这种属性中的内容仍然有哲学。这种哲学是对权力意志的嘲讽和抗议。尼采的哲学正相反，他把权力意志视为存在的最内在的本质，把善界定为权力意志和权力本身，而把恶界定为“一切源自虚弱的事物”（《反基督》第二节）。面对迎春走入狼穴一事，他一定要讴歌中山狼，嘲笑“懦小姐”。然而，这种讴歌将更是大荒诞。说到底，尼采的哲学是疯人哲学，曹雪芹的哲学才是正常人也是智慧人哲学。

282　无中生有

《红楼梦》第一回就讲“无中生有”。无中生有，在哲学上是深刻的命题，在伦理学上则是不可实行的反动命题。在哲学上，无中生有，是确认“无”是万物万有的本源，是第一因，也是人的第一故乡，最初与最后的真实。所有美好的东西都从那里获得。在伦理学上，最高的善是诚实，骗子是伦理学的第一批判对象，这门科学严禁无中生有。

283 婚外恋者的地狱与天堂

潘金莲是婚外恋者，被称为“淫妇”，秦可卿也是婚外恋者，没有人称她为“淫妇”。三部中国古代小说经典，所谓淫妇也具有三种命运：在《水浒传》中被判入地狱；在《金瓶梅》中被判入人间；在《红楼梦》中被判入天堂。《水浒传》中有严酷的道德法庭，《金瓶梅》中没有这种法庭，《红楼梦》更是没有，但它有一个审美法庭，秦可卿被这一法庭判为“兼美”，因此，她逝世时，赢得最高的哀荣，最隆重的葬礼。

284 阅读的眷恋

在云空中静思，才觉得不断阅读《红楼梦》，乃是一种缅怀、一种向往、一种依恋。原来，故国文化进入自己内心最深处的是《红楼梦》，自己最倾心、最眷恋、最难遗忘的是这部伟大小说中的诗人与诗国、痴情与纯情。

许多经书典籍，拿起来又放下，唯有《红楼梦》拿起来后再也放不下。走过许多山、许多水，山间曾有欢乐，水上曾有嬉笑，但带给自己动心的“至乐”的，却只有大观园里的青春共和国。

285 “诚”的哲学意味

本书第110则笔记，引述宝玉对芳官说，对待祭奠祭拜的对象，不在于虚名，而在于“心诚意洁”，以“诚心”二字为主（第五十八回）。强调一个“诚”字，也说明宝玉不是简单的反儒派。因为“诚”字乃是儒家思想的内核，朱熹说他的全部学说讲的也不过是“正心诚意”四个字。关于“诚”的哲学意味，贺麟先生做了如下精辟的阐释：

> ……以“诚”字为例。儒家所谓仁，道德意味比较多，而所谓诚，则哲学意味比较多。《论语》多言仁，而《中庸》则多言诚。所谓诚，亦不仅是诚恳、诚实、诚信的道德意义。在儒家思想中，诚的主要意思是指真实无妄之理或道而言。所谓诚，即是指实理、实体、实在或本体而言。中庸所谓“不诚无物”，孟子所谓“万物皆备于我矣，反身而诚”，皆寓有极深的哲学意蕴。诚不仅是说话不欺，复包含有真实无妄、行健不息之意。“逝者如斯夫，不舍昼夜”，就是孔子借川流不息以指出宇宙之行

健不息的诚，也就是指出道体的流行。其次，诚亦是儒家思想中最富于宗教意味的字眼。诚即是宗教上的信仰。所谓至诚可以动天地泣鬼神。精诚所至，金石亦开。至诚可以通神，至诚可以前知。诚不仅可以感动人，而且可以感动物，可以祀神，乃是贯通天人物的宗教精神。就艺术方面言，思无邪或无邪思的诗教即是诚。诚亦即是诚挚纯真的感情。艺术天才无他长，即能保持其诚、发挥其诚而已。艺术家之忠于艺术而不外骛亦是诚。总之，诚亦是儒家诗教、礼教、理学中的基本概念，亦可从艺术、宗教、哲学三方面加以发挥之。今后儒家思想的新开展，大抵必向此方向努力，可以断言也。

贺麟：《儒家思想的新开展》，

原载《思想与时代》第一期，1941年8月，

此处转引自《贺麟选集》，吉林人民出版社，

2005年，第135页

贺麟先生这段话像一首哲学诗，他把中国文化中最美的“核”描述得最清楚不过了。贾宝玉讲“诚”，其实，

他本身就是诚的化身。在他身上，承载着“诚”的全部意味：道德意味、哲学意味、宗教意味、艺术意味。他所以感人至深以及《红楼梦》所以感人至深，就是在他的身心和小说的整部文本，全浸透着一个“诚”字。“诚”字是打开宝玉心灵的金钥匙，是打开《红楼梦》深层门窗的金钥匙。伟大作家曹雪芹所创造的也将永远立于中国精神大地的贾宝玉形象，他是诚的大写的象征，他的名字和他的心灵内容，就是中国深层文化的实理、实体、实在和本体。曹雪芹为中国立心，为世界立心，为天地立心，立的就是一个剥掉全部虚伪外壳的“诚”字。

286 “诚”与“信”的差异

贺麟先生讲“诚”的意蕴之后，李泽厚又讲“诚”的来源和“诚”在中西两大文化系统中的位置。他说：基督教讲“信”，因“信称义”。中国讲“诚”，“至诚如神”。前者来自《圣经》，后者来自巫史传统。由两者生发出来的情欲关系、情理结构、感情状貌的相同、相似、相通和相异之处颇值仔细分疏。（参见《论语今读》19．1）李泽厚用“信”与“诚”这两个字把中西两大文化之核分疏出来。以“信”为核，基督教文化派生出的基本概念或范畴是主、爱、赎罪、得救、盼望、原罪、全知全能等，而以“诚”

为核，儒家文化派生出的基本概念或范畴则是仁、礼、学、孝、忠、恕、智、德以及义、敬、哀、命等。“诚”本是巫术礼仪中的接受或出现神明时的神圣感情，以后被儒家将之不断理性化、道德化、内在化，而成为对人的品格和感情的基本要求。贾宝玉在讲“诚”时，特别提到纸钱“不是孔子的遗训”，并说“一心诚虔，就可感格”（即诚可通神通天），显然，他也认为孔子讲诚不是表面文章，而是心诚，也承认“诚者，天之道也；诚之者，人之道也”（中庸），在哲学上确认“诚”为道体。可见，他虽是“槛外人”（异端），但他只是拒绝儒家的典章制度和“非礼勿视”一类意识形态的异端，并不是孔子诚之遗训的异端。对于孔子思想深层中的“诚”，他不仅心领神会，而且贯彻到自己的全部行为和语言中。笔者把它比作基督，也深知他与西方基督在大文化上毕竟不同，西方是立足于“信”的基督，东方则是立足于“诚”的基督。

287 人没有那么好

王国维作为借用两方哲学参照系审视《红楼梦》的先驱者，他选择的第一个参照系是德国的叔本华。这位德国哲学家的千言万语，就告诉我们一个哲学真理：人没有那么好：我们作为阐释者，可补一句：人没有文艺复兴时代的思想者所说的那么好。因为人已被魔鬼——欲望钻入身内心内，并且永远无法满足它与战胜它。人作为魔鬼的人质与俘虏，注定要扮演悲剧角色。曹雪芹比叔本华更早发现这一哲学真理，看到男权社会的主体——男人们没有那么好，他们个个的肚子里都深藏着一个忘不了功名、财富、权力的魔鬼，同样也无法满足它与战胜它。但曹雪芹还发现世上也有一部分人确实好，如林黛玉等青春少女，她们是不许“臭男人”即魔鬼沾边的。曹雪芹、叔本华和自杀的王国维都是悲观主义者。因为悲观，所以深刻。但曹雪芹在黑暗王国又看到“女儿”的一线光明，更为深刻。

288　看不透的人最怕死

王熙凤被李纨称作“玻璃人”（第四十五回）。所谓玻璃人乃是强硬其外、脆弱其中的外强中干之人，相当于当代人所嘲讽的“纸老虎”“泥足巨人”等。王熙凤在听到抄检贾府的消息时，吓得死厥过去。平常时，她受宠于贾母，掌权家政，颐指气使，不可一世，但事实证明，这个外表最有力量的人，内里却最没有力量，口力有余而心力不足。这是为什么？除了她贪赃枉法做贼心虚之外，还有一个根本原因，是因为她生来机关算尽，什么也放不下，什么也看不透，没有真知识、真智慧。放不下看不透的人其实最怕死，最脆弱。在灾难和鬼神面前，宝玉比凤姐显得有力量，满不在乎，这除了他心实（从不做坏事）之外，还因为他早已看透权力财富这些幻相。赤条条本就来去无牵挂，即使贾府倒塌，也不过如此。

289 看破人生又眷恋人生

贾宝玉内心向往的“梦”，是空而无的梦，还是空而有的梦呢？其憧憬的诗意栖居是无还是有？他与黛玉不同，喜聚不喜散（黛玉则是喜散不喜聚）。他所喜的聚，有世俗状态的聚，有诗意状态的聚。所谓空，虽然排除世俗负累，但不可能完全排斥世俗栖居。所以贾宝玉在排除世俗负累之后仍然活在现实的地上。他的可贵是在世俗聚会时又有所超越和飞升，努力寻求让心灵丰富与人生丰富的诗意之聚，所以才热衷于办诗社，追诗情，享受独一无二的人生，不离生存本义，又追求存在意义。他看破人生又眷恋人生，说明他梦的是空而有，而不是空而无。

290 充分人化后再求人的自然化

用哲学语言表述，孔子学说的重心讲的是“自然的人化”，而庄子学说的重心讲的是“人的自然化”。从动物变成人，从不讲伦理、只讲欲望的野蛮人变成文明人——讲仁、讲义、讲礼的人，这是自然的人化。有了这一前提，才可讲人要反抗礼教、反抗束缚、反抗伪道德。《红楼梦》中人如薛蟠、贾蓉等，其实尚未完成人的进化即未完成人的自然化，而黛玉、宝玉则是在充分人化以至心灵精致化之后才反抗八股文章与虚伪道德束缚。他们的反叛是充分人化之后的反叛，是拥有高度心灵原则之后的谋求意志自由，是在实现“自然人化”大前提下的谋求生命自然。贾政掌握不了这种哲学区分，他开口闭口的“孽障”，用于骂薛蟠、贾蓉等可以，用于骂宝玉则不妥。

291　曹雪芹与海德格尔的区别

死无法把握，只可知死的必然，但不可知死于何时、何地以及死后是否还有灵魂。因此，死比生带有更多的神秘性。《红楼梦》人物从秦可卿到晴雯均是活着时真实，赴死的时候更真实。她们都在临终前的一刻，说了最真实、最想说的话。海德格尔确认人在赴死时最真实，唯有此时存在才充分敞开。曹雪芹早已如此思索，哲学的锋芒早已射到死前的瞬间。但他与海德格尔不同，他不崇尚死亡，更不崇尚毁灭，只为生命的毁灭而悲伤，而海氏哲学则可以鼓动士兵去赴死。曹氏哲学的指向是不怕死又珍惜生命。

292 把哲学还给人

探索《红楼梦》哲学，其无穷乐趣与无穷意义是探讨一位人类的天才，一双最真最美的眼睛，一个最有灵性悟性也最有人情人性的大作家怎样看宇宙、看世界、看人生。通过求索，可把蕴含于精彩叙述中的哲学视角、审美视角开掘出来，以启迪我们的眼睛、我们的耳朵、我们的“六根”。曹雪芹通过最美的形象意象，借助举世无双的少男少女，把哲学还给人，还给生活，让哲学意象化、具体化，让哲学玄而不玄，空而不空。《红楼梦》启示我们：哲学并非知识，并非学问，并非科学，并非认识，它是对话，是观照，是把握，是交汇，是提高人生的智慧提纲。

293 审美秩序高于道德秩序

《西游记》展示的宇宙秩序是政治秩序，天上的宫廷与人间的宫廷没有两样。《水浒传》暗示的宇宙秩序是道德秩序，天罡星与地煞星暗示的是善与恶，从孔夫子、董仲舒到现代新儒家描述的宇宙秩序也是道德秩序。而《红楼梦》所呈现的宇宙秩序则是审美秩序。其天上警幻仙境的主体是美人美女子，其境遇乃是情天情海，其主体的功能是“司人间之风情月债，掌尘世之女怨男痴”，其天际宫门的对联是："厚地高天，堪叹古今情不尽；痴男怨女，可怜风月债难偿。"这一宇宙图像，是以人（少女）为主体，以情为本体的审美图像，这一图像是对道德秩序的颠覆，警幻仙姑对人间来客贾宝玉说：我爱你是"天下古今第一淫人"，她劝宝玉"留意于孔孟之间"则是对道德秩序的反讽。但嘲讽的只是伪道德，并非真道德。《红楼梦》的审美秩序是超道德秩序，不是反道德秩序。贾宝玉的"意淫"正是地地道道的审美。

294 看破之后更有力量

看空看透并不是消极，更不是沉沦。看空看透是如《好了歌》所暗示的把功名、财富、权力看破看穿，一旦看穿，再活下去，就无世俗重担而活得更自由，更积极，更有力量。贾宝玉和贾政谁更有力量？是拿着棍棒痛打宝玉的父亲，还是被打了之后无语无言无相的儿子？俗人布满天下，各个都在宫廷皇帝面前拜倒战栗，唯宝玉有力量不在乎宫廷皇妃，也唯有他敢笑"文死谏""武死战"的文臣武将，有力量拒绝八股文章和僵化科场的诱惑。曹雪芹本人则在看透看破之后，产生了伟大的创作力量，建构了中国文学和人类文学的不朽经典，书中蕴含的天地元气，乾坤大气，空前启后，其雷霆万钧之力将会磅礴于千秋万代。

295 哲学与思想的区别

哲学不同于思想至少有两点：一是哲学必有视角（思想无须视角）；二是哲学总是致力于把握永恒（思想一般仅着眼于时代）。《红楼梦》“以道观物”（庄子语），即用道的视角观物，便无分别，泯是非，齐善恶。严复说：“格致之事，以道眼观一切物，物物平等，本无大小、久暂、贵贱、善恶之殊。”（《严复集》第一册，第45页）所谓道高无正邪，便是用道眼看人间，也人人平等，无正教邪教之分，无君子与小人之别。宝玉与薛蟠、蒋玉菡为友，在贾政看来，是走邪门歪道，但在曹雪芹眼中，却是平常道、佛性大道。《红楼梦》中充满着生死、阴阳、聚散、有无、好了、色空等哲学思考，这是易经时代的问题，也是今天与未来的永恒问题。

296 伤感的本质

说《红楼梦》是伤感主义的作品，没有错。从文学上说，仅仅林黛玉的流不尽和还不清的泪就足以说明，更不用说晴雯、鸳鸯等的死亡带给宝玉的悲伤。但从哲学上说，其伤感的本质则是至真至美之情在时间中的暂时性与有限性。人生如此短暂，有情人共同创造的恋情痴情如此脆弱，有什么比至亲至爱之人的消失更值得哀痛？有什么比曾经活着的诗意生命的永远离别更值得缅怀？《红楼梦》正是把曾经存留在时间中与记忆中的痛惜心理情感，化作历史的本体与宇宙的本体，从而抵达永恒。所以有心人读《红楼梦》，总要读出“珍惜”二字。

297 发自本心的语言

贾宝玉跟王熙凤的口才都好，但是其语言却有不同的质。后者虽口若悬河，但真假难辨。她对贾瑞说的话全是假话，但贾瑞信以为真，结果上了死当。她对尤二姐说的话，也全是假话，而尤二姐不知其假，也上了死当。她的巧言令色，连丈夫贾琏都分不清其真假，更何况老实懦弱的尤二姐。王熙凤对贾母说的许多帮闲的奉承话，其中有真有假，虚虚实实，贾母是个聪明人，即使明知是假，也认假为真，能取乐就好。王熙凤的语言，用当今的概念说，属于外交辞令与谋生工具，而贾宝玉的语言则句句坦白率真，他发自本心，出乎真情，是生命血脉跳动流动的一部分。语言中的“复归于朴”，不是摒弃文采与情趣，而是回到贾宝玉式的这种发自质朴内心的声音，拒绝王熙凤的吞云吐雾。20世纪语言学把语言说成是“存在之家”，虽属夸张，但如果是指发乎本心之处的语言，倒也可以成立。

出自本心的语言也是最后的一种实在。

298 叩问无上究竟

曹雪芹具有深厚的哲学思想，却不是玄学家，他不追问什么是“无上究竟”，老子的无极，朱熹的太极，黑格尔的绝对精神，康德的物自体，《圣经》中的上帝，都是无上究竟，而《红楼梦》则只把“女儿”二字当作无上究竟。地上的大观园，天上的太虚幻境，上天下地唯有女儿是至真至美的本体。西方的《圣经》以上帝为最高本体，他的儿子基督是本体的化身。而曹雪芹的“文学圣经”则以宇宙的协同共在为本体，它的钟灵毓秀形成的女儿，是本体的化身。“女儿”象征的是：宇宙间的无上究竟，乃是难以名状的大美与大洁。

299 人的定义

曹雪芹如何定义人？通观《红楼梦》，大体上可以如此把握，他是把人视为以天为眼（视角）、以己为体（以人自身尤其是人之情感为本体）、以物为用的存在。他不以肉眼俗眼看人，而以天眼道眼即大观的眼睛看宇宙人生；他以女儿为至尊为根本，便是以人为根本。他在晴雯撕扇子时发表的那一番话（说扇子撕了也无妨，一物可多用，扇子既可以作扇风用，也可以作取乐用），便是以人为主体、以物为用具的哲学。庄子认为人的悲剧是只有肉眼物眼而没有道眼，所以总是神为形所役，人为物所役，颠倒了本末。曹雪芹也作如是观，也不断揭示人的“情意”我被“形骸”我所役，所以总是压抑真情真性而汲汲于功名利禄，不明白最可珍贵的一切不在物中而在心中。《红楼梦》中唯有主人公宝黛二人真正明白己为体、物为用，因此，他们的心灵赢得了别人所没有的自由。

300　真知、真明、真净

宝玉离家出走后，皇帝赐予他一个“文妙真人”的称号，让贾政们得到许多慰藉。尽管此号并不通（因真人不是世俗角色，无所谓文妙不文妙），但宝玉倒是具有常人难以企及的“真”。他除了有真情之外，还有一种容易被疏忽的“真知”。古希腊哲学家把知人——认识你自己，视为哲学的最高问题。而宝玉便是贾府内外唯一有自知之明的人，唯一承认黛玉宝钗是比自己“先知”的人，也是唯一承认自己乃是“浊人”的人。苏格拉底强调的“自知其无知”乃是人类哲学的第一真命题。因此我们可以说，自知其无知，是真知；自明其未明，是真明；自净其不净，是真净；从这个意义上说，贾宝玉倒是名副其实的真人。

外篇 — 红楼哲学补述

《〈红楼梦〉哲学内涵》续篇

拙著《红楼梦悟》中的《论〈红楼梦〉的哲学内涵》一章，本是在台湾东海大学的讲稿，我想再做些补充。当时讲的题目实际上是“《红楼梦》与中国哲学”，未能多讲“《红楼梦》与西方哲学”，我现在想以西方哲学为参照系再说说《红楼梦》。这一角度我在与剑梅的《共悟红楼》中已有涉及，如把曹雪芹与陀思妥耶夫斯基作为东西方两大哲学景观做了初步比较，此外，在《红楼梦悟》及本书中也使用了许多西方哲学参照系，以借助叔本华、尼采、荷尔德林、海德格尔等哲学理念来深化对《红楼梦》哲学的感悟与认识。今天，我放下“悟语”形式而用论说的形式，不过是把过去的讲述加以综合而已。

一、雅典与耶路撒冷

无论是讲述《红楼梦》文学，还是讲述《红楼梦》哲学，我都使用一种有别于考证与论证的方法，这就是“悟证”的方法。悟的思维方式被禅宗特别是被慧能推向了极致，最后从方法论变为本体论，断定“悟即佛”。悟不仅是手段，而且是目的；不仅是用，而且是体；不仅是抵达佛的路径，而且是佛本身。但我是学人，不是僧人，仍然把悟作为方法，并且把它看作不仅属于禅宗，而且也属于庄子，甚至属于中国哲学的有别于逻辑论证的一种普遍性方法，这就是直觉、直观的方法。这种方法没有思辨过程，即无须“证”。因为悟完全靠自己去发现、感受、捕捉、道破，没有普通必然的原理法则可做依据，也不是语言可以抵达，甚至难以解说。但为了解说与讲述，也为了把宗教性之悟与学理性之悟区分开来，我便使用“悟证”一词（正如宗教与宗教学不同，宗教只讲信仰与情感，悟即可以，而宗教学则要有所证）。悟证也可以称作直证，即无须逻辑中介的直接把握；论证也可以称作曲证，即需要逻辑思辨这一中介的间接把握。关于这两种不同“证”的方法，贺麟先生讲得十分清楚。他说：

证明也有两个意义：第一，直接的证明，

第二，间接的证明。直接的证明由体验去证明，如求仁得仁，知天即天知，见道即道之自觉。间接的证明，是理智的证明，也是外在的证明，由前提推结论，由因证果。直接的证明又名先天证明，间接的证明是后天的证明。黑格尔指总念的推论是直接证明，形式的证明是间接的证明。直接证明在某意义下不是推论，也不是证明，而是一种直觉或体验。直证上帝，直证本体都是超理智的。康德反对用形式的间接的方法证明上帝存在，因为他认为上帝存在的问题非理智的而是信仰的问题。

《黑格尔理则学简述》，载《贺麟选集》，
吉林人民出版社，2005年，第252页

贺麟先生是西方哲学的翻译家，本人又是哲学家，他说直接证明在某种意义上不是证明而是一种直觉与体验。我所说的悟证，也是如此，它并不是理智性的逻辑性的证明，而是一种直觉与体验，但同时它是一种本体论的把握，可以直证本体，并可以由体证用，由思证有，由源证流，由知证行，因此也可以说是一种证。例如庄子与惠施在濠梁之上关于“鱼乐”的论辩，庄子就是直觉与体验，他是由思证有的本体性把握，而惠施则是理智性逻辑性的驳难："子非鱼，安知鱼之乐？"（你不是鱼，怎么知道鱼快乐？）惠施使用的是逻辑，但庄子则摒弃逻辑，让人与鱼自然合一，也就是思与有合一，本质与存在合一，体与用合一，用自乐而证鱼也乐，由主观之诚证客观之在，如同用对上帝信仰之真诚证明上帝之存在。

直证与曲证，实证与悟证的区分，背后是两大知识类型、两大真理体系的区分，即实在性真理体系与启示性真理体系的区分，也是希腊理性精神和希伯来神性精神的区分，雅典知识类型与耶路撒冷知识类型之分。文学更接近宗教，它诉诸信仰与情感，而不是诉诸理智与理性。它不同于科学，呈现的不是实在性真理，而是启迪性真理。因此，它对真理的把握方式乃是本体性的直接把握，也就是直证悟证，而不是曲证实证。《红楼梦》作为一部大彻大悟的悟书，它对宇宙真谛、人间真谛的把握，对美的本源、美的本质的把握，对生命真理、诗意存在的把握都不是理智与逻辑，因此，我们对它的阅读，也不应当诉诸理智的方法与实证的方法。其实，不仅是《红楼梦》，整个文学活动都是以耶路撒冷的方式为前提。有这个前提，文学才有存在的理由。如果诉诸雅典诉诸实证与逻辑，文学怎样也比不过科学。因此，抓住"悟"，则抓住了文学的基本特点和基本优势。曹雪芹自己也说："'意淫'二字，惟心会而不可口传，可神通而不可语达。”（第五回）也就是不可以用语言论证或实证，只可用直觉与体验。《红楼梦》中的数百人物，其性格与心理，也可用两种证法：一种是由行为证性格、由作风证理念的现象学证法（属于实证）；另一种是由性格证行为、由理念证作风的本体论证法（属直证悟证）。例如我们从小说文本的开头，就知道贾宝玉周岁纪念时于百物中只抓住脂粉钗环，从而被贾政视为好色之徒；后在梦游太虚幻境时，又被警幻仙子界定为“天下古今第一淫人”（第五回），便知他的性格总体特点。由此，我们便可推证他的许多行为的动机和文化心理内涵，包括他的梦中人是哪些人（他对哪些人具有爱意）。所谓悟法，便是这种由源证流、由思证有的方法，而《红楼梦》这部伟大小说的写法，本身也是一种由源到流、由思到有的结构，它在开篇不久（第五回），就通过警幻仙子的十二支歌曲，对主要人物的性格与命运做了揭示。这些揭示都是后来故事情节的源头。我们凭借这一源头可以悟证许多现象。我说宝玉闻到黛玉身上的香味是灵魂的芳香，便是从黛玉的生命源于绛珠仙草出发，有了这一本源，便可直觉到她身上具有仙草的芬芳。这种直证虽没有逻辑演绎，但可抵达事物真谛。

说悟证法门属于对启示性真理的把握，属于类似直证上帝的本体性证明，属于耶路撒冷的知识类型，只是说《红楼梦》的哲学方式和我的阅读方式属于耶路撒冷，并不是说《红楼梦》的精神内涵整个属于耶路撒冷，与上帝——基督教文化相通。从哲学内涵上着眼，可以说《红楼梦》既不属于耶路撒冷，也不属于雅典，它完完全全属于中国文化。小说中的哲学张力场不是雅典与耶路撒冷的对峙，而是儒家道统哲学与庄禅异端哲学的对峙和只属于曹雪芹的其他对峙内涵。用耶路撒冷的参照系来看《红楼梦》哲学，可以看到以下四点巨大的差别：

一，基督教文化属于"有"的哲学，《红楼梦》属于"无"的哲学、"空"的哲学。整部小说是"无为有处有还无"，即有和无的矛盾、冲突、徘徊、彷徨，但其对宇宙、世界、人生的本体性把握，基督属有，曹雪芹属无。前者以上帝为宇宙本体，后者以"空"为宇宙本体。在基督教哲学体系中，不仅上帝是个神圣巨大的存在，而且上帝创造的这个地球、这个人间，以及这个地球上的各种生命，都具有实在性。而《红楼梦》受佛学尤其受庄禅哲学的影响，则认定世界、人生来自空而归于空，来自无也归于无，"质本洁来还洁去"，最后的故乡是"白茫茫大地真干净"的无，《好了歌》具有多重暗示，其哲学暗示是世界与人生，最后了于无，止于无。"来兮止兮"（《芙蓉女儿诔》），本来无一物，最终也无一物。所有的物，所有的色，包括金银、娇妻、权力、功名等都是幻影幻相。总之，基督教是直证上帝之有,《红楼梦》则直证诸相之无。前者以上帝为独一无二的最高境界，后者则以“无立足境”的空空境、无无境为最高境界。

二，基督教文化和《红楼梦》文化都是大爱的文化，其哲学又都是“以情为核”的哲学。但基督教的爱是“圣爱”，情的总根是天父天主之情，人间一切温情都源于此。而《红楼梦》的爱与情，却全然是人间之情，其情感系统（恋情、亲情、友情、世情等等），全与圣爱无关，全源于人与人的相关互动，即情感不是神性的产物，而是人性的产物。因此，一旦心爱的人消失，主人公贾宝玉就会产生大哭泣、大悲情，确知消失之后不可能进入神圣之爱的怀抱之中。

三，基督教哲学与《红楼梦》哲学都有罪感，即都有罪的哲学意向。基督教所定义的罪是因为人离弃了父亲（天父）而破坏了人与上帝的关系，从而也破坏了人与人的关系。因此，这种罪乃是因忘恩负义引起的内疚。失去天父也就失去存在的根据，因此可把这种罪定义为存在之罪，降生下来就有罪的“原罪”。而《红楼梦》没有这种原罪感，却有负疚感，其罪的原因是欠了泪——欠了情，没有情就没有存在的价值，这种罪乃是历史之罪，是“我的过去”欠了债，犯了罪。因此，两者的忏悔内容也不同，基督的忏悔是为了救赎，属于拯救灵魂的神性内容；曹雪芹的忏悔则是思念与慰藉，属于抚慰灵魂的人性内容。

四，基督教与《红楼梦》都面对苦难，都有大慈悲精神。但基督教以苦为乐，认定拥抱苦难才是走向天堂的路径，因此接受苦难，甚至沉迷于苦难并以苦难为幸福。因为具有这种返回大地与苦难生命共负罪责的精神，因此，产生了自我牺牲的崇高感。而《红楼梦》虽也正视苦难，正视血腥的现实，却不以苦为甜（不以苦难为幸福），而是期望摆脱苦难，超越苦难。因此，《卡拉马佐夫兄弟》中的阿廖沙返回苦难的大地，而贾宝玉则离家出走，逃离苦难的大地。但贾宝玉的原型——《红楼梦》作者本身，他的逃离只是逃避人间的卑鄙、污浊与黑暗，这之后他用一种看破幻相的最清醒的意识观照人间，他的逃离并非溃败，也非放弃关怀，而是赢得心灵自由进行精神价值创造。

二、《红楼梦》与叔本华的悲观主义哲学

第一个认定《红楼梦》是一部哲学大书并第一个以德国哲学为参照系评论《红楼梦》的是王国维。这位先知型的中国人文天才用叔本华的悲剧论解说《红楼梦》，发现《红楼梦》的悲剧并非几个蛇蝎之人所造成，而是人与人的共同关系即共同犯罪的结果，把《红楼梦》的评论一下子提高到形而上水平。关于王国维的《红楼梦评论》的

得失，笔者已经论述过。论说的重心是认为王国维虽借叔本华揭示欲望造成悲剧，但未注意欲望还造成荒诞剧，也未注意《红楼梦》的主题精神不是被欲望所主宰的消极精神，而是反抗欲望（包括反抗财色、物色、功名、权欲等）、质疑欲望的积极精神。读了《红楼梦》会使人产生力量，原因就在于此，即能在看透诸种色相之后得到积极的精神提升。

此次讲述想要补充和强调的是，从文学上说，《红楼梦》是部大悲剧，而从哲学上说，则与叔本华的悲观主义相通。叔本华悲观主义哲学的深刻性在于确认人永远被自身内在的魔鬼——欲望所统治。这是一种永远不知满足的魔鬼。一时满足了，又有新的冲动与欲求，不断满足，也不断膨胀。这种人性的恶难以消灭又不可改造。他的思想体系暗示，人并不是上帝能够主宰的，其生命意志并非上帝所能决定，反而是魔鬼所决定。人生所以注定带着悲剧性，就是人改造不了魔鬼，因此人唯一的出路就是走向与功利无关的超意志的审美愉悦之中。

曹雪芹也是一个悲观主义者。鲁迅说《红楼梦》："悲凉之雾，遍被华林，然呼吸而领会之者，独宝玉而已。"(《中国小说史略·清之人情小说》)《红楼梦》的确布满悲凉之雾，它对世界是悲观的，对人是悲观的，对情爱是悲观的。无论是甄士隐对《好了歌》的注解，还是《红楼梦》

预示命运的总结曲(《收尾·飞鸟各投林》:"为官的,家业凋零;富贵的,金银散尽;有恩的,死里逃生;无情的,分明报应。欠命的,命已还;欠泪的,泪已尽。冤冤相报实非轻,分离聚合皆前定。欲知命短问前生,老来富贵也真侥幸。看破的,遁入空门;痴迷的,枉送了性命。好一似食尽鸟投林,落了片白茫茫大地真干净!")都极为悲观。曹雪芹认定,人生没有意义,说到底只是为他人做嫁衣裳而已,这个世界到头来是"白茫茫大地真干净",什么也不剩。没有谁可以充当救世主,没有人可以挽救美好生命的毁灭和世界的堕落,无论是儒,是道,是释都挽救不了改造不了那个金玉其外、败絮其中的荒诞社会。正是这种彻底的悲观主义,所以《红楼梦》的思想才深刻,才不制造任何幻相、任何乌托邦,才一反中国大团圆的老套,如实地呈现出美好的生命一个一个被泥浊世界所吞没。受悲观主义哲学的影响,《红楼梦》文本中设置了冷子兴一开篇就说贾府"一代不如一代"(第二回)。三双冷观贾府的冷眼:一是冷子兴,二是秦可卿,三是妙玉,他们都带出悲观的结论。秦可卿在临终前托梦对王熙凤说的那番话,全是"盛筵必散""诸芳散尽""登高必跌重""树倒猢狲散"的悲观预言。而妙玉偷听林黛玉弹琴更是预感到断裂之声的不祥之兆。三者全是曹雪芹的悲观主义眼睛。《红楼梦》的清醒意识恰恰来自这些悲观主义的眼睛。《红楼梦》有大梦，但没有肤浅的乐观主义和肤浅的浪漫气息。这正是他有一种与叔本华相似的哲学意向。第三十六回中，贾宝玉在批判“文死谏，武死战”的儒家道统的同时这样说：“……我此时若果有造化，该死于此时的，趁你们在，我就死了，再能够你们哭我的眼泪流成大河，把我的尸首漂起来，送到那鸦雀不到的幽僻之处，随风化了，自此再不要托生为人，就是我死的得时了。”后来他又说：“我想这个人生他作什么！天地间没有了我，倒也干净！”（第九十一回）这种话，简直与叔本华如出一辙，而且说在叔本华之前。叔本华（1788—1860）正是说，人最大的错误是被生下来了。他引用西班牙剧作家加尔德隆（**Calderon**，1600—1681）在《人生一梦》中的一句话旁证自己的思想：“因为一个人最大的罪过就是：他已诞生了。”（《作为意志和表象的世界》，石冲白译，商务印书馆，1982年，第486页）不仅生下来为多余人（如同补天时多余的石头）是错误的，而且压根就不应该生，出生就是错，这是对人生多深的绝望。难怪宝玉要对同到尘世来走一回的知己林黛玉说出如此至痛至伤之语：“原是有了我，便有了人；有了人，便有无数的烦恼生出来：恐怖，颠倒，梦想，更有许多缠碍。”（第九十一回）曹雪芹让自己的人格化身贾宝玉所说的这些话，如果叔本华抹去原作者的名字，引进自己的代表作《作为意志和表象的世界》，恐怕所有的读者都会相信这是出自叔本华内心的悲观主义哲学语言。

曹雪芹悲观主义的彻底性不仅仅表现在对生的怀疑，而且还表现为认定人性不可改造。这一点，高鹗在续书中很了不起地领会了，保留了贾宝玉在与薛宝钗结婚之后的那一场辩论，他表明了这样的观念：

> 古圣贤说过，“不失其赤子之心”，那赤子有什么好处，不过是无知无识无贪无忌。我们生来已陷溺在贪嗔痴爱中，犹如污泥一般，怎么能跳出这般尘网。……既要讲到人品根柢，谁是到那太初一步地位的！（第一百一十八回）

这段话既把世界描述成不可救药的污泥尘网，又把人性描述成不可救药的无知无识之体，连“赤子之心”也不相信。更有甚者，贾宝玉不仅认定世界、人性不可能变得更好，而且会愈来愈坏，历史是在退化，人性也在退化，再好的现实人性也比不上太初时的那种人性程度。这是什么哲学？这就是悲观主义的人性退化论哲学，与进化论反其道而行之。贾宝玉这类悲观的论点遍及全书且不说，更让我们感到震撼的是，叔本华和曹雪芹两人都是“表象”

论者，都是“人生如梦”论者。只不过叔本华用的词汇是“表象”，曹雪芹用的是“幻相”。叔本华在《作为意志和表象的世界》的第一篇第一节就直截了当地说：

> “世界是我的表象”：这是一个真理，是对于任何一个生活着和认识着的生物都有效的真理。……他不认识什么太阳，什么地球，而永远只是眼睛，是眼睛看见太阳，永远只是手，是手感触着地球；接着就会明白围绕着他的这世界只是作为表象而存在着的，也就是说这世界的存在完全只是就它对一个其他事物的，一个进行“表象者”的关系来说的。这个进行“表象者”就是人自己。

在叔本华看来，世界只是表象，人也只是一个表象者而已，并没有实在性。这与曹雪芹的空为本体、诸色乃是幻相的色空哲学完全一致。由于世界是人的表象幻相，因此现实世界的存在同人的梦境就没有多大区别。于是，东西方这两位智者便不约而同地道破一个悲观主义哲学，这就是人生乃是一场大梦。叔本华说：“人生和梦都是同一本书的页子，依次连贯阅读就叫作现实生活。”他引证诸多哲学家的论说证明自己这一判断：“柏拉图也常说人们只在梦中生活，唯有哲人挣扎着要觉醒过来。宾达尔说：'人生是一个影子所做的梦'（《碧迪安颂诗》第五首第135行）；而索福克利斯说：'我看到我们活着的人们，都不过是，幻形和飘忽的阴影。'索福克利斯之外还有最可尊敬的莎士比亚，他说：'我们是这样的材料，犹如构成梦的材料一样，而我们渺小的一生，睡一大觉就圆满了。'……人们将被迫同意诗人们的那种说法：人生是一大梦。"（《作为意志和表象的世界》第一篇第五节，石冲白译，商务印书馆，1982年，第44—46页）在叔本华之前，曹雪芹就说"悲苦千般同幻渺，古今一梦尽荒唐"，整部《红楼梦》，也不过是人生一梦而已，因此，两个画给人生的句号便是"归于空"（佛教理想）或"归于梵天"（叔本华推崇的印度教理想——"归于梵天"的表述可参见《作为意志和表象的世界》第四篇），全是"无"。

王国维的天才正是他敏锐地感觉到叔本华与曹雪芹的哲学相通，而且是在悲观主义哲学上相通。尽管他论述的主要语汇是悲剧，不是悲观主义，也未能完全穿透与把握叔本华、曹雪芹悲观主义的彻底性内容，但他毕竟是"第一个吃螃蟹的人"（鲁迅语），毕竟为我们打通并嫁接了东西方的悲观主义哲学血脉，使得我们今天有了再认识的可能。而王国维自己最后也投湖自杀，用自己的行为语言，表明他自身也是一个彻底的悲观主义者，一个对世界看得很透的怀疑主义者。

三、曹雪芹与尼采贵族主义

欧洲在20世纪上半叶兴起的现代主义思潮，其始作俑者其实是19世纪的叔本华与尼采。也就是说，德国哲学是现代主义思潮的故乡。如果说，西方文艺复兴运动是第一次对人的发现，那么，现代主义思潮则是第二次对人的发现。但两次发现的内涵完全不同。第一次发现是发现人的崇高、人的伟大、人的了不起；第二次发现则是发现人的荒诞、人的渺小、人的混沌与卑劣。《红楼梦》作为一部“人书”（聂绀弩语），它兼有两者的深邃内容。

在现代主义思潮的源起中，叔本华与尼采（1844—1900）都对西方理性系统进行了一次大解构，也是对基督教文化的大解构。他们发现，人并不是理性的载体，反之，恰恰是非理性、反理性的载体，人的本身问题极大，而且常常混乱得不可理喻。叔本华发现人是欲望的生物，欲望的人质，而尼采则发现，人已变成没有力量的“末人”，奉行的完全是非人的奴隶道德与弱者道德。这位最后连自己也疯掉的大哲学家，其整个哲学体系所暗示的“真理”是：我们感受到的宇宙和世界，乃是强者驾驭的，历史的列车是强者开动的。那些上等人即那些贵族的精英便是强者。强者有强者的道德谱系，弱者有弱者的道德谱系。世界这部大车如果要继续开动下去，就得向弱者、向下等人开战，拒绝一切为弱者、为下等人说话的哲学，包括基督的哲学。基督的道德是奴隶道德，基督哲学是下等人哲学，所以不可接受，所以要宣布“上帝死了”。

尼采对叔本华的意志哲学进行发挥，把世界的本质、生活的本质、存在的本质归结为“权力意志”，把世界、生活和一切存在物都视为权力意志的表现。权力意志不仅是永恒的战斗力量的源泉，而且是判断界定善恶的唯一尺规。他断定，人之中一切增强权力意志和权力本身的事物便是善，而一切虚弱的事物便是恶。他的“超人”理想正是把权力意志发挥到极端的理想。超人本身也正是权力意志在人类世界中的最高产物。这种权力意志哲学当然没有悲悯感与大慈悲精神。

尼采去世之后，第一次世界大战发生，接着又是第二次世界大战，地球上奉行理性的土地竟然出现纳粹、奥斯维辛集中营、古拉格群岛等等。在这一历史行程中，一方面纳粹利用尼采向弱者宣战的权力意志哲学，产生巨大的破坏效应；另一方面历史事实又说明现代主义哲学具有它的不可抹杀的深刻性，人本身确实有问题，确实没有理性。以尼采为坐标，我们可以看到作为中国最伟大的贵族文学的《红楼梦》，其思想与尼采根本不同。最重要的区别在于，曹雪芹本身是贵族，也具有贵族的精神气质，但他反对贵族特权，完全拒绝上等人与下等人的等级分别，反抗的恰恰是权力意志。在贵族社会里，贵族与平民的尊卑贵贱界限极为严格，尼采想要守持的正是这一界限，他武断地认定，只有等级之分，才有高贵。他提出“什么是高贵的”这一重大问题，然后自行回答说，高贵就是“对等级的信仰”，就是分清“主人道德与群盲道德”。（尼采：《权力意志》上卷，孙周兴译，商务印书馆，2007年，第85页）等级分明，道德界限分明，分别的哲学非常彻底。而曹雪芹恰恰彻底地打破对等级的信仰，恰恰打破主人道德的优越。他没有经济平等的乌托邦，但有人格平等的理想。他把“齐物论”与“不二法门”贯彻到作品精神内涵中，让主人公的价值标尺完全超阶级，超等级，超尊卑（甚至超性别），与“超人”理念完全相反。那些处于贵族社会最底层的奴隶，即那些丫鬟、戏子们，在他的心目中，几乎等同天使。主人公贾宝玉甚至颠倒地位，把自己视为“神瑛侍者”，服务于一切美丽的青春少女，包括为奴隶的小丫鬟。曹雪芹打破尊卑的态度，其哲学基石是禅宗“不二法门”，即不分别的哲学，齐物也齐人的哲学，最彻底的平等哲学。这种哲学，向古看是庄子哲学；向今看，是托马斯·杰斐逊在美国《独立宣言》开篇上写着的“人人生而平等”的哲学。《红楼梦》哲学和尼采的超人哲学及等级信仰完全对立。

但是，曹雪芹在《红楼梦》中却包含着西方两次人的发现的巨大哲学内涵。首先具有“文艺复兴”的发现内容，它发现人的少女部分的至真至善至美。“女儿”（青春少女）不仅是净水世界的主体，而且是宇宙的本体。天地的钟灵毓秀全凝聚在女儿身上，因此“其为质则金玉不足喻其贵，其为性则冰雪不足喻其洁，其为神则星日不足喻其精，其为貌则花月不足喻其色”。质美、性美、神美、貌美集于一身。曹雪芹发现，人，青春少女，是天地之精英，美的本质与根源。另一方面，《红楼梦》又有第二次人的发现的内容，它发现人的荒诞与丑陋。这是泥浊世界的主体，争名夺利的男人，总是忘不了金银、忘不了娇妻、忘不了功名的忙碌生物。从贾赦到薛蟠、贾环、贾蓉等，个个都是被欲望拖着走的不知到地球上来一回要干什么的荒诞肉人。曹雪芹把人的美与人的丑都推到极致。这一点又近乎尼采的超人与末人之分的思路。

尽管与尼采相比，曹雪芹显得很冷静。但他与尼采一样，也是一个大解构者。如果说，尼采解构的是西方理性哲学对世界对人的基本理解，那么，曹雪芹解构的则是儒家道统对世界对人的基本规范。尼采看到现代社会大辉煌下贵族精神瓦解的可能性，而曹雪芹则看到大辉煌下贵族社会崩溃的可能性。两人都是现存秩序现存理念的“槛外人”(异端)。还有一点相似的是，无论是尼采还是曹雪芹，都把哲学、文学表述视为生命存在方式本身，换句话说，都是通过自己的感性语言描述自身的体验。尼采也是个天才，他有足够的力量建构宏大的哲学体系，但是，除了《悲剧的诞生》具有传统哲学讲述的形态之外，几乎没有一部著作使用传统的逻辑论证的哲学方式。他显然是害怕自己活泼的喷射式的丰富思想被束缚在内封闭的符号系统之中，因此，他宁可用随想录等接近文学的方式来表达自己的哲学思索，这一点，使得东西方这两位天才相通，他们的哲学都不是僵死的经院哲学，而是充满生命活力、充满生命之气的哲学。

四、曹雪芹与斯宾诺莎的泛神论

如果王国维当年对欧洲哲学的理解不是局限于康德、叔本华，而是还能注意到生活在17世纪的斯宾诺莎(出生于1632年的荷兰阿姆斯特丹)，而且又能把斯宾诺莎和曹雪芹联系起来思索，那将会对《红楼梦》的哲学获得一些更新的认识。至少会发现两人在哲学方法与哲学思想上均有相通之处(曹雪芹出生于1715年，即在斯宾诺莎1677年去世后的第三十八年出生)，甚至会像郭沫若那样把庄子与斯宾诺莎连在一起而把曹雪芹与斯宾诺莎放在一起思考，从而发现他们都是泛神论者，即把自然视为神，把神视为自然。16世纪中叶至17世纪，欧洲出现了培根（1561—1626）、笛卡儿（1596—1650）、霍布斯（1588—1679）等具有全新宇宙观的哲学家，也出现了布鲁诺（1548—1600）、波墨（1575—1624）等泛神论者，斯宾诺莎和他们一样，否认人格神上帝的存在，否认天使的存在，认定上帝就在自然之中。他在代表作《伦理学》（该书中译本由商务印书馆出版，1983年，贺麟译）中把实体、神、自然、宇宙四者等同起来，强调作为万物本源的神就是自然。泛神论既是无神论，又是有神论，但归根结底是无神论。说它是无神论，是因为它否认一个具有绝对意志和绝对理智并凌驾于人类和自然之上的人格神。说它是有神论，是因为它也推出一个无所不在的创造万物的神圣存在，这就是宇宙的本体，就是大自然与大宇宙的和谐共在秩序。他把神泛化到宇宙、自然，也泛化到人自身与物自身。他如此定义神："神，我界说为由无限多的属性所构成的本质，其中每一种属性是无限的，或者在其自类中是无上圆满的。这里应当注意，我把属性理解为凡是通过自身被设想并存在于自身内的一切东西。"（《斯宾诺莎书信集》，洪汉鼎译，商务印书馆，1996年，第5页）仔细阅读这段话，就会发现，这一对神的界说几乎也是曹雪芹对神的界说。斯宾诺莎的泛神论，20世纪20年代曾被充分注意。郭沫若在《女神》中讴歌“三个泛神论者”是庄子、斯宾诺莎（郭译为斯皮诺莎）及印度佛教之前的优婆尼塞图。郭沫若还说明，他之所以会接近歌德，其重要原因也是因为歌德具有泛神论思想。（参见《郭沫若论创作》，上海文艺出版社，1983年，第218—219页）他还对歌德的泛神论思想做了五点概括，这些概括有益于理解《红楼梦》的泛神论，因此我们略去第一点而引述于下：

> 二，……他的泛神思想。泛神便是无神。一切的自然只是神的表现，自我也只是神的表现。我即是神，一切自然都是自我的表现。人到无我的时候，与神合体，超绝时空，而等齐生死。
>
> 三，他对于自然的赞美。他认为自然是唯一神之所表现。自然便是神体之庄严相，所以他对于自然绝不否定。他肯定自然，他以自然为慈母，以自然为友朋，以自然为爱人，以自然为师傅。他说：“我今后只皈依自然。只有自然是无穷地丰富，只有自然能造就伟大的艺术家……一切的规矩准绳，足以破坏自然的实感，和其真实的表现！”他亲爱自然，崇拜自然，自然予之以无穷的爱抚、

无穷的慰安、无穷的启迪、无穷的滋养。所以他反抗技巧，反抗既成道德，反抗阶级制度，反抗既成宗教，反抗一切的学识。以书籍为糟粕，以文字为死骸，更几乎以艺术为多事。

四，是他对于原始生活的景仰。原始人的生活，最单纯、最朴质、最与自然亲睦。崇拜自然、赞美自然的人，对于最原始生活自然不能不发生景仰。所以他对于诗歌，则喜悦荷默和莪相。在井泉之旁，觉得有古代之精灵浮动。岩穴幽栖、毛织衣、棘带，是他灵魂所渴慕着的慰安。他对于农民生活也极表同情："自栽白菜，菜成拔以为蔬，食时不仅尝其佳味，更将一切种之植之时的佳日良辰，灌之溉之从而乐其生长之进行时的美夕，于一瞬间之内复同时而领略之。"他说，这种作为人的单纯无碍的喜悦，他的心能够感受到，真是件快事。要这种人才有真实的至诚，虔诚的努力，热烈的慈爱，能以全部精神灌注于一切，是刹那主义、全我生活的楷模！

五，是他对于小儿的尊崇……

《〈少年维特之烦恼〉序引》，

载《郭沫若作品经典》第Ⅳ卷，

中国华侨出版社，1997年，第156—157页

如果郭沫若讴歌的三个泛神论者，第三个的名字改为曹雪芹，那么读者也不会有异议，因为曹雪芹完全与斯宾诺莎、歌德的泛神论思想相通，在《红楼梦》全书中贯彻着连自己也未必意识到（如同庄子）的泛神论的宇宙观、哲学观。这明显地表现为：

一，全书故事起于自然（青埂峰、大荒山、无稽崖、三生石畔等），终于自然（宝玉离开社会走入云端），基本情节是“自然（石头）的人性化”和“人性的自然化”（宝黛人化之后追求自由自然），关于这点，下文再细说。

二，小说开篇的女娲，类似创世的上帝，但不是全知全能的上帝，更不是主宰世界与主宰人类命运的上帝，也不是圣爱的源泉，因此，她不是被信仰的人格神。《红楼梦》立足于禅宗哲学，以“悟”代佛，以“觉”代神，觉即神，我即神（此点与歌德的泛神论也相通）。

三，《红楼梦》始终有一种对不可言说的终极真实的敬畏。这一真实在小说中时而是“空”，时而是“无”，时而是“天地”，时而是道与自然，归根结底，是对宇宙本体的敬畏。换句话说，是对一种于冥冥之中产生万物万汇

的相当于创世主但又不是创世主的天道即宇宙秩序的敬畏。也可以说，这是对天、地、人和谐共在的“天人合一”的天地宇宙境界的敬畏。这一秩序与境界相当于神，但又不是神，因此可称为泛神。

四，全书充满对大自然的向往、同情与仰慕，主人公贾宝玉常与星星对语，也常和鱼儿鸟儿说话，林黛玉更是常常对花流泪，葬花如葬己，物我无分，与自然合一。

五，对以刘姥姥为符号的农民及其栖居的乡村质朴土地充满悲悯与爱意，连最能算计的泼辣女人王熙凤也没有偏见，她不仅善待刘姥姥，而且把唯一的女儿（巧姐儿）托付给她，最后巧姐儿复归于土，圆了“牛郎织女”之梦。

六，小说以大量篇幅描写男女主人公的原始出身与儿童时代生活，贾宝玉童言无忌，讲了许多“女子水作，男人泥作”的天言天语，更是把“女儿”（青春少女）直接视为与阿弥陀佛、元始天尊同一级的“神”，把神“泛”入儿童生命与青春生命。

放下歌德，另有一点值得特别注意的是，哲学视角上斯宾诺莎与曹雪芹相似。笔者在《论〈红楼梦〉的哲学内涵》中说，《红楼梦》有一种哲学视角，这就是大观视角。这种视角不是以肉眼、俗眼即人的寻常眼睛观物，而是用“天眼”（《金刚经》概念）、“道眼”（庄子概念）、“宇宙极境之眼”（爱因斯坦的眼睛）观物。《红楼梦》中空空道人、茫茫大士、癞头和尚、跛足道人的空眼也是这种眼睛，正因为以空见色，才清醒地看到世界与人性的荒诞、追名逐利的无意义。斯宾诺莎本是以磨镜片为生，他不仅成为光学家，而且发明了一种形而上学的望远镜与显微镜，即“从永恒的范式之下”（sub specie aeternitatis）观认万物万相的方法，通常被称作第三种知识（绝对客观知识）直观法。爱因斯坦说从宇宙极境看地球，地球不过是一粒尘埃，正是站立于宇宙永恒范式之下直观天地万物的方法。斯宾诺莎把执着我见的知识称作第一种知识，把共同概念形成的理性知识称作第二种知识，把宏观思维把握下的绝对客观知识称作第三种知识。他的永恒范式直观之眼，正是穿越各种幻相看透事物本质的天眼、道眼、佛眼，也正是曹雪芹的大观眼睛。至此，可以看到曹雪芹与斯宾诺莎两个惊人的相似之点：

一，排除上帝人格神而以宇宙自然的永恒共在范式为广义之神，并以对这一共在范式的敬畏取代对人格神的敬畏。

二，排斥我执法执而立足于永恒范式的精神制高点，大观直观一切物性人性。斯宾诺莎出生在曹雪芹之前，如果他生活在中国，也许会从《红楼梦》中找到自己的哲学例证，尤其是发现曹雪芹有一双自己所追求所想建构的大观眼睛。

五、《红楼梦》与马克思的历史唯物论

20世纪下半叶，以马克思为参照系解说《红楼梦》是中国当代学术史上的重要现象。对于这一现象，绝对肯定与绝对否定都是不妥的。马克思不仅是伟大的政治经济学家，而且是欧洲近代最伟大的哲学家之一。他的哲学具有一种“唯物”的彻底性。这个“物”不是常人所理解的那种物件、物色、物种，也不仅是现实物质世界。在历史唯物论的框架内，它是区别于心、区别于意识、区别于思想的人类的历史实践活动。它不仅认定人是历史的存在物，而且认定人类的历史是人类从事阶级斗争、生产斗争和改善生产工具的科学实验的历史。既然人是历史的结果（文化也是历史的结果），那就无法离开具体的历史场合即时代的社会形态来认识人及人的各种活动。20世纪从50年代到70年代的《红楼梦》评论，其主流就是用马克思的历史观与哲学观对《红楼梦》的把握，即以马克思的理念作为参照系认识《红楼梦》。在此参照系之下，就发现《红楼梦》是封建时代政治、经济、文化、人情的百科全书，或者说是那个时代的一面巨大的镜子。这并没有错，确实《红楼梦》所见证的历史状况和文本中所蕴藏的时代信息（包括政治信息、经济信息、文化信息以及那个特定时代的日常生活信息、心理信息等），其丰富的程度，是任

何历史著作无法比拟的，但是，这些无比丰富的信息不是封建与反封建的阶级斗争这种本质化的概念可以涵盖与描述的。《红楼梦》除了包含着时代性的历史内容之外，它作为文学作品，又有超时代、超历史的更为广阔也更为永恒的宇宙语境与人性内容。小说中的生存困境、人性困境、心灵困境以及父与子等种种冲突，也不是一个时代里两个阶级的冲突，而是永恒的生存问题与人性问题的争论。也就是说，其困境与问题的内涵不是属于时代之维，而是属于时间之维。王国维说《红楼梦》不是历史的，而是宇宙的，关键就在于这部小说拥有无限自由时空的框架，它无始无终，无边无际。其父子冲突、钗黛冲突的内涵，既有那个时代的特定内容，又有超时代的永恒内容。人类文化中重秩序、重伦理、重教化的脉络与重自然、重自由、重个性脉络的冲突永远不会结束。而这种冲突所折射的世俗贵族与精神贵族的矛盾，世界原则与宇宙原则的矛盾，平常栖居状态与诗意栖居状态的矛盾，也永远不会终结。《红楼梦》的永恒价值，正是它负载了永恒性的人性内容。

在这些矛盾冲突中，反映到哲学中，有一个哲学究竟是"心为本体"还是"物为本体"的巨大冲突，这是《红楼梦》文本本身所显示的巨大冲突，也是马克思最为关注的哲学的第一基本问题。如果用马克思的哲学观来阅读《红楼梦》，那只会发现《红楼梦》的哲学观与唯物论格格不入。《红楼梦》可说是唯心论的集大成者。老庄的自然本体论、佛家的空无本体论、禅宗的心性本体论、王阳明的心学，全都被《红楼梦》吸收容纳，并化为自己的哲学之魂。王阳明彻底到“心外无物”，慧能彻底到“不是风动，不是幡动，而是心动”，全被曹雪芹所认同。心是世界的本源、宇宙的本质，心外的一切都是幻相幻影，都没有实在性，这是《红楼梦》的哲学基本点。关于这点，《红楼梦》文本毫不含糊地做了表述。第一百一十七回“阻超凡佳人双护玉　欣聚党恶子独承家”，贾宝玉见到索玉的癞头和尚，就要把玉还他，对着阻拦的袭人，他说：“如今不再病的了，我已经有了心了，要那玉何用！”袭人急得哭喊后，宝钗也来阻拦，此时，贾宝玉又对着她们说：“你们这些人原来重玉不重人哪。”贾宝玉在离家出走之前对袭人、宝钗所说的话，是他最后的大彻大悟的宣言，这一宣言是批判性的，又是充分哲学性的。玉是物，而且是至贵之物，但在贾宝玉的价值观里，最宝贵的是心而不是物，“有了心了”，这才是根本。人只有找到心，才找到本体，找到本质。这个心不是物化之心，而是空灵之心，蕴含六根根性之心，天地所立之心。贾宝玉这句话，不仅是价值观，而且是哲学观，心为第一义、物为第二义的唯心论哲学观。

但是，如果借此就本质化地断定曹雪芹是绝对唯心主义者，则又是简单化。尤其是小说文本中所见证的现实与历史，更不能说是唯心主义哲学所支撑。曹雪芹比任何一个同时代的作家都更加客观、更加透彻地呈现现实生活状态。无论是曹雪芹还是马克思，都是天才。一个属于18世纪（曹），一个属于19世纪（马）。天才人物均极为丰富，包括哲学思想，也极为丰富，在西方的哲学史上，马克思是若干最伟大的哲学家之一，而曹雪芹哲学也将在未来被充分发现。过去以马克思主义为参照系解说《红楼梦》，虽有些偏颇，但不能说不可以以此为参照系考察这部伟大小说。以往的解说的问题主要有两个：

一，把马克思主义简化为阶级斗争观念，然后把这一观念强加给小说文本，以致使薛宝钗等也蒙上“封建阶级”的不白之冤，倘若马克思还在，他也会对这种滥贴阶级标签的现象进行驳议。

二，只注意马克思主义关于人与社会形态关系的理论，未注意马克思关于人与自然关系的思想，即自然的人性化与反异化等极为深刻的论说。如果注意后者并以此为参照系，我们会发现，贯穿《红楼梦》全书结构的两大情节流程，正是马克思早已揭示的“自然人性化”和“人性自然化”过程。马克思在著名的《1844年经济学—哲学手稿》中，有两段经典性的论述早已被中国的学者广泛引用，可惜没有人把它用来解说《红楼梦》的哲学意蕴，我们不妨再重温一下这两段论述。

第一，关于自然的人性化：

> 男女之间的关系是人与人之间的直接的、自然的、必然的关系。在这种自然的、人类的关系中，人同自然界的关系直接地包含着人与人之间的关系，而人与人之间的关系直接地就是人同自然界的关系，就是他自己的自然的规定。因此，这种关系以一种感性的形式、一种显而易见的事实，表明属人的本质在何种程度上对人说来成了自然界，或者自然界在何种程度上成了人的属人的本质。因而，根据这种关系就可以判断出人的整个文明程度。
>
> 《1844年经济学—哲学手稿》，
> 人民出版社，1963年，第85页

第二，关于人性的自然化：

> 共产主义是私有财产即人的自我异化的积极的扬弃，因而也是通过人并且为了人而对人的本质的真正占有；因此，它是人向作为社

会的人即合乎人的本性的人的自身的复归，这种复归是彻底的、自觉的、保存了以往发展的全部丰富成果的。这种共产主义，作为完成了的自然主义，等于人本主义，而作为完成了的人本主义，等于自然主义；它是人和自然界之间、人和人之间的矛盾的真正解决，是存在和本质、对象化和自我确立、自由和必然、个体和类之间的抗争的真正解决。它是历史之谜的解答，而且它知道它就是这种解答。

《1844年经济学—哲学手稿》，
人民出版社，1979年，第73页

关于这两大论点，我国当代的美学家李泽厚做了透辟的阐释并以此建构了他自己的美学理论基石。他把美的根源界定为“自然的人化”，包括外自然的人化与内自然的人化，前者产生外部工艺技术体系，后者产生属于人类的新感性即心理情感本体，尤其是美感（如自然的眼睛变成审美的眼睛）。而“人的自然化”则是人性的复归即反抗异化对人性的剥夺。李泽厚把马克思这两大哲学命题带入美学，并吸收康德的主体论哲学的成果，指出实现两化的中介乃是人类的主体性实践，即历史积淀的实践活动。这就扬弃了康德的以“判断力”为中介的论点，而沿着历史唯物论前行与深化。如果我们尝试一下用马克思的两大论点来解释《红楼梦》，也会发现这部伟大小说蕴含着“两化”的哲学内涵。

第一，《石头记》乃是一部以石头为象征的大自然人性化的传记史记。这块石头是女娲补天时淘汰掉的石头，后来“通灵”即赢得了灵性人性而进入人间。这一大框架正是大自然的人化。林黛玉的前身绛珠仙草，也是自然的符号，她化为人到人间还泪，也是自然的人性化。从石头变成贾宝玉，从仙草变成林黛玉，即从木石变成恋人，这是自然人性化的第一内容（即外自然的人化）。而宝玉、黛玉到了人间之后，又完成了一个内自然人化的过程，这就是从三生石畔的自然关系变成人的社会性关系，其自然感官也变成审美感官，宝黛都是诗人，但他们降生时的第一声啼哭并不是一首诗，其生命的过程乃是诗化过程。诗化过程是人化的高级阶段，人类追求诗意栖居便是追求这一诗化的高级过程。内自然的人性化是自然人化的第二内涵。关于这一点，贾宝玉的历程极为典型，他的内自然有一个明显的由情欲上升为情感的过程，即逐步淘汰动物性、把性欲转化为爱情的过程。他在年少时和袭人初试云雨，吃鸳鸯嘴上的胭脂，注视宝钗丰满的酥臂（还妄想能移到黛玉身上）等等，都是性欲的表现。后来这一切都被提升，愈来愈倾心于真情真性，他特别敬爱林黛玉从不劝他走国贼禄鬼之路，这意味着把心灵的相通视为第一要义，也说明文明程度进入更高级的阶段。马克思说人的自然界在何种程度上成了人的属人的本质是判断文明的尺度，宝黛的爱情所以感人所以精彩，正是它反映了极高水平的文明程度。

关于“自然的人性化”在《红楼梦》中的呈现，一经点破并不难理解。不过，如果从这一角度来审视《红楼梦》还会发现一些有趣的现象，例如有些人物的人性化尤其是充分人性化非常难，例如薛蟠、贾环、贾蓉等，身上的动物性几乎压倒人性，这些人在身体上完成了人的进化，但在心灵上并未完成，也就是说，并未完成从欲到情的人化进程。薛蟠和他的妻妾的关系大体还是自然关系（动物关系）而非“人的本质”关系，他自始至终未能从“滥淫”提升为“意淫”，未能从“滥情人”变成“有情人”。每个人物的人性化程度不同，造成不同的性情性格，也就是个性。

与“自然人性化”相反的命题是“人性自然化”，即人的本性的复归。这又是《红楼梦》的重大精神内涵。庄禅的哲学主题正是人的自然化。庄子发现机器会产生“机心”即会发生人的异化，这是哲学史上的重大发现，很了不起的对于人性异化的发现。两千多年前的此一发现，应是那个时代的思想制高点。而曹雪芹的《红楼梦》则发现对色的疯狂追求，包括对功名、财富、权力等等的追求，也把人推向人的本真本然之外。如果说庄子提醒的是人被物役的异化现象，那么，曹雪芹则更为具体地见证了人被功名所役，被财富所役，被权力所役，被书本所役，被道统所役，被科场所役，甚至被自我所役等各种异化现象。贾宝玉的精神正是不为物役的精神，正是守持和回归到生命本真本然的精神。马克思的终极理想是对人的自我异化的积极扬弃，即人对人的本质真正占有。贾宝玉虽没有这种自觉意识，但他的全部行为语言、情感态度和心灵取向都呈现出这种意识。他对科场的轻蔑，对八股文章的鄙视，对仕途经济之路的拒绝，对"文死谏""武死战"的批判，都是对人性异化的扬弃。他的本色是"通灵宝玉"，进入泥浊世界之后，如何保持玉石的本真成了他人生的第一课题，像贾雨村就回不到自我的本真状态了，而宝玉还回得去，他的"觉"，就是回归生命自然，也就是完成人性的自然化。

贾宝玉把林黛玉引为知己，只敬爱黛玉，他对宝钗虽然也有情感，但缺少敬爱之情，其原因是宝黛都向往人的自然化，而宝钗则把生命交给现存社会的规范与秩序，太儒家理念化，或者说太道统化。一旦道统化，就反自然。因此，宝黛与宝钗的冲突是"人性自然化"与"人性理念化”的冲突。贾政和贾宝玉这对父与子的冲突，也可作如是观。父与子的冲突可解读为人性秩序化与人性自然化的较量。所谓“槛外人”，便是拒绝被各种人为的门槛所束缚、所异化的人。也就是追求“人性自然化”的人。

讲述至此，笔者想强调说，《红楼梦》关于“自然的人性化”与“人性的自然化”的整体思路，乃是一部完整的美学，而且是诗化与故事化的美学。以往的《红楼梦》研究与美学研究尚未充分注意到这一美学宝库。《红楼梦》中有艺术学、诗学，有各种关于诗、关于画、关于音乐的见解，但这是《红楼梦》美学的局部。曹雪芹美学乃是“自然人性化—人性自然化”的通观美学（或称大观美学），是美的发生学与发展学，即对美的产生与本质进行把握的美学。因此，《红楼梦》美学大于《红楼梦》艺术学。曹雪芹的美学观，又是曹雪芹的宇宙观、世界观与价值观。掌握了“自然人性化—人性自然化”的美学思路，便掌握了《红楼梦》的第一哲学要点，除此之外，笔者还想说明，关于自然的人性化与人性的自然化的思想，还可以推及美学之外的其他领域，尤其是教育领域。对美国的教育产生巨大影响的著名哲学家杜威就接受黑格尔的对立统一辩证法，主张手段与目的的合一、理想与行为的合一（知行合一）、人文和自然的合一，即自然应当人文化，人生也应自然化。他的“学校如社会”的思想，正是这种哲学的延伸。我国近代以来，王国维、蔡元培等所提倡的美育代宗教，也并非仅仅是艺术教育，而是“自然人性化一人性自然化”即生命充分人文化、充分人性化的教育。

六、曹雪芹与海德格尔的死亡哲学

引用马克思“自然人性化”的学说阐释《红楼梦》，可以言之成理，但是也一定会遭到挑战。首先可能会遭到海德格尔、萨特等存在主义者的挑战。在这些存在论者看来，《红楼梦》的主角“石头”，并非自然，乃是一种先通灵、后人化即先行于自身（贾宝玉）的存在。也就是说，石头乃是已经在世的人先行于自身的灵物。绛珠仙草也可作如此解说。她是黛玉此在先行于自身的存在，在未人化之前就已经灵化。如果说，生命的本真本然是人的本质，那么，存在（石头）已先于本质。因此，把这一先行存在界定为自然是不恰当的。这种挑战，带有极大的思辨性和哲学内涵，而笔者的使命止于感悟，不想陷入这一思辨的深渊，只承认无论是马克思还是海德格尔都可以自圆其说，如果确认真理的开放性，那么，就应确认二者都道破了《红楼梦》的一部分真谛。放下这一思辨，我想回到海德格尔关于“死亡”这一哲学前提。在海德格尔的存在论里，死既是时间的标界，又是生的参照系，因为有这一未定的必然，才使人对存在意义的把握成为可能。

笔者在《论〈红楼梦〉的哲学内涵》中认为，曹雪芹思索人生时，有一思路与他去世之后近两百年才出现的海德格尔的“未知死，焉知生”的思路相通，即首先面对一个无可逃遁的必然，这就是人必有一死，正如宴席必有一散，然后再思考如何生。他在小说里揭示，无论身份、地位、权力、财富有多大差别，最后都要化为“风月宝鉴”中骷髅的那一面，“纵有千年铁门槛，终须一个土馒头”，最后的实在是坟墓。能够面对必死这一定律，对人生的安排与设计就完全不同。这种思路与孔夫子的“未知生，焉知死”思路相反，在哲学上变成一种对峙的理念。笔者在“哲学内涵”中强调的是曹雪芹与海德格尔相同的一面，而不同的一面尚未涉足，此时想做点补充。

海德格尔强调的是，存在只有在死亡面前才能充分敞开。他指出，在死神威逼下的时刻，生命最为真实。中国古话说，人之将死，其言也善，也是说在死亡面前更能说真话，生命更真实，《红楼梦》中秦可卿、晴雯等在临终时说的那些话的确是最真实的。可以说，句句都是肺腑之言。这一点，海德格尔与曹雪芹又是相通。但是两者却有一种“态度”上的巨大区别，简要地说，海德格尔哲学在死神面前鼓动的是赴死的悲壮，而曹雪芹呈现的则是对死的感伤。据已揭开的历史事实发现，在第二次世界大战的战场上，德国的许多士兵身上都携带着海德格尔的《存在与时间》。这不是因为海德格尔“这个人”当时的政治立场站在希特勒一边，而是海德格尔这种哲学乃是赴死的哲学，即士兵的哲学。这一哲学的中心点是礼赞毁灭、鼓动毁灭，是在毁灭中实现存在意义的哲学。而曹雪芹完全不是这样。主人公贾宝玉看到生命一个一个死亡，他也一个一个为之感伤，特别是对于青春生命的死亡，更是悲痛不已。尽管晴雯、尤三姐、鸳鸯等均有赴死的勇敢，即赴死时全然没有“畏”，但她们也满腔悲愤，而见到她们死亡的大爱者更是悲伤欲绝。柳湘莲为尤三姐之死而从此了断尘缘，贾宝玉为晴雯之死而撰写且歌且哭的《芙蓉女儿诔》，为鸳鸯之死也痛哭一场。面对死亡的痛惜，背后是对生命的极端珍惜。贾宝玉来到人间，一方面看到人间地狱般的黑暗与荒诞，另一方面也看到地狱中的一线光明，这就是青春女儿所展示的至真与至美，他为自己能与她们相守相处而感到无穷的快乐，因此，他在看破功名利禄的同时又珍惜每一天每一刻，喜聚不喜散。无论是诗社的聚会还是平常与恋人、丫鬟、戏子朝朝夕夕的相处，都使他从内心深处感到生活的美，其珍惜之情处处表露出来。《红楼梦》的色空哲学虽看空看破，但阅读之后并不会让我们消沉下去，因为蕴藏于整部小说中的是对生命的珍惜，是对生与爱的眷念。曹雪芹在家道衰落之后，还“十年辛苦不寻常”，呕心沥血地唱出《红楼梦》这部人生的悲剧，缅怀曾与自己相厮相守的诸女子，也是对生与爱的至深眷念。这种眷念，是良知，是情感，而这，正是《红楼梦》写作的动因。

在海德格尔的哲学里，读不出“珍惜”，谈不上“眷念”，看不到死亡后的感伤。因此，同样是“未知死，焉知生”的思路，一个是绝情主义哲学，一个则是伤感主义哲学，天差地别。德国近现代哲学，除了海德格尔，其实尼采也是肯定与讴歌毁灭。尼采哲学在第二次世界大战中同样被纳粹所利用。希特勒那种为了达到自己的目标不惜用铁靴践踏无辜花草的“气势”，正是建立在尼采那种绝对权力意志的哲学之上。尼采哲学正是鼓动在尸首与废墟上站立起“超人”形象的哲学。这与中国那种“天地之大德曰生”的哲学方向完全相反。中国儒家哲学重视“生”是世所公认的。而庄子哲学，虽然有“生死同状”的命题，但也“道是无情却有情”，处处以寻求人生“至乐”的天地境界为最高境界，并不以悲壮赴死为最高境界。庄子的源头《道德经》，曾被人视为兵书，以为它与海德格尔相通，然而，这也错了。老子固然也涉及兵事，但其大前提是反战的，它明明写道，“兵者，凶器也”，“大兵之后，必有凶年”，明明主张“胜而不美”，以“丧礼”对待胜利。老子崇尚的是水之至柔，不是火之至刚，强调的不是争，而是不争。不要争，不要战争，不要轻易送死，不要崇拜毁灭，这才是老子《道德经》的主旋律。《红楼梦》与中国哲学的灵魂完全相通。因此，曹雪芹虽也面对死亡思索人生，但不像海德格尔那样，认定唯有在死亡面前存在才充分敞开，他创造的哲学是存在在爱的面前才充分敞开。

七、《红楼梦》与荷尔德林的诗意栖居

还有一点是众所周知的，海德格尔推崇荷尔德林，把这位埋没于历史尘土中一个多世纪的重要诗人与哲学家重新开掘出来，并把荷尔德林的“人类应当诗意地栖居于大地之上”作为自己的一个哲学指向。笔者在“红楼四书”中也多次把荷尔德林与曹雪芹做了比较。认为这两位身处地球东西不同方位的文学家都向往着诗意的栖居，都属于隐逸性诗人。整部《红楼梦》所追求的“梦”，就是诗意恋情、诗意栖居和诗意生命永存永在的梦。小说展示的生活包含两大层面，即平常栖居层面与诗意栖居层面。两种生活背后是两种生命状态与两种人性状态的永恒冲突。当然，《红楼梦》作为文学作品，它远比我们的概述丰富得多。即便是世俗平常栖居状态，它也展示出各种细微差别，本身也有许多层面，例如贾赦与贾政、贾政与贾环、贾珍与贾蓉、王夫人与赵姨娘等的栖居状态虽都世俗，但很不相同，这里还是有雅俗之分、文野之分、正邪之分、贵贱

之分。不过，如果用大观眼睛加以观照，还是可以看到平常栖居与诗意栖居两大栖居状态具有质的差别，因此，其冲突就不可避免。主人公贾宝玉、林黛玉虽然身处世俗世界，也有世俗栖居的一面，尤其是贾宝玉，更是与社会上的三教九流人物如蒋玉菡、柳湘莲、云儿等有交往，但他们都始终向往、追求诗意的栖居。在可视的层次，他们建诗社、作诗词、谈恋爱等等，都是对世俗生活的跳出；而在不可视的层次，他们的忧烦内心、梦游太虚、谈禅悟空、憧憬大自由与大自在，更是对世俗栖居的超越。作为异端性的"槛外人"，他们对槛内的世俗规范、世俗理念、世俗功利的栖居状态不满，所以才以"富贵闲人"自居，在富贵闲散中与泥浊世界拉开距离。这种槛外的追求，也正是对诗意栖居的尝试与向往。把曹雪芹与荷尔德林放在一起比较，不仅会发现双边的许多共同之处，而且会发现人类的大梦可以相通，即人性的向往可以相通。

但是，曹雪芹与荷尔德林的文化背景和哲学基点又有区别，这里的关键是荷尔德林具有上帝神圣价值的宗教背景，而曹雪芹则完全是中国文化背景，包括本属于佛教的禅宗，也是中国文化化了的无神论背景。关于荷尔德林不同于中国庄禅的要点，刘小枫在二十年前已经揭开。他在《拯救与逍遥》的第二章中，把荷尔德林与陶渊明做了比较并涉及海德格尔，认为荷尔德林之诗意栖居与曹雪芹之诗意栖居性质完全不同，也就是诗意生活、诗化生命的尺度不同，荷尔德林的尺度是神性，陶渊明的尺度是自然性，在荷尔德林看来，存在的充分敞亮和人类的诗意栖居都离不开神性的圣爱，离不开神性的价值尺度。而这种神性并不是天地人自身的本然性规定。而以庄子为哲学基点的陶渊明的尺度却只有天地人本身，是神缺席下的自然生命。刘小枫讲的是陶渊明，但也可以说，讲的是曹雪芹，因为曹雪芹的诗意栖居内容恰恰是回到自身的本然性规定，尽管桃花源与大观园又有区别。刘小枫说：

> 荷尔德林“恨沉醉像恨严寒”，不能容忍那种无所住心的冷静的理解，当然也更不会容忍那种“好读书不求甚解”式的淡泊。他对诗人的要求是“要热爱诸神并且友善地想到世人！”只有虔敬的人、头上有神的人才能做到这一点。荷尔德林最害怕的正是清冷而不知祈祷的灵魂。他在致友人的信中写道：“我的心渴望着在月光下与人、与物结为姐妹。我几乎相信，我实在是出于纯粹的爱才迂腐不堪。我并不胆怯，因为我害怕现实摧残我的情怀。然而我确实胆怯，因为我害怕现实摧残我热忱的关注，因为我正是靠这种关注来与别的什么事

情取得联系；我担心我内心中热忱的生命会被冰冷的日常生活所冷却。”

荷尔德林的担忧与陶渊明的担忧不是判然有别？这两位大诗人对现实的畏惧不是判然有别？一个要维护“热忱的关注”，维护“纯粹的爱”，一个要“去情无累”，不喜不惧；一个害怕冷却，一个渴望冷却。毫不奇怪，这两位大诗人要返回的本源呈现为两个截然不同的境界。陶渊明要返回的是无象无迹无知无情的原始自然本体，返回混沌未开的本然性自然；荷尔德林要返回的是浸透着爱的温柔的神性本源，返回神灵光照的超自然性的家园。这是两种截然不同的审美之路。

这种本质上的差异也体现在对大自然的崇拜上。陶渊明所崇尚的自然是本然性的大自然，本然性的天地形态，在那里，和谐和宁静是自然性本的和谐，自然性本的宁静。荷尔德林所崇尚的自然是神性化的大自然，有神灵居住的天地形态，在那里，和谐和宁静都体现出神圣的温馨和神性的光照。自然的宁静和恬美的本质中因而有超自然性的意味，它不仅给人自然性的慰藉。

《拯救与逍遥》，上海人民出版社，

1988年，第252—253页

应当说，小枫非常准确地指出荷、陶的根本区别，因而也非常准确地为我们说明了荷尔德林与曹雪芹“诗意栖居”不同的文化内涵和哲学基点。但我们要提出的问题或者说要进入的问题是，诗意诗化的标尺是不是只有一个“神圣价值”即上帝的神性标尺？陶渊明与曹雪芹在上帝缺席条件下的生活，是否也有诗意的可能？换句话问：除了上帝的存在使人的诗意栖居成为可能，那么，人自身存在的本真状态是不是也会使诗意栖居成为可能？小枫说，神性是圣爱，而这种爱乃是源于通体浸润着爱并无限地惠予爱的那一位天父。这种神圣昭示给予人的就是“良善”，就是“仁爱”，神圣的爱的显现就是“纯真”，真的显现就是神圣中的另一个世界之显明。诗化的标尺就是天父的圣爱对人心的召唤并惠临人心，而且要求人关切神性尺度。小枫对诗化的界定的前提是现实世界之外另有一个世界，也就是说，其前提是神与人绝对分离的两个世界，诗意的根源只能在神世界中产生，没有神的存在，人世界的诗意便只是空想。但整个中国文化恰恰只有一个世界，一个“人”的世界，一个没有神的此岸世界。中国文化中所讲的良善、仁爱、纯真，全都产生于此岸世界，并非另一个世界的惠予，那么，是不是可以说，在中国数千年所讲的一切爱都是假的？天地人合一的本然性秩序都没有诗意？换句话说，是不是只有“拯救”才有诗意，逍遥就没有诗意？这个问题涉及中国大文化体系的总评价，可能永远争论不休。但笔者一直对此采取中性立场，一方面肯定圣爱确实可以惠临人心与召唤人心，可以产生诗意。而中国所建构的相当于神即比人的地位更高、比世俗诸境界更高的天地境界，同样可以惠临人心与召唤人心，同样可以产生诗意。中国所讲的“天道”“太极”“无极”和天地境界等，实际上也是一种神圣秩序，这是宇宙、自然、人（天、地、人）三者协同共在的秩序，这种秩序不是人格神，不是上帝似的神圣存在，但它也是一种超越性神秘性的大自在。中国所讲的天地良心，正是说人的良心受着天地宇宙的神秘秩序所制约。它使人产生敬畏，也使人产生庄子所说的“至乐”，即与天地和谐共处、相融相契的身心大解脱，这种和谐与解脱，是不为物役、不为世俗功利所役的纯真人性的回归，这难道不拥有大诗意吗？我这样说，用的标尺不是神性的标尺，也不是世俗的标尺，而是人性的标尺，合目的性的标尺，即合人的解放、人的幸福、人的存在充分敞亮。只要符合这一标尺，便有诗意。条条道路通罗马，旷野呼唤即上帝的呼唤可以使人的存在更加敞亮，我们应当尊重；而乡村情怀即自然性呼唤可以使人的存在敞亮，也应当尊重。神性尺度只是一种尺度，但不是绝对的唯一的尺度；本真存在状态也是一种尺度，但也不应成为绝对尺度。无论是荷尔德林，还是曹雪芹，尽管文化背景不同，但都渴望和呼唤合人自身的总目的，不被外在之物（身外之物）所役而求心灵丰富、心灵自由的总目的。谁能帮助人反抗物的奴役，谁就会给人带来诗意。这个谁，可能是上帝，可能是释迦牟尼，可能是老子、孔子、庄子、慧能，甚至可能是自身，换句话说，可能是神圣秩序，可能是宇宙—自然秩序，可能是道德秩序，可能是审美秩序，尺规是流动的、多元的、开放的，但应在不确定中有所实践，有所发明，有所建构，以创造一个属于自己的存在之家，一个与宇宙自然秩序相融相契的澄明之境。

本文还想要强调另外两点：

一，《红楼梦》告诉读者，在上帝缺席的生存环境中，实现诗意的栖居更为艰难。或者说，有了诗意栖居的大梦之后，实现这种梦更为悲苦。鲁迅说："人生最苦痛的是梦醒了无路可以走。"（《坟·娜拉走后怎样》）在中国的语境中，诗意栖居的梦不是上帝设计好的天堂，而是现实土地上的存在方式；而这种方式的创建之路，又不是上帝规定好的，要自己去寻找；即使找到路，又只能靠自己的肩膀与双脚而无法仰仗上帝的肩膀和天使的翅膀，安身立身全靠自己，也就是要靠自己去自明、自救、自度、自立，"天行健，君子以自强不息”，全部诗意就在自强不息的悲剧性前行中。这种没有神的指引、全靠自己身心负重的前行，比靠圣爱庇护的前行自然更加坎坷，更加痛苦，其悲剧性也更加深刻。贾宝玉、林黛玉、妙玉、香菱等，都向往诗意栖居，但他们的灵魂不能上天，身体不能复活，生命不能不朽，他们争取自由面对着父权专制、皇权专制、族权专制，没有上帝提供的惠予，全得靠自己去争取，包括瞬间性的天堂——建立在现实土地上的大观园，还有那些暂时可以赢得快乐体验与自由体验的诗社诗国，也全得靠自己去创造。贾宝玉的诗意栖居之梦需要爱情去滋润，也需要友情去滋润，但是，这种情谊总是被摧残。他们无法靠上帝的圣水滋润，只能靠自己的泪水滋润，这种从内心深处涌流出来的带着更多伤痛也带着更多不屈不挠的艰辛的生命泉流，难道不带诗意吗？它难道不也可歌可泣吗？“念天地之悠悠，独怆然而涕下”（陈子昂），这种仰望上苍而面对人生的悲怆之情，浸透着《红楼梦》，曹雪芹的十年辛苦，借林黛玉意象所完成的还泪写作并创造了属于中国的“文学圣经”，这一过程以及巨著文本，全都布满诗意。

二，《红楼梦》发现了一个具体的就在每个人身边的诗意源泉，这就是“女儿”（青春少女）身上所负载、所蕴含的诗意。这些生命，不是天使，但她们都带有天使的超世俗的美，因此她们在太虚幻境中都入了“册”。她们是现实的人，但又站立于现实泥浊世界的彼岸。她们就在附近，就在我们身边。《红楼梦》揭示，主人公只有在“女儿”这些诗意生命面前，存在才充分敞亮，在地球上只有一次的栖居才有光彩。这些青春少女提供的爱，不是圣爱，但是她们的眼泪与微笑所象征的爱，既让灵魂获得居所，又让时间化作虚无。

总之，中国文化有自己的诗意尺度、诗意源泉，《红楼梦》写出了海德格尔、荷尔德林未必充分发现的那些巨大的深渊般的诗意生命与诗意生活。正因为如此，《红楼梦》才成为具有巨大原创性的经典作品。

《红楼梦》的哲学要点

在厦门大学九十周年校庆“走近大师”系列讲座上的演讲

时间：2011年4月4日　15时30分

地点：建南大会堂

主持人周宁（人文学院院长）：尊敬的各位来宾，老师们、同学们：庆祝厦门大学建校九十周年“走近大师”系列讲座现在正式开始。今天我们非常荣幸地邀请到我校校友——著名作家、评论家刘再复先生为大家做精彩的演讲。在演讲开始之前，请我校校长朱崇实教授致辞，大家欢迎。

朱校长：尊敬的刘再复教授，尊敬的各位老师，各位同学，各位校友，各位朋友，各位嘉宾，大家下午好。

今天非常高兴请到刘再复学长来参加厦门大学九十周年校庆。我知道刘学长上一次到厦大是1988年，阔别二十三年之后，他再次回到母校，我感到非常的荣幸。

刘学长是1959年入厦门大学中文系学习，1963年毕业。毕业以后他到北京中国社科院工作，后来担任中国社科院文学研究所所长。各位知道，这个研究所是我们国家在文学研究方面最为重要的学术机构之一，刘学长曾经担任这个所的所长确实是厦大的骄傲，厦大中文系的骄傲。刘学长在厦大期间就是大名鼎鼎的由鲁迅先生亲自创办的《鼓浪》杂志的主编。《鼓浪》杂志影响了厦门大学数十年，培育了一代又一代的厦大学子，担任过主编的多位都是世界名人。刘学长在1985年发表了著名的学术论文《论文学的主体性》，这篇长篇论文分上下两个部分发表。这篇论文在当时引起了全国性的讨论，为文艺理论的进步和发展做出了杰出的贡献。1986年他的专著《性格组合论》成为当年全国十大畅销书，获得金钥匙奖。这部著作的影响一直传到今天。刘学长是一个游子，他在国外游历了二十多年，走过三十几个国家和地区，访问了四十多所大学。他每到一地，每到一所大学，都在传播宣扬中华的优秀文化。刘学长又是一个赤子，他不论到了哪个地方，都始终记着他的祖国，记着他的母校。刘学长的兴趣非常广泛，不仅仅限于文学领域，他通过文学看到了人生百态。他今天为我们演讲的题目是“《红楼梦》的哲学要点”。我想各位通过他今天的演讲，对他将会有一个更加清晰更加完整的认识，谢谢各位。

主持人：谢谢朱崇实校长。下面让我们以热烈的掌声，欢迎刘再复先生为我们做精彩的演讲。

朱校长：我要再补充一句，刘学长是抱病来到厦门大学的，所以今天下午我要请他坐着发表演讲，这样可以讲得更长一点。

刘再复：首先要感谢朱崇实校长刚才的那番话，这番话我会记在心里，成为我继续前进的一种力量。

今天非常高兴能够回到母校，而且能够回到这个地点——建南礼堂。我在学生时代（厦门大学）经常在这里听报告，听到陆维特书记、张玉麟副校长多次的教导，这礼堂对我来说非常亲切，非常温暖，今天特别要讲的一件事，就是在四十八年前（1963年）我大学毕业的时候，就是在这个礼堂接受了王亚南校长给我的一张优秀毕业生的奖状，这张奖状很特别，不是用铅字印的，是用毛笔一个字一个字写的。我把这张奖状当成我的一个护身符，非常宝贵，一直带在身边，这张奖状二十多年来和我一起浪迹天涯。四十八年前王亚南校长把我送出校门，今天朱崇实校长把我接回到母校，这对我的人生来说是非常重要的一件事。上午我在国学高峰论坛讲了一番话，说我的郑朝宗老师教我西洋文学史，一开篇就讲古希腊史诗《伊利亚特》和《奥德赛》，这两部史诗概括了人生的两大基本经验：

《伊利亚特》象征人生要出征，要出击，《奥德赛》象征要回归，要返家。王亚南校长把我送上了《伊利亚特》旅程，现在朱崇实校长又帮我完成《奥德赛》之旅，这是一个完整、非常有诗意的故事，它将在我的人生中记下非常重要的一页，所以我要特别感谢朱崇实校长。

现在我开始讲正题，我得坐下来，对不起。

我今天讲的题目是"《红楼梦》的哲学要点"。第一部分讲我对《红楼梦》的基本认识和我的基本方法。第二部分讲"《红楼梦》的哲学要点"。

我在母校选择这样的题目演讲并不唐突。首先，我们中国现代文学最伟大的作家鲁迅在1926年与1927年到厦门大学任教的时候，就留下关于《红楼梦》的非常重要的文章，那时有个年轻人，也就是我的老师陈敦仁先生，那时叫陈梦韶，他把《红楼梦》改编成一个剧本，叫作《绛洞花主》，请鲁迅先生指教，鲁迅当时快离开厦门大学了，还为我的老师写了一篇《绛洞花主小引》，留下很著名的话。他说不同的人看《红楼梦》会看出不同内容。"经学家看见《易》，道学家看见淫，才子看见缠绵，革命家看见排满，流言家看见宫闱秘事……在我眼下的宝玉，却看见他见到许多死亡；……现在，陈君梦韶以此书作社会家庭问题剧，自然也无所不可的。"（《集外集拾遗补编·〈绛洞花主〉小引》，写于1927年1月14日，新版《鲁迅全集》

第八卷，第146页）这是在厦门大学写的。另外还有一个经历。当时王亚南校长在学校里有一个学术讲座，是讲述《资本论》的，哪个楼？是集美楼还是群贤楼我记不太清楚，当时很多人，挤不进去，我在人群最后，挤到一个位置。王校长是江西口音，报告中很多话都听不太清楚。可是有两句话我听到了。他说：《资本论》这么一个大部头大家不要害怕，你读进去就像读伟大的文学作品《红楼梦》。这句话一直积淀在我的心灵深处，后来我到北京又发现王亚南校长也写评论《红楼梦》的文章，谈《红楼梦》的经济，原来我们的校长就是研究《红楼梦》的先锋，我今天正是步王亚南校长的后尘，给大家讲《红楼梦》。首先是讲对《红楼梦》的基本认识。

《红楼梦》对我来说是一部文学圣经，我给自己规定了"我的六经"：《山海经》《道德经》《南华经》《金刚经》《六祖坛经》，还有我的文学圣经《红楼梦》。

我在美国最要好的朋友，亦师亦友，也是我国当代最卓越的哲学家李泽厚先生，我们一起谈了一部《告别革命》，还有一部《返回古典》（还没整理出来）。他说：我有三样东西绝对不能进入，第一绝对不赌博，第二不吸毒，第三不读《红楼梦》，因为三者都会让人上瘾，一上瘾就会异化，入乎其中很难出乎其外。《红楼梦》竟有这么大的力量，这么大的吸引力。《红楼梦》的确是个巨大的磁场，有人说是巨大的情场，我认为说它是巨大的磁场更好。但我不怕进入《红楼梦》，并把它当作我的文学圣经，以塑造我的心灵。毛泽东主席作为一个领袖，《红楼梦》竟读了五遍，他说了一句非常重要的话，他在《论十大关系》里说，中华民族有三个东西最值得骄傲，一个是人口众多，一个是地大物博，第三个是我们有《红楼梦》。提到这样的高度。对毛泽东主席会有不同评价，但应该承认他对文学很有感觉，在领袖人物里面对文学有如此感觉的很少。我赞成毛主席的看法，《红楼梦》了不得。因为毛主席这段话，我又想起了英国卡莱尔的一句话。诗人艾青写过一篇文章（《尊重作家，理解作家》）引用了这句话："我们宁可失去印度，也不能失去莎士比亚。"这句话到底是谁先说的，有人说是丘吉尔，后来我做了考证，发现首先说出的是卡莱尔，他是英国的思想家、历史学家，著过《英雄与英雄崇拜》，他在这本书里做了解释，因为印度是我们脚下的土地，而莎士比亚是我们精神的天空。宁可失去脚下的土地，也不能失去精神的天空。对于中国来说，历史将会证明，《红楼梦》就是我们的精神天空。《红楼梦》就这么重要。除此之外，我还要用理性语言表述，世界上有一些文学家、哲学家的名字和他们的经典著作，标志着地球上人类社会的精神水准，最高精神水准，这些经典极品成为最高精神水平的一个坐标。我先不谈从柏拉图哲学到康德哲学，只讲文学。荷马史诗、希腊悲剧、但丁的《神曲》、莎士比亚的《哈姆雷特》、雨果的《悲惨世界》、歌德的《浮士德》、托尔斯泰的《战争与和平》、陀思妥耶夫斯基的《卡拉马佐夫兄弟》等，这些都标志着人类社会最高精神水平。中国只有一个作家一部作品也标志着几千年来人类文明社会最高精神水平，这就是曹雪芹的《红楼梦》。这是我对《红楼梦》的基本认识。

我自己有个感觉，《红楼梦》一旦读进去，整个心灵、整个人生的感觉就不同，连吃饭、睡觉的感觉都不同。我完全是生命进入，我读《红楼梦》已经不是用头脑阅读，而是用心灵用生命去阅读。我已写出四本领悟《红楼梦》的书，叫作“红楼四书”，曾由北京三联和香港三联同时出版。第一本《红楼梦悟》，第二本《共悟红楼》（和我的大女儿剑梅合作），第三本《红楼人三十种解读》，第四本《红楼哲学笔记》，大约九十万字。

我著“红楼四书”跟以往的研究者不同，最基本有三点不同。第一点，我不再把《红楼梦》作为研究对象，而是作为生命的体认对象，即生命感悟对象。如果作为研究对象，首先是把它作为客观对象然后用头脑进行逻辑分析，这时主客观是分离的。而作为生命体认对象就不是这样了，不是用头脑阅读，而是用全生命去阅读，用我们文学研究所老所长、诗人何其芳的话说，是以心发现心，也就是心心相印，这是主体和客体的融合，和贾宝玉、林黛玉、薛宝钗等心灵融合，用我的心灵去发现他们的心灵。

第二是方法上的不同。我用悟证代替实证和论证。过去的《红楼梦》研究，考证取得很大成就，胡适、俞平伯、周汝昌等都取得成就。周汝昌先生的《红楼梦新证》写得非常好，我非常喜欢。他九十三岁了，双目失明，只能靠儿子读给他听，在这种情况下，他听读了我的部分“红楼四书”，还写了首诗鼓励我，叫《敬赠刘再复先生》，我看了非常感动。前不久，他听了我和我女儿的对话，然后他让他儿子把他的话记下告诉我，说：听了刘再复先生和他女儿的这番对话（我们的对话是《“红楼”真俗二谛的互补结构》）可以说这是两百多年来对《红楼梦》的最高认识水平，能听到这番对话是三生有幸。老先生这么谦虚，令人感动，当然对我是溢美，是过分夸奖。

考证属于实证，另一种方法是论证。从王国维的《红楼梦评论》开始一直都在论证，这次我着意用悟证代替实证和论证。悟证是直觉的方法，禅宗“明心见性”的方法，不是逻辑的方法。论证是用逻辑分析。我想把《红楼梦》研究从考古学、考证学、历史学拉回到哲学、文学。悟证是中国文化的特长，感受文学作品要靠悟证而不是靠实证，用这种方法研究《红楼梦》可发现许多新东西。举个例子，有一个情节，有一天贾宝玉和林黛玉在床上玩，他们很天真，贾宝玉说：林妹妹，我发现你身上有股香味，是不是你衣服里藏着什么东西，让我看看。林黛玉制止说：宝玉，你别过来，实话告诉你，我身上真有特别的香味，但连我自己都不知道是什么香味。过去的研究者提到这里，说不清到底是什么，是衣服里的药香还是身体的体香？要搞清楚就要实证要检查身体，用悟证则可以悟到这是林黛玉身上灵魂的芳香。林黛玉是整个大观园的首席诗人，最有天才的诗人，因此也可以说是林黛玉天才的芳香。这是我的悟证。悟证不可以证明，但也不可以证伪。就像上帝的存在，不可以证明，也不可以证伪。这就是悟证，是直觉的方法，也可以说是庄子的方法而不是惠施的方法。我们知道，庄子和惠施是朋友，两个都能当宰相，但是庄子不当，惠施当。一天两人在桥上观鱼，庄子说：你看鱼很快乐。惠施说：你不是鱼，怎么知道鱼很快乐？这实际是两种思维方式的论辩。庄子的方法是直觉的，惠施的方法是逻辑的。我用的是庄子的方式，用直觉方式替代逻辑方式。这并非没有道理。世界上本有两种不同的基本知识类型，也可以说是两种不同的真理认知方式。一种是启迪性真理，一种是实在性真理。实在性真理是科学真理，需要逻辑，需要思辨，需要分析。启迪性真理则没有逻辑过程与思辨过程。实在性真理可称作雅典的真理，启迪性真理可称耶路撒冷的真理，我用的是耶路撒冷的方式，用悟证代替论证、实证。“红楼四书”中有六百段悟语，一段五百字左右，都是“明心见性”的直觉之语。

第三是我的创作态度发生了根本变化。我对《红楼梦》的阅读和讲述再也没有任何外在的目的，我写这些书不是为了评职称，也不是生命的点缀品，完全是一种生命的需要，心灵的需求。我有一个年轻的朋友，就像我的子弟一样，在北大读书时常常到我那里翻阅我的书，他叫王强，有人可能认识。我们在市场上可买到《王强口语》，这是他的英语录音带。他从美国留学回国后就到北京新东方英语学校当副校长，英文中文都非常好，比我小二十几岁，我的书请他作序，他有篇序文，谈我的散文，他说刘再复（平时叫我刘叔叔）的讲述包括散文和《红楼梦》很像《一千零一夜》里面那个波斯宰相的女儿。我们知道那宰相女儿讲述一千零一夜的故事是为什么。因为国王发现皇后跟一个奴隶私通，非常愤怒，决心要报复一切女子，于是每天晚上跟一个女子睡觉，然后第二天就把她杀掉，让她再没有机会去跟别的男人谈情说爱，很残忍。这宰相女儿为了拯救女性姐妹，自告奋勇嫁给国王，嫁后就给国王讲故事，每天晚上讲一段，讲得非常精彩，但没讲完，国王想再听下去，就不杀她，第二天继续讲，又没讲完，讲了一千零一夜。他说刘再复的讲述很像这个宰相的女儿，讲述的目的是生命的需求，是活下去的需求，不讲就没有明天，完全没有外在的功利目的。这就是我的讲述态度，我的写作态度。

接下去我要讲正题了，讲“《红楼梦》的哲学要点”。

《红楼梦》是部文学书，怎么讲哲学？我个人兴趣广泛，对文史哲都非常喜欢，我个人追求能够把学问、思想、文采打通，把文学、历史、哲学打通，我觉得在人文领域里，文学代表精神的广度，历史代表精神的深度，哲学代表精神的高度，三者如果能结合起来最好。过去谈《红楼梦》，似乎缺少哲学高度。我认为文学有三个大要素：第一是心灵，第二是想象力，第三是审美形式。文学批评要考察两个方面：一个是它的精神内涵，一个是它的审美形式。考察精神内涵就必须借重哲学高度，《红楼梦》哲学和通常的哲学不一样，通常的哲学诉诸逻辑，诉诸概念，《红楼梦》哲学则诉诸意象，诉诸形象。接下来我谈《红楼梦》五个哲学要点。

第一个要点是大观视角。我们知道《红楼梦》里有一个大观园，大家都谈大观园，但是没有人从大观园这个名词里抽象出大观的眼睛、大观的视角，我把它抽象出来了。只有具备视角才能称作哲学。我认为哲学和思想最大的区别是哲学一定要有视角，思想则不一定，我们要求文学作品要有思想性，比如《儒林外史》有思想性，但不见得有哲学，因为它没有大视角。但《红楼梦》有哲学，因为它有视角，我概括为大观视角。这个大观视角如果用爱因斯坦的语言来表述，便是宇宙的极境眼睛，站在宇宙的高处看世界，从宇宙的极境看地球、看人，地球只是一粒尘埃，一个人更是一粒尘埃，所以我们永远要谦卑。但是我们不必悲观，因为这粒尘埃跟着整个宇宙结构在运行，我们可以在运行中创造意义。我读“六经”后发现，诸经在这一点上是相通的。《金刚经》把人类眼睛分为五种：天眼、佛眼、法眼、慧眼、肉眼。大观的眼睛就是天眼。《金刚经》为何了不得，因为它用天眼，即用宇宙的极境眼睛来看世界。里面有两句话很重要，“恒河沙数，沙数恒河”。我们一个人怎么界定自己的位置？恒河边上那么多沙子，我们只是其中的一粒沙子，可是恒河本身在宇宙里有多少呢？沙数恒河。后来读《庄子》，再次发现这个相通点。庄子在《秋水》篇里讲道，有好几种眼睛，它用“观”这一概念，“观”便是视角。庄子把观分为道观、物观、俗观、差观、功观、趣观。也可以说是道眼、物眼、俗眼、差眼、功眼、趣眼。最重要的是道眼，道眼就是大观眼睛、大观视角。《逍遥游》用道眼看世界，就分清了大知与小知。《红楼梦》正是用大观的眼睛看世界，才发现人生不仅有悲剧性，而且有荒诞性。《好了歌》便是荒诞歌，它说：“世人都晓神仙好，惟有功名忘不了！古今将相在何方？芳冢一堆草没了。世人都晓神仙好，只有金银忘不了！终朝只恨聚无多，及到多时眼闭了……”人生那么短，可是人们却只知追名逐利，追求无穷尽的财富、无穷尽的权力，不知到地球上来一回要什么，用大观眼睛看，这是荒诞的。王国维只讲《红楼梦》的悲剧，我再开掘另一个层面——荒诞剧的层面，为王国维的《红楼梦评论》做点补充。

我们知道王国维五十岁就投水自杀了，他是我国近代史上一个先知型的天才。他第一个用叔本华哲学观照《红楼梦》，做出结论：《红楼梦》是悲剧的悲剧，是最深刻的悲剧。这是很了不起的。每个人都是很丰富的，尤其是大名人，不是那么简单的。王国维也很丰富复杂，他在政治上确实很保守。近代三个拒绝剪辫子的学者，都很有才能。一个是王国维，一个是沈曾植，还有一个是辜鸿铭，拒绝剪辫子，确实很保守。后来张勋的辫子军到北京，王国维确实还和辫子军勾勾搭搭，可是王国维的学术眼光、学术方法却是最先进的，他把德国最先进的哲学康德、尼采都引进了，还引进了叔本华用以解说《红楼梦》，这给我们很大的启发，可是他只说《红楼梦》是悲剧，没有说《红楼梦》也是荒诞剧，《红楼梦》写出人生的荒诞。我在台湾东海大学演讲的时候特别声明一下，你们不要觉得我狂妄，给王国维做补充，他写《红楼梦评论》时才二十几岁，我现在都已六十几岁了，为什么就不能补充？大观视角，这是《红楼梦》哲学第一要点。

第二个要点是心灵本体。这也是《红楼梦》的主题，《红楼梦》的根本。主体、本体是哲学的重大概念，什么是主体？主体就是人、人类，那么本体是什么意思呢？本体就是根本、根源、最后的实在。最后的实在是什么？也就是最重要的是什么？《红楼梦》告诉我们，最后的实在是心灵，心是最根本的东西，这就叫作心灵本体论。《红楼梦》不讲政治本体、历史本体、上帝本体，只讲心灵本体。《红楼梦》是一部大心学，是王阳明大心学之后最伟大的一部心学。当然跟王阳明心学不同，王阳明心学诉诸思辨，诉诸概念，曹雪芹的心学则诉诸意象，诉诸形象，但都是心学，《红楼梦》最后的部分（第一百一十七回），有个非常重要的结尾，具有深刻哲学意味与心学意味的形而上结尾。这非常重要。所以我不否定高鹗的续书，不完全否定。尽管从境界上说，高鹗的后四十回不如前八十回，有很多问题。但也有它的长处，最重要的是突显了心灵本体。最后要结束时，贾宝玉快出家了，有天他身上带的玉丢掉了，他的妻子薛宝钗还有袭人两个慌张得不得了，到处找。宝玉笑她们说："你们这些人原来重玉不重人哪。"这是一句话，另一句是："我已经有了心了，要那玉何用！"这是惊天动地的宣言。心比所有的物质都重要，也比玉重要。心才是根本。哲学家牟宗三先生特别欣赏后四十回，恐怕正是因为他感受到其中的心学意味。《红楼梦》和王阳明的概念性心学不同，它诉诸形象，塑造了一个主人公贾宝玉，他是心灵的象征，心灵的载体。贾宝玉这颗赤子之心，可以说是整个人类文学里面最纯最真的心灵，太纯太美了。贾宝玉是个富贵婴儿，他的很多故事是儿童少年时期发生的，贾宝玉和林黛玉第一次见面时才七八岁，两个人好像在谈恋爱，其实是童年时期。我把宝玉的心灵称作婴儿宇宙，婴儿宇宙是从英国物理学家霍金那里拿过来的。他有个猜测，说我们这个无边的宇宙里面可能派生出一个婴儿宇宙。我这个婴儿宇宙概念跟他没什么关系，我只是借用他的概念（吴忠超先生把霍金的一部文集译为《黑洞、婴儿宇宙及其他》），贾宝玉的心灵可以说是个婴儿宇宙。王阳明说“吾心即宇宙，宇宙即吾心”。我一直认为有个外宇宙，就是我们看到的大自然外宇宙，还有一个内宇宙，即我们的心灵宇宙，那也是无边的存在。《红楼梦》塑造的心灵就是婴儿宇宙。它有好几个特征。第一个是这心灵绝对没有遮蔽，绝对没有面具，绝对真。贾宝玉最怕的是什么东西？大家注意了没有？有一天他到宁国府，秦可卿带他去上房内间睡觉，一进去看到里面一副对联：世事洞明皆学问，人情练达即文章。他看了以后吓死了，赶紧跑。因为他很纯真很天真的心灵容不得世故的东西，圆滑世故对他来说是最可怕的。他拒绝世故，没有世俗人所具有的负面生命机能。他没有仇恨机能，没有嫉妒机能，没有贪婪机能，没有猜忌机能，甚至没有算计机能，完全不懂得算计。他对他的兄弟姐妹都很爱，探春要出嫁，他哭了，受不了。他爱探春这个姐妹，可是也对探春发出过微词，唯一的一次微词。探春管理家庭就要精打细算，这有她的道理，要持家完全不算账怎么行。那些荷叶那些花是可以值一点钱，一朵花一片荷叶都要拿去卖钱，贾宝玉对探春的这种做法很反感。我想到俄国哲学家讲过一句话："上帝是艺术家不是数学家。"贾宝玉的心灵是基督心灵，不懂算计，不长心机，完全是真心，完全是本心，完全是赤子之心。所以我把贾宝玉界定为准基督，准释迦牟尼，就是快成基督，快成释迦牟尼了。释迦牟尼出家之前是什么样子呢？就是贾宝玉这个样子；贾宝玉出家后会是什么样子？可能就是释迦牟尼的样子。把心灵塑造得这么纯洁这么纯净这么纯粹真是极少见的。

我的一个忘年之交、左翼作家、非常了不起的作家聂绀弩，他去世之前把他一生积累的九箱线装书全都送给我。他被打成胡风分子，被打成右派分子，"文化大革命"中因为骂江青、骂林彪又被打成现行反革命分子，坐牢。当时坐牢允许他做的一件事就是读《资本论》，他把《资本论》读了四遍，有几千个批条。后来把《资本论》交给我，临终前交给我，还有在监牢里写的字也交给我。出狱后虽是全国政协委员，但身体不好不能去开会，整天皮包骨坐在床角读写《红楼梦》，有天发烧到三十九度半，还不肯去医院，他的太太周颖大姐还有很多朋友叫他去，他绝对不肯。周颖大姐说要去找再复，我过去说："聂老，你这次一定要进医院。"他对我说了一句话，手还抓着床，他说："再复，我跟你说，只要你们让我把这篇《贾宝玉论》写完，你们把我送到哪里去都可以，由你们处置。"就像春蚕吐丝，要把最后一缕丝吐出来才能死而瞑目。这句话给我很大震撼，所以我一定要把《贾宝玉论》写出来。贾宝玉到底是什么？贾宝玉的优秀之处了不得之处在哪里？我明白了，了不得之处就是那颗心灵。贾宝玉除了人性之外身上还有一种神性，所以他不会被世俗的灰尘所污染。他不仅没有敌人，心目中也没有坏人。他有一种很独特的心性是我们很难具备的，他做人不在乎人家对我怎么样，重要的是我怎样对待他人。他父亲把他往死里打，打得血肉横飞，但他对父亲没有任何怨言。重要的不是父亲怎么打我，重要的是我怎么对待父亲。还有赵姨娘和她儿子贾环，也就是他的弟弟，两个老是要加害他，贾环甚至把烛台推过去想要烧坏他的眼睛，他妈妈王夫人很生气，宝玉立即跟他妈妈讲：你千万不要去告诉奶奶，就说是我自己弄伤的。重要的不是他人怎么对待我，而是我怎么对待他人，这样的心灵多么美。《红楼梦》创造了世界文学前所未有的最有诗意的心灵、最纯正最纯洁的心灵。所以我说贾宝玉的眼睛是开天辟地创世纪第一个黎明的婴儿的眼睛。

第三个要点是中道智慧。

什么叫中道智慧？我等会儿再说。我先说一点个人状态以告慰母校，我喜欢曾国藩的一句话：黎明即起。曾国藩怎么那么用功？他在统帅三军和太平天国打仗的时候，还写了那么多日记、书信，他告诉子弟不能睡懒觉，要“黎明即起”。我受其启发始终坚持这一点，就是黎明就起床。享受黎明不光是争取一两个小时时间，主要是精神状态。用功读书。什么书我都爱读，尽可能阅读，尽可能吸收。我读书后发现地球上最了不得的文化高峰有三座：一是西方哲学，二是大乘智慧，三是我们中国的先秦经典。这三个绝对是奇峰，绝对是巅峰，了不得，颠扑不破。走遍世界我们会发现人文传统最发达的是两处，一个是欧洲人文传统，一个是中国人文传统。中国把大乘佛教中国化以后变成禅宗，接受大乘智慧，中国拥有大乘智慧，更是拥有先秦智慧，孔孟老庄这些先秦经典了不得。这些经典都带有天地元气。我的工作是尽可能把这三座奇峰的血脉打通。后来我发现三座文化高峰有个相通的大智慧，这就是中道智慧。三峰都把中道智慧看成最高境界。中道智慧如果用很通俗的语言表述，就是不要走极端，不要偏执，就是确认两极对峙中有一中间地带。西方哲学最高的水准由康德体现。康德最了不得的地方是提出四大悖论，悖论其实就是中道。哲学上有三个名词，一个是矛盾，一个是悖论，一个是二律背反，其实本来是一个意思。毛主席写《矛盾论》，“矛盾”这一概念比较通俗，再学术一点就是悖论，更学术化就是康德所说的二律背反。悖论是什么意思？就是两个相反的命题都符合充分理由律。比如我讲性格组合论，说刘再复很用功是对的，说刘再复很懒惰也是对的。不同情境下会有不同。我讲性格组合论也是讲性格运动的悖论。康德很了不起，他说上帝是一种情感，一种信仰，一种心灵。说上帝存在是有道理的，说上帝不存在也是有道理的。这是悖论。说上帝不存在，为什么对？因为没有办法用逻辑用思辨证明上帝的存在，所以它不存在，可是你如果把上帝作为一种情感，作为一种心灵，它就存在。就像孔夫子所说的“祭神如神在”。我比较相信这种说法，所以我宁可把上帝作为形而上的假设。我的小女儿信基督教，有一次给我抄稿子看到我说上帝是一种形而上的假设，很生气，从房间里跑出来说：“爸爸，你说上帝是形而上的假设，不对，他是真实的存在，我现在不给你抄了。”我恰恰觉得两个命题都有道理，存在，不存在，都有道理。这是中道。这实际上是很高的一种智慧。而中道智慧本来出自大乘佛教，是大乘佛教的祖师龙树在他的《中论》中提出来的。龙树在印度已被立了庙，他有很多著作，创中观学说，讲中道智慧。

中国的佛教有很多宗，但最重要的有八个宗：天台宗、净土宗、华严宗、三论宗、禅宗、律宗、密宗、唯识宗等，共同崇奉一个祖师就是龙树，他最著名的著作是《中论》，这个中道讲起来很长，但是最重要的观念是讲俗谛与真谛两者都各有道理，所谓俗谛就是世俗生活，就是我们要吃饭要衣食住行。我们必须生活，所以世俗要求是合理的，这叫世间法。但是人生除了衣食住行以外还要创造意义，也就是要从衣食住行中跳出来一下，从世间法里超越出来，回归本真本然，这叫作真谛。俗谛与真谛都符合充分理由律，这也是悖论。俗谛是世界原则，真谛是宇宙原则，两者都有它的道理。我国的先秦经典，也讲中道，最直接的是讲中庸、中和，但是中道比中庸还要更高一点，因为中庸有时不得不和稀泥。中道则超越出来，在更高的哲学层面来看善恶、是非冲突的双方，用悲悯的眼睛来看冲突的双方，中国的阴阳互补、儒道互补实际上也是一种中道。《红楼梦》很了不得，中道浸透了整个小说文本，一开篇贾雨村谈的哲学就是曹雪芹的中道哲学，通过贾雨村说历史产生两极，即大仁与大恶，但是《红楼梦》所写的是第三种人性，不是大仁不是大恶而是中性人、中道人，一开始就讲这个，浸透《红楼梦》的哲学是“假作真时真亦假，无为有处有还无”，超越世间的是非、善恶、好坏这样一些标准，不是说完全不分善恶，而是站在更高的层面上来观照善恶，对冲突的两端都给予理解的同情，这一点只能靠我们自己去感悟。

我在“红楼四书”里面讲的一句话，有些年轻朋友给我写信说不太能理解。我说《红楼梦》是一部无是无非无善无恶无好无坏无因无果的艺术大自在。我说它是一种超越的存在。贾宝玉本身是一个中道的载体，所以他心目中没有坏人。那个薛蟠，我们会觉得他是坏人，他在《红楼梦》里是欲望的化身，可是宝玉跟薛蟠可以成为很好的朋友，可以跟他一起唱和。当时连他的妈妈都骂他很坏，（贾宝玉）他不，他老是替他说话。贾宝玉这个人五毒不伤。“我不入地狱谁来入”对我们来讲很悲壮，但对贾宝玉来说入地狱也没什么可怕，很平常，因为他五毒不伤。他什么人都可以交往。中道带来不二法门，给禅宗带来一个最基本的思想源泉就是不二法门。到了禅宗六祖慧能发展到极端就是不二法门，把定和慧这两个东西统一了，不二了。体现在《红楼梦》里，不二法门最了不得的就是贾宝玉作为贵族子弟，他不分贵贱，“身为下贱，心比天高”，晴雯在当时的地位是什么？是一个女奴隶。可是贾宝玉对她评价那么高。《芙蓉女儿诔》把一个女奴当作天使来歌颂：“其为质则金玉不足喻其贵，其为性则冰雪不足喻其洁，其为神则星日不足喻其精，其为貌则花月不足喻其色。”把女奴视为最美最纯最高贵的女子。这便是不二法门。我们讲平等，经济上的平等是不可能的，是永远的乌托邦。我们讲的平等只能是人格的平等与心灵的平等。《红楼梦》讲的就是人格平等与心灵平等。拥有贵族的身份地位，但可能人格很差，像贾赦、贾蓉、贾琏等，全都脏兮兮的，可是这些女奴，那么美那么干净，贾宝玉把她们看成天使。贾宝玉有个绰号叫“神瑛侍者”。侍者是什么意思呢？用我们今天的话来说就是服务员。宝玉就是神瑛、神花、美好女孩子的服务员。晴雯、袭人本来是他的女奴隶，他反过来老要向她们献殷勤，老要替她们做事，所以是神瑛侍者。我去年在台湾参加文学高峰会，曾经用这个词组赞扬台湾诗人痖弦，我觉得他是个神瑛侍者。他本来诗就写得非常好，可以说是台湾最好的诗人，后来当《联合报》副刊主编，每天都要读稿，写几十封信给年轻作者，培养了很多年轻作家，把最宝贵的生命都消耗在这里。后来很多作者都成长起来，变成神瑛了，他就是神瑛侍者。像蔡元培校长，他也是神瑛侍者。好的老师，好的校长，都是神瑛侍者。我们应该当神瑛侍者。贾宝玉完全超势利，不分尊卑贵贱，只看心灵，不看门第，这便是不二法门。《红楼梦》的不二法门用熊十力先生的语言表述叫作“泛不二法门”，泛到天上人间，天人合一，物我同一。贾宝玉常对星星发呆，痴痴地看着燕子、鱼儿，把情推向大自然的万物万有，这些都是泛不二法门。佛教的不二法门到最后还打破了人和生物的界限，大慈大悲，所以才有舍身喂虎的故事。贾宝玉最后也是这样。佛教的四无量心（慈无量心、悲无量心、舍无量心、喜无量心）这些对贾宝玉来说都是无师自通的。

中道智慧还体现在《红楼梦》的整体文本里，过去没人讲过《红楼梦》怎么看人类，怎么发现人。从这个角度上说，曹雪芹也很了不起，他看人的整体也是中道的，这个中道非常了不得。我们知道西方的文艺复兴是一次对人的发现的伟大运动，重新发现人，从中世纪的宗教统治里面走出来，重新肯定人的尊严与价值。他们的策略是复古，回到古希腊，实际上是重新发现人。大家都知道这是发现人的了不起，发现人的卓越、人的优秀、人的伟大。莎士比亚的哈姆雷特用人间最美好的语言来歌颂人，说人是什么呢？人是宇宙的精英，是万物的灵长，是学者的辩舌，是军人的利剑。一切好的词汇都用来歌颂人。大家都知道西方社会曾经有这样一次人的发现，可是常常忘记西方对人还有第二次发现，第二次发现是18世纪酝酿到19世纪完成，到叔本华才完成。叔本华发现人没有那么好，发现人的荒诞、人的脆弱、人的黑暗、人的丑陋。叔本华说有一种魔鬼在人身上，就是人的欲望，这个欲望永远不能满足，一个欲望满足了，新的欲望又来了，永远在恶性循环，人不是天使，不能掌握自己，完全被魔鬼所掌握，这便是悲剧之源。这是第二次对人的发现。后来的现代主义思潮，就从这里开始。两次人的发现，都是极端的，一个说人好得不得了，一个说人没那么好。《红楼梦》把握中道，既把人写得非常好，就像天使，你看他写那些女子，林黛玉、薛宝钗、晴雯等，哪一个女子不是美得极致，“女儿”这两个字比神还有分量。曹雪芹塑造了一系列诗意生命，诗意的女儿。我跟女儿在对话时说，可用康德的那个公式来形容。康德是“天上的星辰，地上的道德律”，《红楼梦》则是“天上的星辰，地上的女儿”，女儿是少女，诗意女子。曹雪芹塑造美的生命登峰造极了，世上少见，除了莎士比亚，无人可比。所以我和李泽厚先生认为，如果要评一千年谁是最优秀的作家，那就是西方的莎士比亚，东方的曹雪芹，两家共同的特点都是塑造一个最美的诗意女子系列。《红楼梦》可以说是诗意女子诗意生命的挽歌，这是一方面，但另一方面呢？他又发现人没那么好、人有很多问题的这一面，这一面也写得非常好。像赵姨娘，像贾赦、贾蓉、薛蟠等没落贵族。这一批人，非常脏，非常无耻。但是曹雪芹并没有把他们写成魔鬼。他们也有人性的挣扎，不是绝对坏。所以鲁迅先生说《红楼梦》打破了中国小说把好人写得绝对好，坏人写得绝对坏这种格局，把人的丰富性表现出来了。他把西方两次人的发现都涵盖在里面，很了不起。这是我讲的第三点，中道智慧。

第四个哲学要点是灵魂悖论。以往的《红楼梦》研究太意识形态化，老讲封建与反封建的斗争，认定薛宝钗和贾政代表封建的力量，林黛玉贾宝玉代表自由的力量，两种力量不可调和，把薛宝钗跟林黛玉完全对立起来。其实薛宝钗和林黛玉是两种不同美的类型，对贾宝玉来说，他两个都爱，怎么解释这个问题呢？用哲学来把握就是灵魂的悖论。薛宝钗和林黛玉确有冲突，但这是贾宝玉灵魂的悖论，也可以说是曹雪芹灵魂的悖论。贾宝玉是曹雪芹人格的化身。中国文化有两个大血脉，一脉是重伦理重秩序重教化，这一脉以孔孟为代表为发端，另外一脉则是从老子庄子到禅宗，这一脉是重自然重自由重个体生命，两脉都有道理。中国文化像一个大机体，有动脉有静脉。重秩序重伦理重教化可称作动脉，另一个是静脉。

2006年我到台湾“中央”大学去客座，在桃源机场的时候校长刘全生问我，你这回讲些什么？我说你们现在讲些什么？他说我们的学生现在整天都在背四书五经。我说我这回正好可以给你们补充一下，四书五经讲的是重伦理重教化重秩序，我可补充一下，这次带来“我的六经”，讲《山海经》《道德经》《南华经》《金刚经》《六祖坛经》，以及我的圣经《红楼梦》。讲重自然重自由重个体，现在你们背的是静脉，我补充的是动脉，或者你们的是动脉我的是静脉，这样就更完整了。他很高兴。确实是这样，这两个都有道理，可以互补。薛宝钗是什么载体？是重教化重伦理的孔孟载体，她投射的是儒家文化，林黛玉相反，投射的是庄禅文化，这就形成一种悖论，儒家重伦理重教化的文化，化为个体的生命就是薛宝钗，她应该是儒家文化的精彩极品，是儒家文化美的极致。林黛玉属于庄禅文化，也是精彩极品。贾宝玉常常在她们两个人之间彷徨、徘徊，只不过在当时的天平上他更倾向于林黛玉，因为在家庭专制的语境下，也就是重秩序重伦理太沉重的语境下，他更倾向于林黛玉，就是要强调重自由重个体，宝黛偷看《西厢记》就是这个道理。相反的两个人物形象所负载的思想都是有道理的。过去讲林黛玉是个悲剧，没想到其实薛宝钗是更深刻的悲剧，都是悲剧。林黛玉的悲剧我就不用多讲了，王国维讲的最好。如何造成悲剧？是共同关系的结果，不是哪个蛇蝎之人也不是什么坏蛋把她害死的，是最爱她的一些人共同关系的结果，是无形中的一种共同犯罪，包括贾母、贾宝玉无形当中进入一种共犯结构，构成无罪之罪，不是法律上的罪，是情感上良心上的罪。王国维很了不起，他揭示了悲剧乃共同关系的结果，但是他只说林黛玉的悲剧，没有说薛宝钗的悲剧，其实薛的悲剧是更深刻的悲剧。我们注意一下，薛宝钗吃什么药？她吃的是冷香丸。《红楼梦》把她界定为冷人。

我的“红楼四书”第三本叫《红楼人三十种解读》，

这是我读书当中的一个发现。发现《红楼梦》里面有一百多种共名，这是曹雪芹的概念，什么通人啦，什么冷人啦，什么怯人啦，什么卤人啦，富贵闲人啦，还有槛外人等等，一共一百多种，我选了三十种最有代表性的共名来解读，解读到薛宝钗的时候有两个概念。最适合于她的，一个是通人，一个是冷人。外头有两个说书的到贾府来，看到薛宝钗，说赶紧躲开，她是个冷人，表面上很冷，而且吃冷香丸，可是薛宝钗的悲剧就在这儿，她的内心是热的，因为内心太热才需要吃冷香丸去调节，也就是说她的悲剧是把自己青春的火焰、生命的火焰、情爱的火焰硬用冷香丸压下去，这是更深的悲剧。别看林黛玉老流眼泪，这说明她的痛苦在不断地宣泄，而薛宝钗没地方宣泄，硬是用冷香丸把它压下去，这实际上是更深的悲剧。曹雪芹把两种不同类型的悲剧都写出来了，他没有把薛宝钗写成封建主义的代言人，不是那么简单。论证的时候如果用意识形态的语言去套就会产生很大的问题，用一种概念去套丰富的心灵，就会变成一种假叙述，提出的问题是假问题，不是真问题。过去文学研究所的俞平伯老先生说中国人看《红楼梦》时说常有拥黛还是拥钗之分，争论起来往往拳头相向，褒此抑彼，势不两立，其实两者恰恰是曹雪芹的灵魂悖论。

《红楼梦》的第五个哲学要点是澄明之境。我在《红楼哲学笔记》里面有一篇论述澄明之境。现在时间已到，不能细讲了。我用两分钟简单地说一下，所谓澄明之境，乃是从无明之地进入有明之境。即从黑暗转向光明。这是佛家的说法。海德格尔讲述澄明之境，其实也是讲去掉遮蔽（“去蔽”）走向光明的道理，在他看来，澄明的瞬间乃是在“无家可归”的迷惘中突然找到“家”，找到心灵存放之处的瞬间。这与禅宗的去“执”、与中国的天人合一均能相通。《红楼梦》重新定义乡境、止境、幻境、诗境等，都破了“法执”抵达澄明之境。时间已经到了，我今天就讲到这里。

最后我要说，就是这个大礼堂给我一个很深刻的印象。1962年老诗人郭沫若到这里访问，当时我们系里的老师让我来会场见见郭老，所以印象非常深刻。那天我就坐在底下听郭老演讲，郭老的演讲很短，但最后的情景我记住了。郭老高喊：厦门大学万岁！所以我今天也要高喊：母校，厦门大学万岁！

主持人：谢谢刘再复先生，刘再复先生精彩的演讲先到这儿，接下来是讲座的互动环节，时间25分钟。为维护好讲座的秩序，请大家提问前先举手，被选之后再发言。我还要加一句，不要陈述自己的观点，直接提问题。好了，我们现在开始。

女学生：刘教授，你好。我是08级外文学院英语系学生，之前我看过你的《红楼梦悟》，你提到《红楼梦》里各种轰轰烈烈的死或者悲惨凄美的死，那么，你认为《红楼梦》是以死为镜，然后更加体现了女子为清、男子为浊这样的一个世界的真相。刚才你的讲述中又谈到俗谛和真谛，在现实生活中也遇到很多如此轰轰烈烈的女子，她们往往不被世人所理解。今天希望刘教授你能够借此机会寄语一下中国当代的知识女性，谢谢。

刘再复:《红楼梦》书名本身带着梦，展示的是一场梦。像贾宝玉、林黛玉这种理想人物在现实生活里面是很难找到的。现实社会中如果真的有像林黛玉、晴雯这么美的女子就好了，可惜她们只是梦中人。《红楼梦》里面有个很重要的概念就是梦中人，哪些人物是贾宝玉的梦中人？鸳鸯、袭人、晴雯她们的梦中人是不是就是贾宝玉？还有秦可卿的梦中人是谁？这些都要悟证，很难实证。在现实生活里，你刚才所说的知识女性确实很难被理解。五四运动一个最重要的成果就是知识女性走向社会，也就是林黛玉、薛宝钗们走向社会，走向社会之后就变成张爱玲了。张爱玲确实比较幸运，但她的现实人生也很艰辛。现在很多知识女性充满人生困境。我的大女儿剑梅现在在美国当副教授，我常常嘲笑她，你整天讲女权主义、女性主义，整天讲女性解放，最后的结果是三肩挑。她现在叫苦，说三座“大山”压得她喘不过气来。她说，爸爸，现在三座“大山”

压在我身上，一座是教学，一座是研究，还有两个孩子是两个历史人质。这是人生的困境人性的困境。现代知识女性充满困境，负担非常重，所以对现代知识女性我们要加倍尊重。我在文学研究所当所长的时候，全所二十五个学术委员竟然找不到一个女性的学术委员。我当时思想比较开放，想找一个，找来找去还是找不到。外国文学研究所倒是找到两个，一个是钱锺书先生的夫人杨绛，还有一个朱虹。文学所一个也没找到，为什么呢？她们的负担太重了，肩上的担子太重了。曹雪芹把女子理想化。但世俗层面跟梦的层面很不同，总的来说，我们对现代女性的艰难困境特别是对她们的奋斗精神要格外尊重。

主持人：下一个问题，那位男同学。

男学生：刘教授，你好。我想问一个问题，就是在网上看到广电局禁止去翻拍四大名著，我不知道这个消息是不是真的，如果有这个问题，我想问就是对这种行政力量去干预传媒的做法你有什么看法？再一个就是大众传媒在传播古典文化当中应该扮演什么角色？

刘再复：具体的情况我不太了解，四大名著都已经拍成电视连续剧了。《红楼梦》已经拍了两次了，第一次拍的《红楼梦》电视剧我看了，总的印象很好，只是结尾不太好。《红楼梦》小说文本的结尾是形而上的结尾，而电视连续剧变成形而下的结尾。第二次拍的《红楼梦》电视剧，整体水平或者说整体美感似乎不如第一次。四大名著搬上舞台，把它电影化，这都是天经地义的。问题是我们要怎么拍？我一直有个看法，不要笼统讲四大名著，我一直把它分开。我把《红楼梦》和《西游记》看成是中国的原形文化，把《三国演义》《水浒传》看成是伪形文化，这是德国思想家斯宾格勒在《西方的没落》里面的概念。所谓伪形文化就是原形文化的变形，比如说原形文化《山海经》中的英雄都是建设性的英雄、救人的英雄，为人类造福为我们民族造福的英雄。到了《水浒传》《三国演义》，英雄就变成杀人的英雄、破坏性的英雄，变质了。《红楼梦》一开篇就连接上《山海经》，体现我国的原形文化。贾宝玉的心灵那么美，完全是本心，完全是真心，可是《三国演义》却处处是机心，《水浒传》则处处是凶心，所以我要写《双典批判》，“双典”就是两部文学经典《三国演义》和《水浒传》。我对它是进行文化批判，不是进行文学批评，因为从审美形式着眼，它们都是很了不起的作品，很杰出的作品，《水浒传》把一百零八个英雄写成一百零八种性格，光这条文学价值就非常高，可是从文化意识上看，“双典”的价值观有问题。《三国演义》的义气变质，智慧变质，美变质，历史变质。我把原形文化跟伪形文化分开。电影电视剧对人的心灵影响更大，更要注意。这两部作品危害世道人心甚巨，对它的暴力，对它的机心，对它的手段，要特别警惕。怎么拍，我不懂，我只希望对四部名著要有所分别。好了。

主持人：还有一点时间，还有同学提问吗？

男学生：刘教授，你好。你刚才说到《山海经》，我想问你一个问题。也是你的一位好友，诺贝尔奖获得者行健教授曾经说过的一个问题，人在梦与醉之间能更明白文学的意义，你对此是怎么看的？

刘再复：在梦里是吧？

主持人：梦与醉。

男学生：你能否告诉我们一下他最近的行程。

刘再复：行健一直认定，文学是最自由的领域，但在现实社会领域，在道德领域，在宗教领域，在政治领域，都没有充分的自由，只有在文学里面可以得到充分自由。文学超越现实，梦和醉实际上都是在超越现实。文学艺术让人类在瞬间赢得对自由的体验，行健的自由观讲两点：一是自由只存在于纯粹精神领域；二是自己要意识到自由、觉悟到自由才有自由，也就是说，“我觉悟，故我自由”。他认定自由在自己身上，不在他人的手中，自由不是他给而是自给。人可以通过精神价值创造现实自由。他说是禅宗拯救了他，因为禅宗是一个自救的真理。西方的基督讲的是救世的真理，但东方的基督慧能讲的是自救的真理。

最近的行程我可以说一下。他现在正在西班牙办画展，下个月我们两个将一起到韩国去访问。韩国有好几个会，一个是行健的国际讨论会，我准备了一篇文章叫作《行健思想纲要》，把他提供给世界的新思想概括一下。韩国有个古老的大学叫檀国大学，聘请我们两个当硕座教授，相当于讲座教授。所以我们两个要一起到首尔。

行健现在的作品已经翻译成三十七种文字，他至少有一条功劳，就是把方块字传播得更远。他得诺贝尔奖是我们母亲语言的胜利，是仓颉造字的胜利，是方块字的胜利。我们的祖国早晚会理解他。他把诺贝尔奖章的正章留下来了，另外还有两个副章，一个送给法国，一个送给我，等到祖国充分理解他的时候，我会把我这个奖章交给历史博物馆，这毕竟是我国当代文学重要的一页，当然，理解行健需要有一个过程，不能急。

行健太用功了，前几年他大病一场，2005年和他见面时，他告诉我说他和死神刚刚擦肩而过，所以现在他什么都不能吃，只能吃素菜，油也特别，饭也特别。我到巴黎去看他的时候，我们吃肉他吃白饭，回美国后我跟李泽厚说行健吃这个东西，泽厚兄说，我如果像他这样什么都不能吃，那我就自杀。

主持人：还有最后一个问题，那边好像没人提问。

男学生：刘教授我想问一下针对刚才讲座的内容，你刚说的中道是一种无善无恶，而且又说第二点是心灵的本体，你从中道角度来看，贾宝玉种种事情不是说他无恶这一方面，是说他不侵，五毒不侵。但是，如何去理解他无善的一面，到底在你心中贾宝玉是一种一心向善的神性呢，还是属于无善无恶？我理解是一种混沌状态，如果是后者的话你怎么去描述这种心灵？谢谢。

刘再复：我说的无善无恶是指超越道德境界而站在更高的境界去看善恶。冯友兰先生把哲学境界分成四级。第一是自然境界，接近动物。第二是功利境界，接下去是道德境界，更高是天地境界。我的意思是说《红楼梦》已抵达天地境界，中道属于天地境界。站在天地境界来看道德看善恶，便是超越善恶。这不是说世俗社会里面没有善恶，而是说从更高的天地境界来看，对善恶冲突的对方都投以悲悯的目光。

王国维的《红楼梦评论》有一个很大贡献是讲中国文学有两大境界，一个是《桃花扇》境界，一个是《红楼梦》境界。《桃花扇》境界他用三个词来表述：政治的、历史的、国民的；《红楼梦》的境界则是宇宙的、哲学的、文学的，宇宙境界便是天地境界。我说的无是无非、无善无恶，就是超越了道德境界而进入更高的天地境界、审美境界，即王国维所说的宇宙境界。

主持人：请学生给学长献花。

尊敬的各位来宾，老师们，同学们，庆祝厦门大学建校九十周年“走近大师”系列讲座刘再复先生的演讲到此结束，谢谢大家。

《红楼梦》的存在论阅读

在上海图书馆的演讲

一

今天，我在“《红楼梦》的哲学阅读”的总题下，想讲两个题目：一是“《红楼梦》的哲学要点”；二是“《红楼梦》的存在论阅读”。

现在开始讲第二个问题：“《红楼梦》的存在论阅读”。

2005年我在《红楼梦悟》的自序中就说，从哲学的层面，我已经开始用存在论的阅读视角取代反映论的视角。

20世纪下半叶，国内学界的《红楼梦》研究，基本上是采用反映论视角。此视角关注的重心是《红楼梦》反映了怎样的历史风貌和时代内容，其争论的分歧点也只是《红楼梦》反映的是封建社会的普遍特点还是资本主义萌芽时期的阶段特点。反映论视角的长处是关注历史尤其是关注明清之际的政治、经济、文化状况，导引读者通过《红楼梦》审视那个时代的历史真实，因此也留下一些有价值的文章。然而这个时期的反映论阅读，却有两个巨大缺陷：一是反映论视角被带上“阶级论”前提，从而把文学方法论蜕变为阶级本体论以致完全政治意识形态化，因此研究主体的阐释便未能充分展示《红楼梦》所呈现的历史血肉，顶多只能展示片面化的历史骨架。二是把《红楼梦》视为历史文献的同时，忘记了《红楼梦》最高的境界并不是历史境界，而是宇宙境界。也就是忘记《红楼梦》整体（包括人物、情节、语言等）并不是立足于“时代”（有限时空）的维度上，而是立足于“时间”（无限时空）的维度上。钗黛之别，贾政与贾宝玉的父子之争，真假宝玉（甄宝玉与贾宝玉）的冲突等，都不是一个时代的问题，而是超越时代的人类永恒困境问题。贾政、薛宝钗形象所折射的重群体、重秩序、重伦理的“重文化”与贾宝玉、林黛玉形象所折射的重个体、重自由、重自然的“轻文化”，两者都有充分理由。这种文化悖论没有时空界限，即使连西方文化内部的基本冲突，也绕不过钗黛所折射的基本矛盾内容。

王国维在《红楼梦评论》中，天才地把中国文学划分为《桃花扇》境界和《红楼梦》境界，并以“政治的、国民的、历史的”三个概念界定前者，以“哲学的、宇宙的、文学的”三个概念界定后者。此一界定，十分宏观又极为准确。王国维破天荒地把历史境界和宇宙境界加以区分。《桃花扇》似的历史境界只涵盖一个时代甚至只涵盖一个朝代，而《红楼梦》似的宇宙境界则涵盖整个时空，这是超越一朝一代的天地无限境界。反映论即使运用得很好，也只能呈现历史境界，不能呈现宇宙境界。蔡元培及索隐派的根本缺陷，正是他们把《红楼梦》这一本是宇宙的无限自由时空缩小为“反清复明”的某一朝代的狭小政治时空。

反映论总是强调文学是时代的镜子。但这只是道破部分真理。文学固然可以见证时代，但是文学也常常反时代、超时代。它所见证的人性困境，常常不是一个时代的困境，而是永远难以磨灭的人类生存困境和人性困境。从人性的角度上说，文学并非时代的镜子，而是超时代的人性的镜子。马克思在解释荷马史诗所以具有永恒性价值时，提出的理由正是史诗呈现了人类童年时期的特点。这就是说，它见证的不是古希腊时代的政治经济，而是超越希腊也超越希腊时代的人类早期的普遍性情与普遍困境。总之，从荷马史诗到《红楼梦》这些文学的经典极品，固然有历史价值，但都不可读作历史文献，而应当读作生命全书。其文本，都应当视为心灵文本或宇宙文本（包括外宇宙与内宇宙）。

二

对《红楼梦》进行存在论阅读，不是把存在论硬套入《红楼梦》，而是《红楼梦》本身的精神内涵确实呈现了存在论哲学家所思考所焦虑的那些核心问题。如果克尔凯郭尔、雅斯贝尔斯、海德格尔、萨特、加缪在世，而且也阅读《红楼梦》，那么他们一定会发现，产生于东方的这部伟大小说，它所进入和提出的问题正是存在论的问题。在说明这一论点之前，我先说一下自己所理解的存在论。

现在阐释、研究存在论的著作文章可谓“汗牛充栋”。但我读后，觉得存在论的诸多问题归结为一，便成了这么一个问题，即自己如何成为自己的问题。这个问题也可以更简洁地表述为“自己如何可能”六个字。前年我在江苏常熟理工学院东吴讲堂做题为“李泽厚哲学体系的门外描述”的学术演讲时说，李泽厚把康德的哲学总问题“认识如何可能”，转换为“人类如何可能”，回答时也从康德的认识论走入接近马克思的“历史本体论”，那么，我步智者后尘，企图提出的总问题则是“自己如何可能”。也就是自我确立、自我实现如何可能。我不是哲学家，没有足够的能力从哲学整体上张扬存在论，但我可以从一部具体的文学作品即《红楼梦》入手阐释“自己如何可能”，以形象回应抽象。下边，我就用存在论的视角讲述一下《红楼梦》的一些“存在”内涵。

三

首先,《红楼梦》的基本哲学问题乃是存在论问题。也就是“人”为什么要活、该怎样活、活着的意义是什么等问题。加缪《西西弗斯神话》的第一句话说:“真正严肃的哲学问题只有一个,就是自杀。”他把最大的哲学问题归结为“人为什么不去自杀”,这是反向表述,而从正面表述,则是为什么活着。中国没有存在论哲学体系,但有存在问题,也有存在论似的哲学思路。中国引进的佛教,它认定人生乃一苦海,人为什么要来此苦海。“来”本身就是错误。既然来了,就要创造意义,自我救赎。这也是存在论问题。

存在论最大哲学家海德格尔的代表作名为《存在与时间》。他发现个体生命的时间性特征,动物只有空间意识,没有时间意识。拥有时间意识是人最根本的特征。孔夫子感叹“逝者如斯夫”,发现时间一去不复返,这正是存在论。海德格尔还发现,死亡乃是时间的最重要标志。既然个体生命一定要死,既然死亡乃是一种未定的必然,无可逃避,那么,我们要回答为什么活着等问题,就必须真诚地面对死亡。也因此,海德格尔便提出最震撼人心的思想:

只有在死神面前，存在才能充分敞开。人生短暂，时不再来，存在不能等待存在者，作为个体生命的“此在”应当向死而生，及时自我选择，以实现存在的意义。海德格尔的整个哲学思想与孔子的哲学路向正好相反，孔夫子讲的是“未知生，焉知死”，而海德格尔则讲“未知死，焉知生”：只有明白人终有一死，生命时间非常短暂，才能安排好人生并知道如何把握存在的意义。

阅读《红楼梦》，我们会发现曹雪芹的思路与海德格尔相通。在阅读小说文本时，我们会发现主人公贾宝玉从周岁时抓住脂粉钗环开始，一生都在选择成为自己的可能性。他不甘心像多数人那样，只做一个他者所规定的模式化客体，而选择做一个自己可以掌握自己的主体，在其人生中，他一直有一种“时间性的珍惜”，喜聚不喜散，潜意识里分明知道“没有不散的筵席”。他对死一点也不忌讳，而且常常面对死亡说些让他的祖母、母亲和恋人们害怕的话。而直接呈现曹雪芹的“存在论”思路的则有两处：一是妙玉说她不喜欢汉晋五代唐宋以来的诗，只喜欢范成大的两句诗：“纵有千年铁门槛，终须一个土馒头。”意思是说，即使你是豪门权贵，最后也要走进坟墓，难免一死。人的地位不同，但最后的结局是一样的。整部《红楼梦》正是面对“土馒头”（坟——死亡）的人生思索。而《红楼梦》甲戌本的序诗，简直就是一首存在主义的千古绝唱：

浮生着甚苦奔忙，盛席华宴终散场。
悲喜千般同幻渺，古今一梦尽荒唐。
漫言红袖啼痕重，更有痴情抱恨长。
字字看来都是血，十年辛苦不寻常。

人生如同一场幻梦，一场宴席。因为死亡无可逃遁，所以盛席华宴终归要散场。既然如此，为什么还要辛苦劳作、女儿情长？这些正是存在论问题。

在这个为什么辛苦、忙碌即为什么活着的基本问题之下，接着便是依据各人对活着意义的不同理解所进行的选择。选择是存在的第一条件。萨特的“存在先于本质”命题，说的正是人首先选择成为自己，然后才能确立自己。用中国的哲学语言表述，便是首先“知命”，然后才能“立命”。于是，《红楼梦》便形成这样一种基本选择，也就是主题性的基本冲突：主人公贾宝玉及其知心恋人林黛玉充分意识到自己并想成为自己，相应地，便企图按照自己的自由意志去选择，即按照自己的意愿去爱，去感受，去生活；而被传统道统观念所主宰的另一部分人，其代表是贾政，也包括王夫人、薛宝钗等，却不让他们成为自己，即要求他们成为家族的孝子贤孙，规规矩矩，为荣宗耀祖而活，为荣华富贵而奔波而辛苦。贾政与宝玉“父与子”的冲突，乃是父持“本质先于存在”，而子则持“存在先于本质”。宝玉不能接受父亲为他预设的本质，贾政不能容忍宝玉的自我选择。主人公贾宝玉林黛玉选择的存在方式无法实现，最终自己无法成为自己，于是就产生一番悲喜歌哭，以致最后形成悲剧。主人公的悲剧尤其是林黛玉的悲剧，向全人间提出的问题乃是在现实社会中，真正的爱是否可能？个体生命成为独立的自己是否可能？而归根结底，自由是否可能？《红楼梦》所以是“梦”，其实做了回答，其答案乃是现实关系中其实并无自由，自己要成为自己可能性也非常有限。把这种可能性化为现实性，不可求助于社会或求助于他者，只能实现在自我觉悟的瞬间。例如在诗社的唱和中，在相恋的共语中，在偷偷阅读《西厢记》的心灵共振中。

《红楼梦》小说文本中有“梦中人”这一概念，其情节中则有无数次具体的梦，但作为小说整体，我们可以提问：它究竟梦什么？也就是它的“理想”究竟是什么？这是一个更高层面的哲学问题。倘若需要回答，那么可以说，它梦的是花不要落（《葬花词》所表述），芙蓉不要凋谢（《芙蓉女儿诔》所表述），女儿不要出嫁。贾宝玉有句名言，说女儿一旦嫁出便成“鱼眼睛”和“死珠子”。此话听来荒唐，实则深刻，他透露的乃是存在论信息：少女一旦嫁出来，便不是自己了。这是真的，少女在少女时代自由自在，倒是本真本然的自己，一旦嫁出，则进入男人的“泥浊世界”尤其是进入男权社会的伦理体系，那就没了自己。在“三纲五常”的伦理网络中，少女必定变成“夫纲”之下的“妻目”，这是事实。贾宝玉视之为“鱼目”，并非没有道理。《红楼梦》写宝玉的母亲王夫人“原是天真烂漫之人”，嫁出之后，成了苛刻的贵妇，金钏儿、晴雯都死在她的手中，王夫人早已不是本真的自己了。贾宝玉的“古怪”理念恐怕恰恰是曹雪芹真实的思想，所以在他的如椽大笔下，其最心爱的少女林黛玉、晴雯、鸳鸯都在最美的青春年月死亡，显然，曹雪芹不让她们出嫁。这几个少女之死，既是梦的破碎，也是梦的保留。她们永远以至真至善至美的少女形象存在于人类永恒的心中。

四

用存在论的视角去给《红楼梦》人物做些分类，那么，我们就可以把这些主要人物做出两大类划分，也可以更细致地做更多类别的划分。

如果做两大类划分，那么，《红楼梦》的人物，一类是“拥有自己”或“意识到自己”，一类则是“没有自己”或“从未意识到自己”。小说中的贾宝玉与甄宝玉，长相一模一样，可是贾宝玉见了甄宝玉之后大失所望，觉得眼前这个甄宝玉只能发出一套“立功立德”的“酸论”，心灵和自己相去十万八千里。而甄宝玉见到贾宝玉，却全然不知道眼前的“贾宝玉”才是本真本然的自己，只一味劝诫贾宝玉“浪子回头”。这真是“纵使相逢应不识”（苏东坡语），也难怪海德格尔要感慨：人类已经不认识自己了。贾宝玉与甄宝玉这段相逢的故事，乃是一个守持本真自我的存在者与一个失去本真自我的存在者相遇的故事。甄宝玉不认识贾宝玉正是本真的自己，但贾宝玉却知道甄宝玉远离了自己。《红楼梦》里的贾政、北静王等，其实都是甄宝玉，都丢失了自己而不自知。秦钟作为贾宝玉的少年好友，临终之前向阎王告假来会宝玉，对贾宝玉也发了一通类似甄宝玉的“忠告”，说明他最后还是丢失了本真的自己。可见，守持本真之自我并不是简单的事。

把《红楼梦》人物做两大类划分之后，还可以更具体化一些，以做更细的分类，至少可以归纳出下列重要的类别：

（1）意识到自己又敢于成为自己，但最后还是不能实现自己，如贾宝玉、林黛玉、妙玉。

（2）意识到自己却不敢成为自己，以至于扑灭了自己，如薛宝钗。

（3）想成为自己却被社会所扑灭（不是自我扑灭，而是被他者所扑灭），如晴雯、鸳鸯、香菱等。鸳鸯、尤三姐虽是自杀，其实也是被社会所扑灭。

（4）完全未意识到自己，如袭人等。

（5）本想成为自己，却在面对社会时立即扑灭自己（社会与自我对自己的双重扑灭），如贾雨村。

（6）被道统本质化而丧失自己，也从未拥有自己，如贾政。

（7）被社会所物化而变质为人类与自我的"异己"，如薛蟠、贾赦、贾琏、贾蓉等。

（8）本有自己，却被他者同化而丧失了自己，如王夫人等。

（9）本可成为自己，但因过分膨胀自己最后消灭了自己，如王熙凤。

（10）被社会剥夺了自己仍争取成为自己，但最后也消灭了自己，如秦可卿。

上述的十类划分，也许烦琐一些，如果借用存在主义哲学的先驱克尔凯郭尔的人生三绝望（不知有自己、不愿有自己、不能有自己）来审视，也许会更简明。在贾府内外的芸芸众生中尽管地位悬殊，但多数人属于不知道有自己，即使像贾政这样的能人贤人，他也只知道自己乃是朝廷命官、皇帝的臣子、祖宗的孝子，并不知道自己到地球来一回要什么。能当什么官，能干什么事，全凭外部的他者决定，不知可有自己的内心选择。贾政尚且如此，就更不用说贾赦、贾琏、贾蓉、薛蟠等人了，他们一辈子不知不觉，更不知道什么叫作“自知”“自明”“自审”“自度”，忙忙碌碌，只知追求外在的金钱、物色、美色。另有一些人，他们知道有自己，却不能成为自己。贾宝玉、林黛玉、妙玉、秦可卿、尤三姐、晴雯、鸳鸯等曹雪芹笔下的天地精英，全是“知而不能”的悲剧人物。克尔凯郭尔所说的“不愿有自己”者也确实有，因为他们知道成为自己便需独立面对社会，不再借助任何保护的“卵翼”，但他们却没有这种独立的能力。例如袭人等，即使把她们“解放”了，她们也会觉得还是当奴仆好。而像迎春、尤二姐这样善良的“怯人”，即使遇到“五四”妇女解放运动，她们也未必就愿意成为走出家庭的“娜拉”。克尔凯郭尔概说出“不知”“不愿”“不能”三类，十分精彩。不过倘若需要补充，我们也可以再补充一种“不敢”，即知道有自己但不敢成为自己，薛宝钗便是这种人。从这个意义上说，贾雨村也是如此，他不是没有能力，而是没有“胆力”。

不过，任何分类都是权力运作，或是知识权力，或是理念权力，或是政治权力，或是伦理权力，因此就难免带有本质主义的局限。实际上，每个个体生命都是丰富复杂的，如果用政治意识形态语言如封建主义者与反封建主义者来划分，势必简单化。现在我们用存在论的眼光重新审视，目的是为了增添一种视角展示其生命内涵，切不可落入简单化。例如薛宝钗这个人物，其存在内涵就非常丰富，她是贾府中最有学问的“通人”，既聪明又美丽，她本有自己，富有生命激情，但她却用冷香丸扑灭这种激情而就范于现存秩序与现存伦理系统。她属于“不能”，还是属于“不敢”，还是属于“不愿”，或者三者皆有，这都可以继续探索。林黛玉尚可用眼泪宣泄自己的苦闷，而她却连眼泪也被冷香丸冻灭于内心，因此，比起林黛玉，她是更深的一种悲剧。这种悲剧不能界定为封建主义者的悲剧，而是本可以成为自己却无法成为自己的悲剧。这是真正存在论意义上的悲剧。

五

除了从存在论的肯定形式阅读《红楼梦》，我们还可以从存在论的否定形式去阅读。法国已故的杰出作家加缪，是一个存在主义者（尽管他本人曾拒绝这一本质化界定），后来他又创作了《局外人》《西西弗斯神话》等举世瞩目的荒诞作品。而这些荒诞作品，乃是以否定的形式解释存在的一种形象表达。

所谓荒诞，乃是非理性与反理性。荒诞剧与荒诞小说均是非理性人生状态的极端呈现。加缪写过专论荒诞的文章，其核心观念是说，世界本不荒诞，人也本不荒诞，只是人活在世界上即进入世界的人际关系之后才产生荒诞，因此，荒诞是一种“关系”，荒诞人则是丢失了自己的“关系中人”。换句话说，是“关系”产生荒诞。但人生不可能与社会绝缘，它总是要进入“共同关系”，于是，人生便是一幕一幕的荒诞剧。因此，所谓“局外人”（包括槛外人），便是从“关系”中自我放逐的人，也可以说是反荒诞之人，拒绝进入荒诞剧之人。

王国维的《红楼梦评论》，其理论贡献在于揭示“关系”乃是悲剧之源。他说，林黛玉的悲剧并不是几个“蛇蝎之人”造成的，而是“共同关系”的结果。王国维道破这一点真有“振聋发聩”之功。他实际上告诉我们，林黛玉的悲剧，并不是几个坏人即被后来者称之为“封建主义者”造成的，而是与她发生关系的人包括最爱她的贾母与贾宝玉“共同犯罪”的结果，因为是无意中进入“关系”的共犯结构，所以才成为“悲剧中的悲剧”。可是，王国维只发现“关系”会造成悲剧，没有发现“关系”也会产生荒诞剧。这一点，西方的加缪发现了，所以他创作出《局外人》（也被译为《异乡人》），这部小说塑造出一个名为“默尔索”的局外人形象。这个局外人，本来什么事也没有，然而，他自从得到母亲去世的通知进入社会关系之后，荒诞的故事便接连不断。死亡通知书只写“你母亲去世，请来料理后事”，没有具体的死亡时间，因此他继续上班，准备周末再回去与母亲告别，可是，这一拖延，便成了第一罪状。之后，他在这几天中，又帮助一位朋友去和一个阿拉伯人决斗。他在糊里糊涂的助阵中，眼睛被对手的匕首的亮光刺激了一下，就立即开了枪，而且一连开了五枪，结果被认定是刻意置人于死地，变成一桩谋杀案，因而便被送入牢狱直至被处死。这个默尔索本来并不荒诞，而一旦进入人际关系，则发生荒诞至极的故事。西方的文学评论者至今没有人说，《红楼梦》中的“槛外人”形象便是“局外人”形象，而“槛外人”早在两百多年前就产生了。除了妙玉自称“槛外人”之外，其实贾宝玉、林黛玉都是槛外人，他们在充当“神瑛侍者”与“绛珠仙草”时（即在槛外时）自生自洁，然而，一旦来到人间即进入世界的人际关系之后，便发现到处是荒诞而自己也被卷入荒诞之中。《好了歌》便是荒诞歌，世人都说神仙好，但是，所有的世人对于功名、金钱、权力全都“忘不了”，谁都在功名利禄的关系网络中心劳力拙，丢失了本真的自己。当他们在追逐荣华富贵时，炫耀得愈疯狂，离自己就愈远。自己成为自身欲望的人质，全然不自知；自己成为权力、财富、功名的人质，也全然不自明。这种状况正是身在“洞穴”（柏拉图所描述的洞穴）中而不自知，身在“铁屋”中（鲁迅概念）而不自明，这不是荒诞是什么？曹雪芹很了不起，他在两百多年前就塑造出企图守持自我的“槛外人”形象，这种形象正是走出“洞穴”、走出“铁屋”、走出局内关系的反荒诞的异端。加缪英年早逝，他可能未读过《红楼梦》，但凭借自己的天才直觉，也创造出一个企图走出荒诞关系格局的异端，可惜这个本想成为自己的局外人最终还是被社会消灭于局内。荒诞剧与悲剧本就相通，或者说本就是一对孪生子。

曹雪芹与加缪生活在相隔两百年的不同时代，又是分别生活在地球的东方与西方，但都发现了“槛外人”“局外人”。这是值得大书特书的精神现象。然而这里应当说明的是，曹雪芹的“槛外人”与加缪的“局外人”毕竟产生于完全不同的大文化背景，其精神内涵也有很大差异。加缪的“局外人”以及其他荒诞作品，属于现代产物，它产生于西方现代文化语境中。那是尼采宣布“上帝死了”之后而产生的时代回应。上帝死了，再也没有信仰，那么人活着还有什么意义？不知活着要干什么，便各行其是，妄言妄为妄行，于是荒诞便主宰世界。局外人一旦进入荒诞世界，也就成了荒诞的一部分。曹雪芹的“槛外人”没有宗教背景，但有社会背景。世人纷纷卷入追名逐利的潮流，或充当八股的奴隶，或充当欲望的人质，或充当权贵的附庸，人生的趋势乃是“更向荒唐演大荒”，在此语境下，如果没有“槛外人”意识，即没有跳出潮流与“关系”的意识，自己哪有成为自己的可能？20世纪西方文学的突出成就之一是荒诞小说与荒诞戏剧的产生。而这些荒诞作品又可分为两类：一类是重在荒诞思辨，如贝克特的《等待戈多》、加缪的《西西弗斯神话》等；另一类则是重在表现世界和人生的荒诞属性，如加缪的《鼠疫》和热奈的《犀牛》等，而曹雪芹的《红楼梦》属于后者，重心是呈现人生的荒诞。所以我说它不仅是部大悲剧，而且又是一部大荒诞剧。

2011年6月于深圳珠海

2012年3月定稿于美国

《红楼梦》的澄明五境

关于《红楼梦》的哲学问题，我在《论〈红楼梦〉的哲学内涵》中已做了初步讲述。但还保留一个关键性词语，以做进一步表述。这一概念，就是海德格尔的“澄明之境”（the clearing）。十年前，我读到张世英教授的新著《进入澄明之境——哲学的新方向》（*Into the Clearing the New Orientation of Philosophy*），使我的目光从“主体际性”移到“澄明之境”。我不是哲学家，但文学真理的求索又逼迫我不断寻找新的哲学基点。当我读完张教授的这部著作之后，才更明晰地了解，当代哲学已完成了一个方向性的转变，这就是从主客体关系的认识进入超主客体关系的对世界整体的把握，即以超越的态度主导主客体关系，从无限整体的观点看待有限的存在者（包括自我），而不执着于当前的有限之物，从而抵达一种融合当前的东西（在场）与无尽的未出现的东西（不在场）为一体的境界，即澄明境界。张世英教授从多种视角阐释澄明之境，其中有一段说明使我对《红楼梦》哲学的关注更有兴趣也更有信心。他说：

> 任何事物包括人的思在内，都源于这个澄明之境，都以它为前提。它是“无”，却又是万有之源；它超越了存在，却又不在存在以外。如果说海德格尔在《存在与时间》中尚有把澄明之境看成在存在以外，而以“此在”为其展示场所的思想成分〔海德格尔在那里把这个在存在以外的领域称作“存在的意义”（“der Sinn vom Sein”）〕，那么，在《哲学的终结与思想的任务》中，这个领域便明确地作为万事万物本身的澄明之境来看待了：澄明之境不是人或“此在”的属性，不是属于人或“此在”的思或领悟，澄明之境乃是使“思”与“在”得以发生的根源。海德格尔把这种澄明之境叫作“神性”，这“神性”当然不是宗教上有意志、有人格的上帝，但“神性”的意思表明此澄明之境不能被理解为相互联系、相互作用、

相互影响的一种盲目呆滞的集合，而是富有生动意义的、就像王阳明所说的“灵明”或“灵昭不昧”的意思（当然要去掉王阳明的封建道德意识）。海德格尔的“神性”与王阳明的“灵明”或“灵昭不昧”在遣词用意上颇有异曲同工之妙。照此说来，我以为诗人“作诗”（Dichten，poetizing）也就是把隐蔽在无穷尽的相互联系、相互作用、相互影响中的“一点灵明”或“神性”亦即澄明之境，通过意象性的东西（Bild，image）而显示出来。所谓“诗意的想象”应作此解。我主张用“诗意的想象”代替西方传统哲学所讲的认识（但又不是抛弃认识），以作为进入澄明之境的主要途径。这也就是我所讲的哲学新方向的目标。

《进入澄明之境——哲学的新方向》，
商务印书馆，1999年，第141页

海德格尔把“澄明之境”界定为一种“神性”，但不是宗教上有意志、有人格的上帝那种“神性”，而是一种万有之源、存在之根的终极真实，这不是一种实体，却是一种使“思”与“在”得以发生的根源。它超越了存在，却又不在存在之外，它是“无”，但又是“有”的母体。把握这一母体，不是通过概念去认知，而是通过“诗意的想象”去领悟和把握。正如老子所说的那个“道”，无法用概念去认知（不可道，不可名），只能通过诗意的想象去抵达。如果把“澄明之境”与《红楼梦》的梦境和大观园诗人们寻觅的诗意之境联系起来，我们就会有一种心情难以平静的发现，即发现《红楼梦》恰恰蕴藏着一个澄明之境，这个境使宝玉发生，使黛玉发生，使情发生，使诗发生，使太虚幻境发生，使大观园发生，这是一个神秘之“本”，一个神意的深渊。这个“本”正是“无”。作为小说，《红楼梦》呈现“有”的故事，“有”的悲剧，“有”的荒诞剧，但所有的“有”，都来源于“无”，而最后又回归于“无”。“质本洁来还洁去”，“无”的特性是什么也没有的洁，一切从洁发生，又回归于洁。“白茫茫大地真干净”，从干净处发生又返回干净处。“无”超越了“有”，又不在“有”之外。有有无无，好好了了，色色空空，观观止止，“假作真时真亦假，无为有处有还无”，生动活泼，处处闪射“灵明”之光。《红楼梦》既是一个文学大故事，又是一个哲学大故事。

有了上述的哲学理念，就会明白对《红楼梦》哲学的最大误解是把它理解为虚无的哲学、颓废的哲学、消沉的哲学，扬弃这种误解，就可把握《红楼梦》哲学恰恰是积极的呈现澄明之境和追寻澄明之境的哲学。也可以说，在海德格尔之前，地球的东方就有一个天才的作家领悟到澄明之境，只是表述的语言与表述的方式不同。曹雪芹除了也用“无”来表述外，还有“万艳同杯”“无立足境”“太虚幻境”等词语来表述。

一、澄明幻境——澄明之境的第一种表述

《红楼梦》第五回（游幻境指迷十二钗　饮仙醪曲演红楼梦）写宝玉在警幻仙姑引导下，于梦中游览太虚幻境，欣遇四大仙姑（痴梦仙姑、钟情大士、引愁金女、度恨菩提）。众仙姑以仙酒招待宝玉，并介绍这种仙酒说：“此酒乃以百花之蕊、万木之汁，加以麟髓之醅、凤乳之曲酿成，因名为‘万艳同杯’。”

以往的《红楼梦》研究，注意到“万艳同杯”四字中的“杯”实际上是“悲”，即“万艳同悲”。这种解释道破了一重暗示，可自圆其说，但未注意到这四个字却负载着曹雪芹的审美理想，也是社会理想、世界理想。太虚幻境的本质乃是无，这个幻境可视为《红楼梦》的第一澄明之境。幻境中的四大仙姑就是人间林黛玉（痴梦仙姑所化）、史湘云（钟情大士所化）、薛宝钗（引愁金女所化）、妙玉（度恨菩提所化）四大女主人公的生命之源。她们所酿所

饮的仙酒之名，也正是太虚幻境的精神之核。万艳同悲，是共此情感，万艳同杯，又是同此本源。“万艳同杯”，如同万花同根、万木同本一样，各种美艳生命都出自同一“太虚”，同一“无”境，都是一个整体，一个“澄明”。这正是曹雪芹的“大同”理想。把贾宝玉推入梦境即推入太虚澄明之境的女子秦可卿，乳名为“兼美”。“万艳同杯”，便是兼容万艳不同类型、不同气质、不同作风之美，这是大同审美理想，也是大同的多元情怀的世界理想。而这种理想的哲学基石正是万物万有相互通融、和谐共在的整体性。这种整体性，既是理想，又是方法，不仅是对眼前在场事物的认知。

将“澄明之境”引入本题思索之前，我曾说，《红楼梦》是一部无真无假、无善无恶、无是无非、无因无果的艺术大自在。意思是说，《红楼梦》完全超越了世俗判断标准，既超越道德标准——善恶判断，也超越知识标准——是非判断，甚至也超越宗教标准——因果判断。它的判断是一种高度超越世俗功利尺度的精神判断和审美判断。这种判断的特点正是把握整体相，扬弃分别相。也就是禅宗把握佛性整体的不二法门甚至是泛不二法门。将“澄明之境”引入思维框架之后，可以说，上述这种无善无恶、无真无假也是无主无客的大自在之境，正是澄明之境，这是高于道德境界的宇宙境界，又是高于知识境界的神秘境界。

所谓“万艳同杯”，也可做另一种表述。这就是天地之间，万种颜色、万种姿态、万种类型的生命的发生与结局都相互关联，“我中原有你”。如果把“艳”解说为女色，则世上有万种女子类型，万种女子风貌，万种女子气质，万种女子性情，千差万别，千分万殊，都可以用博大的多元情怀加以兼容，不分好人坏人，善人恶人，即使是王熙凤，即使是赵姨娘，即使是薛蟠、贾环，也不做坏人、恶人的判断。

处于人世社会中的“万艳”，除了性情不同，还有社会地位的巨大差异。林黛玉、薛宝钗、史湘云、三春姐妹等，是贵族少女；贾母、王夫人、尤氏等是贵族夫人；晴雯、袭人、鸳鸯等是平民少女；这之外，还有芳官、藕官等戏子以及云儿等妓女。如何对待这些不同身份的女子？曹雪芹的态度由他的人格化身贾宝玉去呈现，这就是打破世俗的分别态度，即打破尊卑之别，无论是富贵之艳，还是贫贱之色，都给予尊重，这也是“万艳同杯”的澄明之境，即万种女子生命各得一席地位的自由之境。可是，在等级森严的社会里，这种澄明之境只是一种梦，一种乌托邦。贾宝玉看到的是贫贱女子一个个被摧残、被扼杀。“万艳同杯”理想下看到的是万艳都有自己的悲剧性命运，所以把“万艳同杯”理解为“万艳同悲”也不牵强。

不过，“万艳同悲”情感性太浓，更近文学；“万艳同杯”则是中性描述，更近哲学。它可以解释为万物万有万众一体同心的意思。这正是佛教的理想。佛教虽有不同教门，但都主张用洁净、平等、真诚的态度来调节心灵，从而使众生在世间相处时能进入大和谐与大圆融的境界。世俗社会原是“不同”的社会。有不同的立场、理念、性情、趣味、追求等，有三教九流，才成其为社会。因此社会总是充满差别、矛盾、冲突、纷争。正因为正视社会的真实构成，所以中国文化才有“和而不同”的观念产生。佛教的理想也是通用洁净、平等之心调和矛盾，调和到极处，便产生虚空法界一切众生还原于“真如一体”。“同杯”即一体。慧能讲明心见性，就是要见真如自性。虚空法界都是自性演化出来的，见性之后，一切障碍与遮蔽消除，“迷”变成“觉”，于是成“佛”。所谓“万艳同杯”，正是万物万有万众在真如境界上的大和谐。这也是曹雪芹的大梦与总梦。这个大梦是建立在虚实法界同源、真性一体的哲学基点上。

因为有此理想，所以才要破妄念、破分别、破执着。佛家认为阻碍抵达真心真性的障碍是妄心、分别心、自私心。破我执，不是破真我，而是破假我，不是破真心，而是破虚妄之心，破自私自利之心，也包括破分别心。《红楼梦》由主人公贾宝玉所体现的真纯之心，非常突出的正是破分别心。在贾宝玉的心性中，没有贵贱之分、尊卑之分、内外之分、善恶之分、好人坏人之分。贾宝玉生命的独特性首先是他自身生命这种无分别的整体性。这是一种大圆融、大冲和的生命奇观。这是爱一切人、理解一切人的生命奇观。如果说，他爱晴雯是因为她很美，质、性、神、貌皆无人可比的话，那么，他能和薛蟠、贾环等保持兄弟之情，能和柳湘莲、蒋玉菡等结为好友，都说明他有一种无分别的大真性、大佛性，类似基督也类似释迦牟尼。在释迦牟尼的心性中，众生绝对平等，慈悲没有界限，不仅人界中没有分别，连动物界的生命也尊重，其无分别心推及虎豹鸟禽，从而产生“不杀生”的观念。这都是万有同源、万艳同杯的澄明境界。

我在《红楼梦悟》中曾说，《红楼梦》中佛光普照，读后让人感到悲伤，但也让人感到温暖。原因就是有“万艳同杯”这一佛的精神。佛经中常讲：“十方三世佛，共同一法身”，确认四面八方是一体一个法身，慈悲心就遍及法界，即对一切众生都以慈悲同情之心对待，哪怕对待赵姨娘也不例外。

二、澄明空境——澄明之境的第二种表述

《论〈红楼梦〉的哲学内涵》对“无立足境”已做了如下初步阐释：

> 这种“无立足境”对于一个思想者来说，乃是不立足于任何现成的概念、范畴、主义之中，即拒绝外界提供的各种角色规定而完全回到自身。也就是说，当外部的一切精神范畴（精神支撑点）都被悬搁之后，最后只剩下自性中的一个支撑点，一切都求诸自己那含有佛性的干净之心，一切都仰仗于自性的开掘，一切美好的事物都只能立足于自己人格基因的山顶上。因此，可以把“无立足境，是方干净”视为曹雪芹对个体人格理想的一种向往，一种彻底的依靠自身力量攀登人格巅峰的梦想。正是这八个字，曹雪芹把慧能的自性本体论推向极致。

这里所理解的“无立足境”，乃是以自性为本体、没有其他归属的空境。换句话说，自己的心灵就是自己的故乡，自己的灵山，自己的归宿，自己的存在之家。一切外部的纠缠、羁绊和依附通通放下，回到本真本然的自我，回到赤子婴儿状态，回到无遮蔽、无污染的心灵，这便是最高的人格境界。今天，我们可以将此境界视为澄明之境的一种形态。

天地之间，可立足境是一种可视的东西，一种在场的东西，是人在日常生活中确认的寓所与家园。从古到今，人们都这么看，都认定在场的、可立足的、可归属的房间、空间、世间、家庭、国家、皇统、道统、关系网络、世俗理念等等是自己的寓所与家园，是主体（自我）的寄存之所，个个奔忙于日常事务，也奔忙于认识立足之境（客体）和征服占有立足之境的“事业”之中。可是，正是在赢得功名、财富、权力的同时，人们发现自己丧失了生命的本真与自由，丢掉了心灵的寓所与家园。林黛玉关于“无立足境”的提示，是提示世俗立足境之外有一种大自在、大自由之境，这就是超越日常生存状态的另一种存在状态，也就是超越世俗规范、编排、命名、判断的无归属状态，这是人的真我无我状态，放下“立足境”牵制的状态，也就是生命的澄明状态。

张世英先生在《进入澄明之境——哲学的新方向》一书的“余论”(《寓所与深渊》) 中说：

> 海德格尔的这些思想启发了我们：人生的真正的寓所，或者说，人的真我或本己，不是任何有限的事物可以界定的，人如果能体会到自己本来植根于无底深渊之中，体会到自己本来归属于“无归属”之中，那就是找到了最可靠的寓所。无底深渊乃是人生真正的寓所，在

这个寓所里，所谓主体、自我营造、日常生活中的归属，都可以以旷达的胸怀放置一旁。

《进入澄明之境——哲学的新方向》，
商务印书馆，1999年，第263页

海德格尔所讲的“无底深渊”，也就是林黛玉所说的“无立足境”，这是本真自我（本己）的生根之处，是真正的故乡，换句话说，正是这种无立足境才是本真己我原来的立足境，原始的故乡。《红楼梦》一开篇就嘲弄常人俗人众人“反认他乡是故乡”，便是说，他们都以有所归属、有所界定的现实的无自由之所为家园为故乡，不知本真己我的故乡是在无归属、无疆界、无纠缠、无依附、无羁绊的心境中——与宇宙之境打通为一的生命深渊中。无立足境之境，才是真正的故乡。

禅宗慧能“不立文字”的伟大思想，正是它把握了“无底深渊”，意识到自由的灵魂不可依附于概念之中。一旦把文字视为立足之境，人就会异化为概念的生物。林黛玉把慧能的思想彻底化，以“无立足境，是方干净”表述了澄明心境。这种心境无须他证，无须法证（文字之证）。它自证、自立、自明。它所以澄明，是它没有灰尘的污染，包括没有任何法尘（文字尘）的遮蔽与污染。

三、澄明诗境——澄明之境的第三种表述

太虚幻境在天上，大观园在地上。大观园在场，太虚幻境不在场，但两者相通相映相照，构成一个天地人和谐共在的整体，即构成一个完整的澄明之境。

大观园里的“诗国”（诗社），是青春共和国，又是曹雪芹的“理想国”。这一理想国与柏拉图的理想国完全不同。柏拉图把诗人逐出他的国度，完全以理念为它的根基，在他看来，具体事物变动不居，只有理念是永恒的“在场”。他所以把诗人驱逐出去，就因为他们悬搁理念，从事想象，重视想象中那些不在场的东西。而曹雪芹的理想国则以诗人为主体，完全放下概念、理念，用诗的语言代替理念逻辑的语言。西方旧传统哲学，以苏格拉底—柏拉图为发端，所讲的全是抽象的、永恒在场的东西，即以“有”为最高哲学原则，而曹雪芹的诗国则以“无”为最高原则，这是一个充满想象的国度。诗国中的诗人，除了贾宝玉之外，全是女性，她们通过诗意的想象表达自己的形而上思索。

大观园与太虚幻境不同，它坐落在人间，如同陶渊明所说，“结庐在人境”，所以它又是一种栖居。只是这种栖居，不是世俗栖居，而是诗意栖居。人生可划分为两种基本状态，一是世俗—生存栖居状态，二是诗意—存在栖

居状态。大观园状态属于第二人生状态。曹雪芹把第二状态（诗意栖居）视为人类应有的生活状态，这是对人类已有的生活状态（第一状态）的超越。虽是超越，但又有联系，即不在第一状态之外，也就是说，诗国立足于人类生活的大地之上，又飞翔于超大地的寰宇之间，超越大地而不脱离大地。大地是在场之物，想象空间是不在场之物，两者的融合便形成一种整体性的诗意空间，即澄明诗境。这又是人类一种真正的家园与故乡。不被世俗原则所限制、所羁绊的自由心灵的故乡，与功名、财富、权力为架构的现实寓所不同的故乡。

曹雪芹的诗国——理想国，所以能成为诗意栖居的澄明之所，所以能成为人类理想的家园，根本的一点是它使用的是诗性语言。诗性语言和概念语言最大的区别在于：诗性语言超越了主客体关系逻辑，也超越善恶道德判断逻辑以及是非、真假知识逻辑，以在场的东西显示不在场的东西，以有限时空呈现无限时空，把在场的有限事物和不在场的无限事物在内心中打成一片，从而构成一个无边无际的诗性整体。贾宝玉和林黛玉等诗人们都不是通过概念去认知世界，而是通过诗意想象和诗性语言去抵达宇宙的任何一个角落，包括“天尽头”的那些乌有之乡。诗性语言正是海德格尔“无底深渊”中的声音，也是林黛玉“无立足境”中的声音，这才是人类的本质之声，也是人生真正的故乡。

大观园诗国，实际上是一个审美王国。贾宝玉本来是青埂峰下的一块石头，一种粗糙的自然物而已。经过修炼，它通灵幻化为人，这本身就是美的发生，审美的第一前提。如果把美定义为“自然的人化”，那么，《红楼梦》原名《石头记》，也就是石头人化、自然人化的大故事。讲“自然的人化”，是在讲美的发生学，即讲美的根源与本质，事实上，《红楼梦》正是最形象也最具体的美的发生学、发展学。从石头到人，这是第一次升华；从“色”到“情”，这是第二次升华（宝玉开始时喜欢吃胭脂，还有色感眼睛，以后才进入情的真挚）；而把情呈现为诗，这是第三次升华。大观园中的诗国，不是自然的人化之所，而是情感的诗化之地，也可以称作情感升华的澄明之地。在大观园里，作为诗国的主体，诗意栖居的公民，她们本身也经历一次大升华。

用禅宗“山是山、水是水→山不是山、水不是水→山还是山、水还是水”的语言阐释表述，贾宝玉和其他女性诗人们都经历了这么一个过程：

一，婴儿是婴儿，赤子是赤子；

二，婴儿不是婴儿，赤子不是赤子；

三，婴儿还是婴儿，赤子还是赤子。

也就是说，他们刚踏入人间时的第一声啼哭并不是诗（鲁迅语）。那时“浑沌”未凿，尚无主体（自我）意识，也无主客之分，用周谷城先生著名的话说，是无差别境界，内外无别，主客无别，此时虽是赤子，却不是诗人。这是第一阶段。“浑沌”打开，婴儿成人，赤子有了主体意识，婴儿不再是婴儿，但他们面对新鲜的世界却产生惊异感，这是作诗的条件，但还不是诗，而只是面对对象化世界的散文式反应（黑格尔语），这是第二阶段。第三阶段，是他们进入诗国，复归于婴儿，此时他们再次物我不分，天人合一，通过诗意想象把情感宇宙化，抚四海于一瞬，挫万物于笔端，主客界限完全化解，再度进入“无差别境界”，此次才是澄明之境，有别于第一次婴儿状态时的混沌之境。

我们可以看到，贾宝玉一旦进入诗社活动，便最快乐，这是他的游戏状态也是他的审美状态。在比诗的活动中，他常被列为最差的一名，在众女诗人之后，但他对评比结果总是口服心服，衷心地称赞评判者公平。因此，他真正进入超功利的审美状态，其主体也是完全不知算计、不知输赢成败的婴儿赤子状态，他在诗国中，其心境完全是澄明之境。其诗心，也正是澄明之心。

四、澄明乡境——澄明之境的第四种表述

既然“无立足境”是最高境界，现实栖居的故乡就不

是最后的故乡。那么，什么是真正的故乡，便构成《红楼梦》哲学的另一项根本内容。曹雪芹在第一回就说明自己的故乡理念与世间的故乡不同，所以他才在第一回由甄士隐在回应《好了歌》的解注中以重新定义故乡作为尾声："……乱哄哄你方唱罢我登场，反认他乡是故乡。甚荒唐，到头来都是为他人作嫁衣裳！"

在曹雪芹看来，故乡并非我们出生和居住的寓所，并非在地图上出场的那一个点。以贾宝玉来说，他的故乡并不是南京、北京或京城中的父母府第（贾府）。他原先是一块青埂峰下的石头，女娲补天时被淘汰的多余的石头，青埂峰下才是他的故乡。以哲学语言表述，在人世间出场在场的居住地并不是故乡，只有那个遥深的看不见的、不在场的地方才是真正的故乡。只有那个地方，才是容纳本真己我的处所，才是让真我与天地万物方有相融相契的立足之境，即澄明之境。贾宝玉在这个地方，其生命最本源、最本真的东西才向大宇宙敞开。而在贾府这个父母府第，他却生活在各种人际关系中，不是自然中人，而是关系中人。他不是他，贾宝玉不是贾宝玉，他是贾政之子、王夫人之子、贾母之孙、薛宝钗的丈夫、贾环的兄长等等，在关系网络中，他没有自由，没有生命本真状态。但是，常人、众人、世俗之人，却把这个由各种关系建构的寓所作为故乡，都为这个寓所的荣华富贵而奋斗而辛苦奔忙，衣锦还乡，光宗耀祖，成了人生的目的和存在的目的。其实，这是一种荒唐的人生。曹雪芹告诉读者：人来自无，来自空，来自洁，也将归于无，归于空，归于洁；来自一个不可名的故乡也将归于不可名的故乡。小说中所说“大荒山”“无稽崖”“青埂峰”“灵河岸”等等，全是“无”，全是“无何有”之乡，不可证之乡，不出场之乡，然而，唯有这些不在场的家园，才是终极的家园，也唯有这些非在之在，才是终极的最后的实在。曹雪芹的故乡观念与庄子的故乡观念相通，也以“无何有之乡”为终极的真实，终极的故乡。妻子去世，他鼓盆而歌，乃是因为他认定妻子只是离开形骸的暂时居住之所而奔向终极的故乡，死亡乃是一次回乡，回到本真之性永远可以寄寓的家园。庄子的哲学重在一个“游”字，《逍遥游》中大鹏的眼睛着眼于万物万有的宇宙整体，涵盖于人世间在场与不在场的所有事物，打破生死之界（“生死同状”），也打破世俗的故乡之界。曹雪芹也因为超越在场的有限的故乡理念，从而给故乡提供一种诗意非常浓厚的哲学思索。在他的哲学思索中，故乡有三个大层面，曹雪芹相应地投以三种哲学态度。

一是世俗的在场的暂住之乡：这是世人通常所说的故乡，也是他们的功名、金银、娇妻归宿的地方。第一百零一回，写王熙凤到散花寺抽签，抽到了“第三十三签，上上大吉”，查签簿时，只见上面写着“王熙凤衣锦还乡”。

这个王熙凤是汉朝求官的王熙凤，如此巧合，说明凤姐的理想也就是“衣锦还乡”。而签簿上的诗注也正是她的人生小结：“去国离乡二十年，于今衣锦返家园。蜂采百花成蜜后，为谁辛苦为谁甜？”这首诗仍然是曹雪芹的基本哲学问题：为什么活着？为谁活着？活着的意义何在？这个问题与故乡理念紧密相关。活着就为金银，为功名，为娇妻，为光宗耀祖吗？为个“衣锦还乡”吗？如女强人王熙凤，在贵族府中纵横捭阖二十年，执掌无数金银财宝，如今把它带回故乡了，那么，这个故乡就是自己该为之献身的地方吗？是自己本真灵魂该永远寄寓的家园吗？曹雪芹的整个作品，只有一个字的回答：否。《红楼梦》续书第一百零一回写宝钗对“衣锦还乡”另有看法：宝钗笑道：“我给凤姐姐瞧一回签。”宝玉听说，便问是怎样的。宝钗把签帖念了一回，又道：“家中人人都说好的。据我看，这‘衣锦还乡’四字里头还有缘故，后来再瞧罢了。”宝玉道：“你又多疑了，妄解圣意。‘衣锦还乡’四字从古至今都知道是好的，今儿你又偏生看出缘故来了。”宝钗与他人看“好”不同，猜出是“了”的预示。第一百一十四回写王熙凤果然死亡。死前满嘴胡说，嚷着要船要轿要到金陵归入册子，所谓“衣锦还乡”，到头来也只是“历幻返金陵”，一场虚空。

与“衣锦还乡”的世俗理念不同，曹雪芹写了另外两种“还乡”、两种归宿，这是在天的无何有之乡和在地的“实有”的土地之乡，与王熙凤的衣锦“假有”之乡全然不同。

我在《红楼梦悟》中曾说明这两种澄明之乡：

《红楼梦》贵族女子的复归之路有两种路向：一是林黛玉式的向“天”回归；一是巧姐儿式的向“地”（即向“土”）回归。前者“人向广寒奔”的暗示，便是向天宇回归的暗示。也许奔向明月，也许奔向太虚幻境，也许奔向曾与神瑛侍者相恋过的灵河岸边。后者则无须暗示，巧姐儿借刘姥姥的因缘，最后嫁给周氏庄稼人家，从贵族豪门走向庶民寒门，真正是“旧时王谢堂前燕，飞入寻常百姓家”，巧姐儿生于七月七日，最后也有一个与“牛郎”相逢的结局。果然回归于土地。《周易》说，“安土敦乎仁，故能爱”，有土才能安宁，才能敦笃，也才有人性的真实与温馨。林黛玉式的回归是梦想的，巧姐儿的回归是现实的，但两者都不悖“质本洁来还洁去”。倘若用佛教语言解说，林黛玉乃是回归于无，而巧姐儿则是回归于有。前者是真谛，后者是俗谛，但两者都是“谛”，都带真理性。俄国十二月党人的贵族理念，正是巧姐儿式的向土回归的民粹理念。

林黛玉在《葬花词》中问：“天尽头，何处有香丘？”她自己早已预设死亡是向天回归。她一直有一种他人无法理解的乡愁，第八十七回她在潇湘馆里独自抚琴低吟，宝玉和妙玉在馆外听见：“风萧萧兮秋气深，美人千里独沉吟。望故乡兮何处，倚栏杆兮涕沾襟。山迢迢兮水长，照轩窗兮明月光。耿耿不寐兮银河渺茫，罗衫怯怯兮风露凉。子之遭兮不自由，予之遇兮多烦忧。之子与我兮心焉相投，思古人兮俾无尤。人生斯世兮如轻尘，天上人间兮感夙因。感夙因兮不可惙，素心如何天上月。”妙玉听了感慨说：“何忧思之深也！”林黛玉的忧思确实极深，乡愁确实极深。这种乡愁不是缅怀江苏父母故居、自己的出生地，而是“山迢迢兮水长”、无尽辽远的宇宙深处。而与她一起来到人间的宝玉，虽然也是她的故乡，与她也是心意相投，可是没有实现情意的自由。林黛玉临终之前握着紫鹃的手说：“我的身子是干净的，你好歹叫他们送我回去。”回到哪里去？自然是回故乡。但这不是“衣锦还乡”，是干净而来，干净而返，质本洁来还洁去。无论是奔向广寒，还是回到灵河岸边，她都与天地融合为一，赢得绛珠仙草的本真本然。那个大自由大自在之所，才是她永恒的故乡。

林黛玉回到了澄明乡境，无论是明月之处，还是灵河岸边，都带有神性，那里是光之源、灵之源，这种乡境，是存在，但又在存在之外。而巧姐儿嫁给庄稼人，回到牛郎织女最初的乡土，那算澄明之境吗？澄明之境原是“无”，林黛玉的故乡才是真正的澄明乡境，而巧姐儿所归宿的“土”是“有”，是人间大地上的实有之乡，这算澄明之境吗？按照曹雪芹的提示：“无为有处有还无”，那么，复归于“土”，也可以进入“无”。老子、庄子、陶渊明、慧能都是通过复归于土、复归于朴、复归于婴儿而复归于太极（无）。陶渊明在田园农舍的“土”中就创造了澄明诗境，那就是他诗意想象出来的“桃花源”乌托邦。

向“土”回归，包含着很深的哲学意蕴。以往的《红楼梦》研究对巧姐儿即贵族最后的种子向土回归的哲学隐喻开掘得不够。向土回归的哲学意义非常丰富，有生存价值（经济价值）上的意义，有道德价值上的意义，有审美价值上的意义，有最高哲学境界上的意义。秦可卿临终时托梦给王熙凤，特别提醒她两项内容：一是要有“盛筵必散”的意识，即再好也终有一了；二是要留条最后的退路，这就是“土地”。她说：“目今祖茔虽四时祭祀，只是无一定的钱粮；第二，家塾虽立，无一定的供给。依我想来，如今盛时固不缺祭祀供给，但将来败落之时，此二项有何出处？莫若依我定见，趁今日富贵，将祖茔附近多置田庄房舍地亩，以备祭祀供给之费皆出自此处，将家塾亦设于此。……便是有了罪，凡物可入官，这祭祀产业连官也不入的。便败落下来，子孙回家读书务农，也有个退步，祭祀又可永继。”（第十三回）秦可卿想到的是兴与衰、存与亡的最后关头上土地的意义，有了土地就不会落入绝境。这与美国小说《飘》（*Gone with the Wind*）的女主人公相似，她在最后走投无路的时候，想到脚下踩着的土地，于是抓了一把“土”，像抓住生的火炬与希望，又重新获得了生活的信念。

在中国传统中，土不仅代表安宁，还代表质朴、淳朴的道德意义。《周易》讲：“安土敦乎仁，故能爱。”这一思想曾深深地感动、触动过新儒家代表人物牟宗三先生，他在《周易哲学演讲录》中曾带着浓厚的个人情感做了如此阐释：

> “安土敦乎仁，故能爱。”所以儒家讲仁这个观念，孔子就说：“仁者乐山，智者乐水。”（《论语》）仁者为什么乐山，山是安定呀。水是动荡呀。有土才能安，不能离开土。现在这个时代，不管你是海洋国家，还是大陆国家，统统没有土的，就是没有安呀。大陆国家有土，

但有土不知道利用土，天天在天翻地覆挖那个土，把土挖成坑。所以这个时代的人没有土，不能安。

牟宗三先生所讲的“没有土，不能安”的思想与秦可卿的告诫相通。但牟先生接着则深一步讲“土”的道德意义，他说：

香港这个地方对小孩不利，他没有土呀，他的生命不成，聪明才智发不出来的，出小聪明的人可以，真正的人才出不来的。真正的人才从乡间出。我一生二十多年在乡间，它使你生命结实、健康，头脑也简单、单纯。漫山遍野去跑，这个原始的生命呀。现在的人就是失去这个原始性，你们都成熟得太早。……有土，生命才能滋润，安土才能敦厚。没有安土，你那个仁也不敦笃。你就是表现那个仁，你的表现也不敦厚，也不笃实。“敦”是动词，敦笃这个仁道。所以说：“仁者乐山。”不要说了不起的圣人：孔子、耶稣、释迦牟尼佛，乡间的农人就是真正的圣人，在他们看，你们那些大教授、生意人通通是坏人，思想不干净。乡间农人头脑最单纯，所谓简易啦，他们取简易原理，真心诚意。他们不会骗人、耍花样。……他们的道德当然比我们现代人高。……我现在怀念我的家乡就是这个道理。

《周易哲学演讲录》，
华东师范大学出版社，2004年，第108页

我所以引述这么一大段牟宗三先生的话，是因为这样有益于对曹雪芹思想的理解。曹雪芹让巧姐儿能在家道中衰之后回归于土，并视为幸运，即王熙凤善待刘姥姥积德的报应。中国近代思想史上的思想家们有两种不同倾向（或称两种思潮），一是康有为、梁启超、胡适等为代表的西化派思潮，一是章太炎、梁漱溟为代表的民粹派思潮，后者批判资本主义，崇尚农民并以农民道德为最高道德。牟宗三先生也有民粹思想。有意思的是，在二百年前，作为贵族子弟的曹雪芹也有民粹思想，还设置了一个织女牛郎的故事，让贵族少女嫁给庄稼人，回归到单纯、质朴的乡村。用牟宗三先生的话说，曹雪芹大约也认为那些热衷于功名的宰相状元都是坏人，唯有乡间的农人才敦厚敦笃，巧姐儿在贾府里的“了”，对她来说，正是“好”。

“土”除了有道德的意义之外，是否还有超越性的澄

明意义呢？有。“土”还有使人返璞归真、使人获得本真自我的重大哲学意义，也就是找到真我本己家园的澄明意义。“土”不同于可视的、在场的“山脉”“田地”的意义，它除了具有这些在场物之外，还包含着一种看不见的、不在场的“无”即生命本源的东西，哲学家称之为“原素”的东西。法国当代哲学家艾玛纽埃尔·勒维纳斯（Emmanuel Levinas）曾对“土”做过如此定义，他说：

> 土是在现实中的某种特殊的物（黑格尔把土称作原素的个性）。但是，同时，土不是特殊的物，而是原素，在这原素中，有着不是物的别的物。万物都由固体、液体等等构成；它们与那个不可以被叫作物的范畴不同，它们掩盖了它们的原素性。土既不是工地，也不是田地，也不是山；它归结到一种基础所在，一种稳定的基础，土的定义恰恰就在于此。
>
> 《上帝·死亡和时间》，余中先译，
> 生活·读书·新知三联书店，1997年，第100页

在此定义中，土是万物之基，万物之根，万物之源。它不仅是在场的果（山、田地等），而且是不在场的因（原

素、根基），即中国远古时期敬为神明的“息壤”。曹雪芹显然把“在”之源看成是双向的，既有天之源，也有地之源。万物万有的发生，来自最单纯的原素，石头在天上，也在地上。所以他的《芙蓉女儿诔》所招之魂也是双向的：“天何如是之苍苍兮，乘玉虬以游乎穹窿耶？地何如是之茫茫兮，驾瑶象以降乎泉壤耶？”这“泉壤”便是“土壤”“息壤”。它具有灵明之性，它不是有意志的“土地神”，但它却是万有之源。因此，天上的太虚幻境是个澄明之境。地上的淳朴土壤也可展开澄明之境，曹雪芹对陶渊明非常崇尚，小说中虽没有直接性的评价之语，但在诗中却有崇高的至尊地位，这也说明，他完全认同陶渊明借土（田园）诗化的澄明之境。第三十八回（“林潇湘魁夺菊花诗　薛蘅芜讽和螃蟹咏”）写海棠社众诗人（林黛玉、薛宝钗、史湘云、贾宝玉、李纨、探春等）竞作菊花诗，结果林黛玉一人垄断了头三名（《咏菊》第一，《问菊》第二，《菊梦》第三）。评审李纨宣布后，宝玉拍手叫“极是，极公道”。这三首诗与众不同，全以陶渊明的诗境为境，对陶渊明做了空前绝后的评价。

咏　菊

无赖诗魔昏晓侵，绕篱欹石自沉音。

毫端蕴秀临霜写，口齿噙香对月吟。

满纸自怜题素怨，片言谁解诉秋心。
一从陶令平章后，千古高风说到今。

问　菊

欲讯秋晴众莫知，喃喃负手叩东篱。
孤标傲世偕谁隐，一样花开为底迟？
圃露庭霜何寂寞，鸿归蛩病可相思？
休言举世无谈者，解语何妨片语时。

菊　梦

篱畔秋酣一觉清，和云伴月不分明。
登仙非慕庄生蝶，忆旧还寻陶令盟。
睡去依依随雁断，惊回故故恼蛩鸣。
醒时幽怨同谁诉，衰草寒烟无限情。

“一从陶令平章后，千古高风说到今”“登仙非慕庄生蝶，忆旧还寻陶令盟”，都是对陶渊明的崇高评价。尤其值得注意的是，这些诗境完全是打破主客体之分、物我之分、天人之分的相融相契境界。庄周的蝴蝶梦，是主客不分，陶渊明的菊花咏，也是主客不分。这些菊产生于土（田园），而这些菊境也正是“息壤”所孕育的澄明之境。

五、澄明止境——澄明之境的第五种表述

在《红楼梦悟》中，我对《红楼梦》的止境做了初步揭示：

> 知其所止，这是中国的道德律令……《大学》第三章，呼唤做人应“止于至善”：“为人君，止于仁；为人臣，止于敬；为人子，止于孝，为人义，止于慈；与国人交，止于信。”老子另有“止”的内涵，《道德经》曰：“知足不辱，知止不殆。”
>
> 知其所止，也是《红楼梦》哲学思考的主题之一。但它不是儒家“止于至善”的直接告诫，而是对生命止处的连绵叩问。它不说止于何处，只说必有一止，并要“知止”。秦可卿告诉王熙凤“盛筵必散”，正是“止”的提示。纵有千好万好，总有一“了”。《好了歌》，既是荒诞歌，又是观止歌。“好”是“观”，“了”是“止”。阅尽人间诸色，应当知止，应当放下。
>
> 那么，应当止于何处？有小止处，有中止处，有大止处。放下日常欲念，是小止；急

流勇退，是中止；“大造本无方，云何是应住。既从空中来，应向空中去”（惜春之偈语），是大止。来自空，止于空；源于洁，止于洁；始于痴，止于悟。儒家止于道德境界，曹雪芹则是止于大彻大悟的澄明境界。

止观哲学，本是佛教哲学的一项重大内容。大乘佛教的止观二门，包括止门和观门。什么是止，什么是观，佛教哲学家各做阐释，我们不妨先看看《大乘止观法门》（卷一）的最初界定：

所言止者，谓知一切诸法，从本已来，性自非有，不生不灭。但以虚妄因缘故，非有而有。然彼有法，有即非有。唯是一心，体无分别。作是观者，能令妄念不流，故名为止。所言观者，虽知本不生，今不灭，而以心性缘起，不无虚妄世用，犹如幻梦，非有而有，故名为观。

从引述的这段话，可以看到，曹雪芹把小说命名为《红楼梦》，把府中的阁园命名为“大观园”，均与佛教的止观哲学相关。整部小说的哲学故事，便是观止、止观的转化故事，即“虽知本不生，今不灭，而以生性缘起，虚妄世用，犹如幻梦，非有而有”的故事。因此，不了解止观哲学，就不能把握《红楼梦》哲学，也不可能了解《红楼梦》的思想精髓。

上述这段话，只是一个定义，一个纲。定义之下，还有很细的内涵。避开繁琐的说明，可以把握到：观是讲生，讲有，讲因，讲过程；止是讲灭，讲无，讲果，讲终点。佛家经常说的“提起”属于“观”，“放下”则属于“止”，而且强调的是“知止”。有大悟，才能有大止；有彻悟，才能有终止。何时止，何处止，止于什么，如何止，都是止观哲学的中心问题。《大乘止观法门》(卷一)说：

> 当知观门，即能成立三性，缘起为有；止门，即能除灭三性，得入三无性。入三无性者，谓除分别性，入无相性；除依他性，入无生性；除真实性，入无性性。

佛学所讲的“真实性”，是指“横执之真”，即太执着、放不下，并非真如本体。即并非破真我，而是除假我。陷入佛学概念之中，常常走不出来，而曹雪芹对佛学融会贯通，又处处是意象性表述，倒使我们容易了解止观哲学的内容和《红楼梦》对止观哲学的穿透与超越。

《红楼梦》创造了一套独特的语言，包括蕴含着止观哲学的语言。所以我说,《好了歌》也可理解为观止歌。“好”是观，是生，是有，是色。“了”是止，是灭，是无，是空。曹雪芹嘲讽的是追逐功名、金银、娇妻而不知所“止”的世人。跛足道人说:“你若果听见‘好’‘了’二字，还算你明白。可知世上万般，好便是了，了便是好。若不了，便不好；若要好，须是了。”《好了歌》和跛足道人这席哲学谈话，说明曹雪芹不仅接受观止哲学，而且“发展”了观止哲学。发展之处是把“好”与“了”融合为一，把“观”和“止”融合为一。观止不二，正如史湘云谈阴阳哲学，阴阳不二，只是一体两面。好便是了，了便是好。不知了，不知止，那些好就会走向反面，因此，知止才能好，不知止也不知好。曹雪芹把禅宗的“不二法门”彻底化，走向“泛不二法门”，在哲学上，也把“好”与“了”打通，把色与空打通（“风月宝鉴”喻示两者是一体两面），把阴与阳打通，也把观与止打通。于是，大观园也可视为大止园，用大观的眼睛看世界，就能看清大止处，明白该如何大止，止在何处，止于何意。

如果说,《红楼梦》提出了如何止的大问题，那么，它是不是也如《大学》，有一个“止于至善”，即止于道德顶点的总提示呢？对于这个问题，我们可以回答:《红楼梦》提示的就是“止于悟”。无论小止、中止、大止，都需要有所悟。按照禅宗“迷即众，悟则佛”的说法，止于悟，便是止于佛，大彻大悟则成正果。第五回，警幻仙姑见到宝玉时叹道：“痴儿竟尚未悟”，是说宝玉还在痴中、观中、色中，尚未“悟”。但到了最后一回（第一百二十回），贾宝玉和贾雨村都走到“急流津觉迷渡口”，结局却是一个觉，一个迷。贾宝玉止于觉，贾雨村则止于迷。关于止于悟的总回答，脂砚斋在第七十七回的评语中非常准确地道破：“宝玉至终一著全作如是想，所以始于情终于悟者，既能终于悟而止，则情不得滥漫而涉于淫佚之事矣。”

脂砚斋认定，贾宝玉是个知止并止于悟的人。他和其他人一样，以生性缘起，有性有情，这是正常的。有性情是好，但是，性情的发展则有两种结果，一是知止而成有情人；一是不知止而成滥情人，如薛蟠就成了滥情人与废人。贾宝玉、林黛玉等都是痴情人，但他们痴而不滥，最后都有“情悟”。晴雯、鸳鸯、尤三姐也都有情悟，所以她们的情成了澄明之情。

多年前我在阐释《好了歌》时，就把“了”分为小了、中了、大了、总了。死亡便是总了。用观止哲学语言表达，死亡便是大止、总止、终止。因此，观止哲学面临最大最核心的问题也是如此总了、总止，即死亡问题。以此视角去看《红楼梦》，便会发觉《红楼梦》的人生终止，一是止于污浊，一是止于澄明。止于前者其实是妄念不知止人生不觉悟而最后死于“染”，死于“浊”，死于不洁不净，如贾瑞、赵姨娘、王熙凤，均是如此。《红楼梦》特呈现他们的死状，我在《红楼梦悟》第70则曾写道：

《红楼梦》人物的死亡，除了如贾母等的“自然死”之外，还有其他几种不同的情状。最低级的死亡是“虚妄死”，也可称为误死凶死，如贾瑞的思淫虚脱而死，赵姨娘的中邪而死，夏金桂的误毒自身而死，这些人都是妄人，死得很惨也很丑。贾瑞死时没有人样，“汗津津的”“身子底下冰凉渍湿一大滩精”；金桂死时“鼻子眼睛里都流出血来，在地下乱滚，两手在心口乱抓，两脚乱蹬……说不出来，只管直嚷”；赵姨娘死时跪在地上叫饶叫疼，“眼睛突出，嘴里鲜血直流，头发披散”，而且声音也喑哑起来，“居然鬼嚎一般”。与“虚妄死”完全不同的是“自觉死”。这种死亡具有三种不同境界：一是“道德死”，即殉主而死，如秦可卿的丫鬟瑞珠。二是“情意死”，即殉情而死，如晴雯、司棋，其死不是“道德”，而是反道德——抗议道德专制。三是“彻悟死”，即看透人生忧郁而死，如林黛玉、尤三姐。尤三姐不是殉情，而是“耻情而觉”，有一种看透情的觉悟。林黛玉更是如此，她死时看透一切假相，烧掉诗稿，不仅看透，而且也不给人间制造新的假相。既然称第一类为“道德死”，第二类不妨称为“文学死”，第三类则可称为“哲学死”。后面这两种死亡都是诗意死亡。依据这种分类，鸳鸯是属于殉主死还是殉情死，王熙凤是属于自然死还是虚妄死，则必定会有争论。但把鸳鸯视为殉主死，肯定是荒谬。

在此段悟语中，我把林黛玉之死和尤三姐之死，界定为“哲学死”，就是说，她们的情是止于“觉”，止于悟，止于哲学境界。尤三姐是“耻情而觉”，她对柳湘莲一片真情，一片痴情，一片真纯与干净，却被误解为不真、不洁、不净，还得到一席羞辱之言。在听到柳湘莲与贾琏那席话的瞬间，她突然大彻大悟，从痴于情变成耻于情，并因情悟空，一剑自了，止于觉，止于悟。她的死是自杀，是对其当下存在的一次断然把握，唯有自杀，她的存在意义，即她的生命尊严、生命骄傲、生命壮美才充分敞开。在鲜血洒落的一刹那，她回到生命本己，回到本真的心灵，这才是她最真实的不再被任何幻象所遮蔽的家园。柳湘莲也才看到一个最真实、最高尚的内心，他也因此大彻大悟，终于断发为僧，了却尘缘。尤三姐的“止”，是止于澄明之境，这是情的澄明，心的澄明，死的澄明。王熙凤临死时，神魂飘荡，噩梦联翩，白日见鬼，双手在空中乱抓。她未能理解秦可卿“盛筵必散”的忠告，妄念不知所止，死时也只能止于“乱”，止于恐惧，止于不知所措，总之，她不是止于澄明之境，而是止于黑暗之境，和赵姨娘、金桂的止处没有质的不同。而尤三姐则完全是另一种境界，她自觉地举起剑，选择死，并知道自己为什么选择死。她的死，是美的毁灭，比美本身还美，正如太阳落山，落日景观比太阳本身还美。

林黛玉的死，除了《红楼梦》续书所呈现的死亡情景之外，还有原书的联句预告：“人向广寒奔。犯斗邀牛女。”“窗灯焰已昏。寒塘渡鹤影。”“冷月葬花魂。”（第七十六回）这些诗句预示两种死亡方式：一是如同嫦娥奔月，洁身拥抱洁月洁光而死；二是如同白鹤渡影，投身寒塘自杀，洁身拥抱洁水洁莲而亡。两者都是自觉的选择，都是止于觉，止于悟，止于洁。与“质本洁来还洁去”的预告相符。这也是止于灵魂重新回到原来的高洁之乡，回到本真的己身，从有限之境化入无限之境，充满“灵明”之光，这当然是进入澄明之境，止于澄明之境。

在高鹗的续书中，林黛玉的死亡结局与这些诗的预告不同。他写了黛玉焚诗稿断痴情，写了最后“直声叫道：‘宝玉，宝玉，你好……’说到‘好’字，便浑身冷汗，不作声了”。此一结局黛玉有怨恨，有不平，有放不下的满怀心事，但也有觉有悟，死前焚烧诗稿是她的重大行为语言，也是她自己设计的死亡仪式。诗稿是她的心思、心事、心灵、心声，也是她的心证、意证、情证，但她选择一把火把它烧了，这倒是实践了她“无立足境，是方干净”的偈语。她的诗，早已悟到空，但立文字，毕竟还有空相，此次焚烧诗是“去空相”，连空相也剔除，属于“空空”，算是看透，算是大彻大悟。应当说，在焚烧诗稿的那个瞬间，她已把什么都放下，什么都“了”了，连其生命象征的诗稿也放下了。她对紫鹃说，我的身子是干净的，我应回去了。到地球上走一回，她的身子守持了高洁，现在回去不带地球的半点尘土，连诗稿可能染上的“法尘”也不带。诗（文字）是诗人最后的立足之境，连这一立足境也不要，真的“无”了，真的“干净”了。高鹗能写出“焚稿”，便与“葬花”做了对应与延伸，使黛玉之死能够止于觉，止于悟，止于神明似的大洁大净，也就进入澄明止境，可谓成功之笔。

按照海德格尔的哲学，人在面临死亡时，恰如掉进无底的深渊，一切根底都消失了。林黛玉在面临死亡时，连诗稿这一生命根底也让它化作灰烬，说明她已完全摆脱世俗社会的一切纠缠、羁绊和归属，找到真正的自我，回到自己的故乡，即从此超越主—客关系模式中的有限主体（自我）而把生命重新与未出场的三生石灵河岸以及整个天地宇宙融为一体，真正是始于洁，止于洁，始于澄明之境，也止于澄明之境。

佛家的止观法门，是佛教哲学纲领性的话语。概括地说，“观”是慧，是看破，是过程；“止”是定，是放下，是结果。但又相反相成。大乘佛法修学的总纲是禅定，“因戒得定，因定得慧”。慧能的不二法门，最重要的内涵便是“定”“慧”一体，定慧不二，即两者相反相成。“禅那”翻译成中文是“静虑”，也翻成止观；静就是止，虑就是观。禅师其实就是静虑师、止观师。释迦牟尼就是第一个伟大禅师。因此，禅与其说是宗教，不如说是一种静观世界的方式，一种立身态度，一种审美方法。在止观时放下概念，放下世俗功利的算计，看破一切假相幻相，直接抵达心灵的深处、生命的本真，把握生命的当下存在。“观”是属于有门，属于生灭门；“止”是属于空门，属于真如门。所谓“离一切相”，便是止；所谓“即一切法”，便是观。所以观是智慧，是能够通达入世出世的一切法。大观园的意思是大智慧园。观的时候万善相随，对人、对事、对物，起心动念纯善，止的时候则一念不生，放下万缘，深厚的佛家功夫得练就“止观双运”，方达到大彻大悟。天台宗智者大师讲三种止观：一，渐次止观；二，不定止观；三，圆顿止观。禅宗慧能（南宗）与神秀（北宗）的分歧实际是渐次止观与圆顿止观的冲突。

佛学中的“观”，有两项内涵特别需要注意：一，观不仅是指用眼睛观看，还指用耳朵观听，用身体上的六根（眼、耳、鼻、舌、身、意）观受，也可以说是用全身心去感受领悟；二，观不是用头脑去思考、分析、推理、论证，即不是“意识”，而是用心性（六根）去感受领悟。我的书名有《红楼梦悟》，用“悟”取代“论”与“辨”，换种语言表述，便是以“观”代替“识”，以感受代替意识，代替概念。《红楼梦悟》第258则中曾说林黛玉作诗说话好像不用“脑”，只用心：

> 林黛玉虽有智慧，却没有起码的生活常识。她活在世俗社会中却完全不知道怎样活法。作为一种特殊生命，她面对生活的唯一触角，是心灵。除了心灵功能之外，似乎没有别的功能，连头脑的功能也没有。她好像是一个不必用脑的诗人，写诗作诗只凭心灵直觉一挥而就，对外部事件的反应也只凭心性“一触即跳”。

林黛玉的智慧是心灵智慧，不是头脑智慧，她的诗是

"观"的产物，不是"识"的产物，所以其诗离概念化的东西最远，完全是从内心中抽出来的。她是大观园中的首席诗人，她的诗所以写得好，是因为她具有天眼、天耳、天身，即具有大观的眼睛、大观的耳朵、大观的六根。光用脑或普通的肉眼、肉耳、肉身，无法看破诸相。唯有用大观眼睛、大观身心才能穿越时空的多重帷幕把一切幻相看穿看破，看到万相万色的暂时性和非实在性，这里应当指出的是，用心灵（不是心意识与脑意识）去观的时候，这一心灵是真心，不是妄心。一有妄心妄念就什么也看不清、看不破。曹雪芹在《好了歌》中说"世人都晓神仙好，唯有功名忘不了"，意思是说世人常人在脑子的意识里知道神仙好，但内心——真实心中却不这么"观"，贪欲的种种妄念阻碍他们把功名看破。只有当我们在内心深处切实把功名、财富、权力看透看破，才能从"迷"走上"觉"，才能进入澄明之境。

佛家讲观，除了观外在万物万相，还观内在的身性心性，既明宇宙万有的真相，也明心见性明了自身的真相。见性便是观见内心之佛。但是，恰恰是人自己身上的妄念、分别、执着成为心障，阻碍与遮蔽我们去见性，去与佛相遇。换句话说，最大的敌人不在外而在内，若言拯救，乃需自救，而非期待他救——不求救星与菩萨。《心经》的第一句就是："观自在菩萨，行深般若波罗蜜多时，照见五蕴皆空。”观就是常照见，观自在必须照见五蕴皆空（五蕴，指色、受、想、行、识等物质世界与精神世界的五大因素）。如何“照见”，即如何“观”五蕴皆空呢？佛家又讲究从“四念处”入手，即“观身不净”“观受是苦”“观心无常”“观法无我”。前三观属人生观，后一观属宇宙观。最后一观是观宇宙间的万事万法，讲究的是“无我”。所谓“无我”便是“空”，《红楼梦》十六字诀的头四个字是“因空见色”，也可以解说为无我之真性来观色、观万物万相。王国维在《人间词话》里所说的“以我观物”和“以物观物”两种观法，后一种境界是放下我观物，即无我观物，因此，实际上是以空观物、观法。不能说以物观物。观是人的观，人观物只能借助比人更高的眼睛和工具，而不能借助比人更低的眼睛与工具。用任何物（不管是动物还是植物）的眼睛和工具观物，只能看到物的表象，不可能看到物的真相。我们可以替王国维做辩护，说王国维的“以我观物”是指“主观”之观，“以物观物”是指“客观”之观。但所谓客观之观，也就是无我之观，也得分清是空的无我，还是物的无我，即以空见色还是以色见色。可以肯定，以空见色，才能看到色的真相，以色见色，则只能看到色的假相。事实上，以空见色，是以本真之眼（六根）去明了通达万物万相，它既是主观的，也是客观的，它既不同于以我观物，也不同于以物观物，是真正的诗人的眼睛。《红楼梦》的大观眼睛，就是空的眼睛，其哲学的大思路就是十六字诀："因空见色，由色生情，传情入色，自色悟空。"是始于空，止于空，中介是色与情。俞平伯先生谈《红楼梦》哲学时，只谈"色空"，未谈"空色"，其局限是只涉及"止"，未涉及"观"。十六字诀所提炼的哲学总纲，实际上包括观止两大法门，即观止两大哲学内涵。"因空见色"是观，"自色悟空"是止。观是以大智慧的天眼、天耳、天身等六根之真性来把握万相万有的真相，这是空色。"由色生情，传情入色"，是观的过程，即以六根之性去感受领悟的过程，也是空色。最后达到看破色和放下痴而归于空、止于空，"自色悟空"，这是色空。看破色归于空，便是《红楼梦》的哲学大思路。

六、结语

引入"澄明之境"这一意象性大语汇阐释《红楼梦》，也许可以更准确地贴近这部小说在文学形式覆盖下的哲学意蕴。讲色空，讲聚散，讲好了，讲生死，都与澄明之境相关。《红楼梦》从《好了歌》开始到"急流津觉迷渡口"结束，全书所提出的问题就是石头化为人到地球上来走一回"要什么""要过怎样的生活"，即究竟"如何是好"的问题：是有钱有势有名有色但属于非本真状态“好”，还是有性有情有心有意的本真存在状态“好”？上述蕴含于小说文本中的澄明幻境、澄明空境、澄明诗境、澄明乡境、澄明止境等，全与这一整体性问题相关。而这些不同表述方式的“澄明之境”，都不是理性、知识所能把握的，即不是政治学、历史学、社会学以及哲学上的反映论、主体论等语汇所能把握的（包括文学理论上的现实主义、浪漫主义等也无法把握）。它无论是作为“思”与“在”的本源还是作为“审美理想”，都只能通过直觉、直观、感悟、“诗意想象”去神会和抵达。《红楼梦》所以不能像儒家那样提供一个“止于至善”的明确论断，只能提供一个终于悟、止于觉的意象性提示，不仅是因为《红楼梦》的审美境界高于道德境界，而且因为澄明之境本身就是永无止境、永远让人感悟不尽的哲学境界和宇宙境界。《红楼梦》的男女主人公不是止于现实世界，不是止于理性概念可描述的去处，不是止于现象学的结论；而是止于澄明之境，止于形而上意味，止于对本体论问题的无穷叩问。《红楼梦》中的小梦和一些人物的从生到死，都有句号，但其大梦却是个永远的问号。笔者的写作形式宁可使用随感录式的哲学笔记，以悟语代替论文，也是感到对《红楼梦》的领悟永无止境，其终极叩问永无句号，因此，不能把自己紧锁在封闭性的符号系统中。澄明之境的哲学命题着眼于打破一切对存在之真的遮蔽,《红楼梦》的深广精神主旨也在于此，那么，我们对《红楼梦》的哲学思索，当然也不要被已有的概念与逻辑所遮蔽。

附录

悟《红楼梦》，悟人间事

答香港电台节目主持人江素惠问

江素惠（下称江）：刘教授对于《红楼梦》很有研究，你最近的一本书是《红楼梦悟》，对《红楼梦》有另外的解读，可不可以简单地介绍一下这本书？

刘再复（下称刘）：过去《红楼梦》的研究有两个大的方向：一是"红楼梦论"，王国维先生的《红楼梦评论》是第一部开创性论著，有分析、有论证、有逻辑；另外一个是"红楼梦辨"，这是考证、探佚、版本清理等。我想走的是第三条路，就是"红楼梦悟"。"红楼梦悟"与"红楼梦论"是有区分的：论是分析的、逻辑的；悟是直观的、联想的。悟是禅宗的方式，明心见性，击中要害，就是在大家熟悉的情节中悟一点新意，例如甄宝玉与贾宝玉的相逢就是很深的隐喻，哪一个才是真的？贾宝玉是本真己我，而我们这些社会常人却多半是类似甄宝玉的角色。甄宝玉追求功名，追求世俗利益，看到贾宝玉的时候，也就是看到本真己我，反而不认识，还要教导他，希望他浪子回头。通过甄、贾宝玉的故事，我们可以悟到人类已经面临很难与本真己我相逢的深刻危机，人类已经被权力与财富异化成不认识真我的金钱动物与政治生物。这次我写了三百多段“悟”，还有几篇论文与散文，构成了这本《红楼梦悟》。

江:《红楼梦》的性情世界在你的“悟”中，是很美的。社会的形形色色与此却有很大距离，世俗社会追求的是功名与利益，这在社会中是很普遍的现象，你如何悟出《红楼梦》新的道理？

刘:“人类社会活动”与“人类心灵活动”是一对巨大的悖论。两者都有充分理由，但两者总是矛盾的。社会追求的是现世的功利目标，是面包、功名、财富与权力，这有它的理由。但呈现人类心灵的文学，其本性恰恰是非功利、非功名的，它要与世俗的功利活动拉开距离，它要对形形色色的功利活动进行冷观与反省，它要思索一切功利活动在何处迷失，然后做出真实的心灵诉说。曹雪芹写《红楼梦》完全是为情而写，为“还泪”而写，没有功利目的。小说中的“诗国”，是曹雪芹的“理想国”，追求的是如何诗意地栖居于地球之上。

《红楼梦》做的是诗意存在方式的大梦，在这种大梦的启迪之下，我的写作我的悟也是非功利、非功名的，只是自娱、自省、自救，只是心灵的诉求与呈现，只是曹雪芹之梦的继续。

看破一切色相，立不朽“大言”

江:《红楼梦》讲色空，好像什么都看破，可是在现实世界中，我们还得做事，还得努力工作，不能陷入虚无。怎么看待这种困境？

刘:《红楼梦》认定现实世界中所追求的财色、物色、美色，其实是幻相，也就是说，权力、财富、功名等你争我夺的东西并没有实在性，这一点对我们很有启迪。它告诉我们，人生应当学会放下一些并非根本、并非实在的东西,《红楼梦》的哲学感和形上品格，就在于此。但是《红楼梦》不是虚无主义作品，它的特别宝贵之处，是在放下各种妄念和世俗追逐之后仍然有对“情”的大执着，放下功名利禄之后仍有大哭泣、大眼泪、大思念,“无”中“无”后仍保存着“大有”。但这个“有”是看破假象后的“有”。去年 12月我在台湾“中央大学”和东海大学做了“《红楼梦》与中国哲学”的学术讲座，说人生的难点是悟到“空”，即一切都看破了之后怎么办？看破了又不能去自杀去出家怎么办？其实,“看破”是一种精神飞升，并非什么都不做。禅宗所讲的三境界：第一，山是山，水是水；第二，山不是山，水不是水；第三，山还是山，水还是水。体现在曹雪芹哲学上的便是：第一，色是色，相是相；第二，看破了色的虚幻，即色不是色，相不是相；第三，看破之后即精神提升之后，在最高的形上层面上把握色与相，并呈现色与相。曹雪芹尖锐地嘲讽仕途经济，嘲弄“立功、立德、立言”三不朽，但自己最后还是立了一部千古不灭不朽的“大言”，功德无量，这就是《红楼梦》。这是看破了功名、看破了一切色相之后所立的言，是精神无限飞升之后的言。曹雪芹看破泥浊世界的虚幻之后，并不是什么都不干，而是不辞十年辛苦，费尽全部心血地写作，创造出惊天动地的业绩。在世俗世界里，我们每个人都要做事，但也要明白确实有比金钱、权力、功名更根本的东西。同样都在谋生，境界却大不相同。一个人，如果拥有巨大权力、巨大财富、巨大名声，却付出人性的巨大代价，心地变得非常黑暗、非常卑鄙，这种人生有多大意义呢？

漂流只为文学美学投入

江：你曾在一本书中提到，基督教是救世，而中国的禅宗在于自救，在于如何去自己救自己。禅宗是中国佛教的精神与中国佛学的方式，你在研究《红楼梦》时，也是以禅宗为出发点？

刘：没有禅宗就没有《红楼梦》，禅宗所说的正是自救的真理。禅宗讲的是自性本体论与顿悟方法论，它认为每个人的心性中，都有佛性的基因。我们要去开掘这自性，我们的使命不是到山林中、寺庙中去找菩萨，而是打开自身的庙门，开掘、发现和培育这些佛性种子。人生是一个不断开掘自性的历程，要不断剔除遮蔽自性的尘埃，包括各种概念、教条、功名、妄念，并把这些放下。我常说“心灵状态决定一切”，就是心灵本体论，对我来说，漂流的原因不是政治反叛，而是心灵自救，是回到自己美好的心性中，浇灌自性中的善根与慧根，独立地面对世界，面对宇宙人生。读《红楼梦》也是为了自救，阅读过程是个修炼过程，是个守护心灵免于落入泥浊世界的过程。能够不受权力的编排和市场的摆布，便是自由，便是幸福。

江：你的漂流不是政治反叛，而是心灵自救，这是一个很新的概念，心灵上的漂流可以给人很大的启发，你现在追求的心灵境界，自己觉得满意吗？

刘：你能注意到这一理念，我感到很高兴。我的漂流确实不是政治意义上的漂流，而是精神意义与美学意义上的漂流。也就是说，漂流不是为了政治投入，而是为了文学投入和美学投入，为了赢得自由时间与自由空间，把全身心投入精神价值创造，也为了赢得一个可以充分自由表述的机会，把心灵中的所思所想写作出来。当然也是为了逃避功名利禄的绞肉机，避免成为名利之徒。我对自己感到满意是因为我有这样的漂流理念，所以十几年来从未因为失去很多世俗的地位荣耀而烦恼，真正以整个心灵浸淫于诗意的思索之中，而不再愚蠢地把生命消耗在无谓的是非论争之中。这不仅是满意自己终于写出九卷本的《漂流手记》和其他学术、思想著作，更为重要的是我虽然丢失了一切身外之物，却得到一种最宝贵的东西，这就是人的骄傲，拥有表述自由与思想尊严的骄傲，血脉深处那一点不可征服的骄傲。

不为点缀而为自救的讲述

原“红楼四书”总序

去国十九年，海内外对拙著《漂流手记》（散文九卷）有不少评论，其中我的年轻好友王强所作的《漂泊的哲学与叩问的眼睛》一文道破了我的写作“奥秘”：讲述只是拯救生命的前提和延续生命的必要条件。他以讲述《一千零一夜》故事的动因为喻，说明我的作品不是身外的点缀品，而是生命生存的必需品。相传萨珊国国王山鲁亚尔因王后与一奴隶私通，盛怒之下将王后及奴隶处死。这之后又命令宰相每天给他献上一少女，同寝一夜，第二天早晨杀掉，以此报复女人的不忠行为。宰相的女儿谢赫拉查德为拯救少女，自愿嫁给国王。她每夜给国王讲一个故事，国王因为还想听下一个故事就不杀她，结果她讲了一千零一个故事。她的讲述是生命需求，是活下去的需求。我的

《漂流手记》第四卷《独语天涯》，副题叫作“一千零一夜不连贯的思索”，全书写了一千零一则随想录。王强的评论击中要害，说明我的讲述理由完全是谢赫拉查德式的生存理由。王强讲的是我的散文，其实，我的《红楼梦》写作，也是同样的理由、同样的原因。动力也是生命活下去、燃烧下去、思索下去的渴求。不讲述《红楼梦》，生命就没劲，生活就没趣，呼吸就不顺畅，心思就不安宁，讲述完全是为了确认自己，救援自己。正因为这样，在写作《红楼梦悟》之前，我就离不开《红楼梦》，喜欢和朋友讲述《红楼梦》，与那个宰相之女一样，不讲述就会死。至于讲完后要不要形成文字，倒不是那么要紧。倘若不是学校、朋友、出版社逼迫，我大约不会如此投入写作，几年内竟然写了“红楼四书”（包括《红楼梦悟》《共悟红楼》《红楼人三十种解读》《红楼哲学笔记》）。这一点，剑梅也可作证，如果不是她的逼迫，我大约不会对她讲述，而且讲完还认真地整理出《共悟红楼》对话录。

除了个体生命需求之外，还有没有学术上的需求呢？当然也有。不过，这不是缔造学术业绩的需求，而是追寻学术意境的需求。说得明白一点，是想把《红楼梦》的讲述，从意识形态学的意境拉回到心灵学的意境，尤其是从历史学、考古学的意境拉回到文学的意境，做一点“红楼归位”的正事。《红楼梦》本来就是生命大书、心灵大书，本就是一个无比广阔瑰丽的大梦（有此大梦，中华文化才更见力度）。梦可悟证，但难以实证，更难考证。在人文科学中，我们会发现真理有仰仗逻辑分析的实在性真理与非逻辑非分析的启示性真理，后者就难以实证。熊十力先生把智慧区分为量智与性智，前者可实证，后者则只能悟证。世上几个大宗教和中外文化中的一些大哲学家都发现第一义存在（上帝、道、无等）难以言说，既不可证实也不可证伪。康德说“物自体”不可知，与老子的“道可道，非常道”相通。文学蕴含的多半是感性的启示性真理，是难以考证实证甚至难以论证的无穷意味。《红楼梦》中的所谓“意淫”，是一种想象活动。这种想象本身就是神秘的、反规范的、无边无际的心理过程。这恰恰是典型的文学过程。贾宝玉和他的许多“梦中人”的关系，都包含着这种“在想象中实现爱”的关系，这是《红楼梦》很重要的一部分精神内涵，但很难实证与论证，只能悟证。再如小说文本中多次出现的“幽香”“香气”，也无法实证。第五回宝玉梦中到太虚幻境，“但闻一缕幽香，竟不知其所焚何物。宝玉遂不禁相问。警幻冷笑道：‘此香尘世中既无，尔何能知！’”第十九回中，宝玉在黛玉处，又“只闻得一股幽香”，于是“一把便将黛玉的袖子拉住，要瞧笼着何物。黛玉笑道：‘冬寒十月，谁带什么香呢？’宝玉笑道：‘既然如此，这香是那里来的？’黛玉道：‘连我也不知道。

想必是柜子里头的香气，衣服上熏染的也未可知。’宝玉摇头道：‘未必。这香的气味奇怪，不是那些香饼子、香毬子、香袋子的香。’”到底警幻仙子和黛玉身上飘散出的是什么香味，有的学人说，这是美人身上的体香，也有人说是衣服中的物香，而我却通过悟证，说明这是警幻、黛玉“灵魂的芳香”，对于黛玉，也许正是其前世“绛珠仙草”的仙草味。这种不可实证却可让人通过感悟进行想象和审美再创造，便是文学，便是历史学、考古学和其他学科难以企及的文学。我在“红楼四书”中使用的“悟证”法，既不同于知识考证与家世考证，也不同于逻辑论证，虽是近乎禅的通过直觉把握本体的方式，但我却在“悟”中加上“证”，即不是凭虚而悟，而是阅读而悟，参悟时有对小说文本阅读的基础，悟证过程虽与“学”不同，却又有“学”的底蕴与根据。这算不算独立的自性法门，只能留待读者去评论。

《红楼梦》的情思浩如渊海，有待一代一代读者去感悟，而悟证又有益于《红楼梦》研究回归文学。期待“红楼归位”，自然是有感而发。20世纪红学兴旺，但也发生一个文学在红学中往往缺席的问题。以意识形态判断取代文学研究且不说，20世纪一些具有代表性的红学家，固然有王国维、鲁迅、聂绀弩、舒芜等拥抱文学的学人，但无论索隐派、考证派、新证派都忽略了文学本身，所以才有俞平伯先生晚年“多从文学哲学着眼”的呼唤。蔡元培是我最为敬爱的知识分子领袖人物，但以他的名字为符号的“索隐”研究，却把《红楼梦》的无限自由时空狭隘化为一个朝代的有限时空，尽管其经世致用、以“评红”服务于反满的目的可以理解，但其结果毕竟远离了文学。在考证上开山劈岭的胡适，其功不可没，没有他的努力，我们可能还不知道我国最伟大的小说，其作者叫作曹雪芹，也不知道《红楼梦》大体上是作者的自叙传，作品的故事框架与曹雪芹的人生家世框架大致相合。可是，胡适作为一个“历史癖”，却不会欣赏《红楼梦》的辉煌星空，他竟然认为“《红楼梦》比不上《儒林外史》；在文学技术上，《红楼梦》比不上《海上花列传》，也比不上《老残游记》”。他甚至认同苏雪林的论断：“原本《红楼梦》也只是一件未成熟的文艺作品。”（1960年11月20日致苏雪林的信，载《胡适论红学》，安徽教育出版社，2006年，第267页）胡适这种看法十分古怪，他断定《红楼梦》“未成熟”，恰恰暴露了自己文学见解的幼稚。鲁迅说：“博识家的话多浅，专门家的话多悖。”（《且介亭杂文二集·名人和名言》）专门家胡适倒应了鲁迅“多悖”的评价。把胡适的考证推向更深广也更见功夫的周汝昌先生给我们提供了非常丰富的曹氏家族沧桑的背景材料，使我们在阅读文本时更明白曹雪芹在处理“真事隐”与“假语村”两者关系时费了怎样惊人的功夫（这可能是世界文学史上独一无二的个案）。周先生的《红楼梦新证》成了20世纪红学的一个里程碑，可是，周先生竟然把对《红楼梦》的文学批评、文学鉴赏排除在红学之外，把红学限定在曹氏家世的考证和遗稿的探佚之中，这又一次使红学远离了文学。俞平伯先生早期也错误地认为“《红楼梦》在世界文学中底位置是不很高的”“应列第二等”（《红楼梦辨·红楼梦底风格》）。后来他做了修正，认为可列“第一等”。可是，在1980年5月26日的国际研讨会上他却说：“我早年的《红楼梦辨》对这书的评价并不太高，甚至偏低了，原是错误的，却亦很少引起人注意。不久我也放弃前说，走到拥曹迷红的队伍里了，应当说是有些可惜的。”（王湜华编：《红楼心解》，陕西师范大学出版社，第276—277页）连俞先生也未能理直气壮地肯定《红楼梦》为世界一流一等作品，勉强肯定之后又发生摇摆，这不能不令人感到困惑。不过，前贤的努力毕竟为我们提供了再思索的前提，即使偏颇也提供我们再创造的可能，无论从哪一个角度上说，我们都应当铭记前人的功劳与足迹。说要把《红楼梦》研究从历史学、考古学拉回文学，这只是我个人的意愿，并没有“扭转乾坤”“改造研究世界”的妄念。

德国天才诗人海涅曾把《圣经》比喻成犹太人的“袖珍祖国”，我喜欢这一准确的诗情意象，也把《红楼梦》

视为自己的袖珍祖国与袖珍故乡。有这部小说在，我的灵魂将永远不会缺少温馨。

是为序。

刘再复
2008年7月10日
于美国科罗拉多大学校园

图书在版编目（CIP）数据

红楼哲学笔记 / 刘再复著. —上海：上海三联书店，2024.7重印
ISBN 978-7-5426-6931-5

Ⅰ. ①红… Ⅱ. ①刘… Ⅲ. ①《红楼梦》研究 Ⅳ. ①I207.411

中国版本图书馆CIP数据核字（2019）第002227号

红楼哲学笔记

著　　者 / 刘再复

责任编辑 / 朱静蔚
特约编辑 / 李志卿　项　玮
装帧设计 / 微言视觉 | 苗庆东　周逸凡
监　　制 / 姚　军
责任校对 / 项　玮

出版发行 / 上海三联书店
（200041）中国上海市静安区威海路755号30楼
联系电话 / 编辑部：021-22895517
发行部：021-22895559
印　　刷 / 天津鸿彬印刷有限公司

版　　次 / 2021年4月第1版
印　　次 / 2024年7月第2次印刷
开　　本 / 787 × 1092　1/32
字　　数 / 224千字
印　　张 / 12.75
书　　号 / ISBN 978-7-5426-6931-5 / I · 1595
定　　价 / 68.00元

敬启读者，如发现本书有印装质量问题，请与印刷厂联系 18001387168。